KB267201

항아
嫦娥

운모 병풍에 촛불 그림자 그윽하고
은하는 점점 기울어 새벽별은 지고 있네
항아는 분명 영약 훔친 것을 후회하며
푸른 바다 푸른 하늘을 밤마다 거러워하리

雲母屏風燭影深
長河漸落曉星沈
嫦娥應悔偸靈藥
碧海靑天夜夜心

지회풍 新무협 판타지 소설

건곤지인

Fantastic Oriental Heroes

乾坤之人

건곤지인 6

지화풍 新무협 판타지 소설

초판 1쇄 찍은 날 § 2005년 11월 12일
초판 1쇄 펴낸 날 § 2005년 11월 22일

지은이 § 지화풍
펴낸이 § 서경석

편집장 § 문혜영
편집책임 § 유경화
편집 § 장상수 · 이재권

펴낸곳 § 도서출판 청어람
등록번호 § 제1081-1-89호
등록일자 § 1999. 5. 31
어람번호 § 제2-0737호

주소 § 경기도 부천시 원미구 심곡1동 350-1 남성B/D 3F (우) 420-011
전화 § 032-656-4452 팩스 § 032-656-4453
http://www.chungeoram.com
E-mail § eoram99@chollian.net

ⓒ 지화풍, 2005

ISBN 89-5831-806-6 04810
ISBN 89-5831-569-5 (세트)

지화풍 新무협 판타지 소설

건곤지인

Fantastic Oriental Heroes

6 완결

목차

◆ 第一章 ◆
은지지연(隱者之緣)

"휴우, 당신들을 구하는 게 아니었어!"

설은 두 눈을 질끈 감았다. 마도인들에 의해 금천을 비롯한 하오문, 만독곡, 묘족, 잔결방의 전 세력이 금천주와 만독곡주를 비롯한 몇몇 인물들을 제외하고 거의 전멸하다시피 했기 때문이다. 이에 설이 장탄식을 하자 이를 본 마도인들의 안색이 굳어졌다.

"사숙, 잠시 말씀 좀 나눌 수 있을까요?"

사종달 등과 설 사이에 흐르는 냉랭한 기류를 느낀 사미가 설의 소매를 살짝 잡아끌었다. 그녀는 어깨에 붕대를 칭칭 감고 있었지만 몸속에 침투했던 신독의 건곤지기는 설에 의해 모두 제거된 상태였다.

잠시 주저하던 설은 사미를 따라 막사 밖으로 빠져나갔다.

"건방진 자식!"

설이 밖으로 빠져나가자 마부주가 눈썹을 꿈틀했다.

"내가 보기에는 골수까지 정파인 놈 같소. 사도맹주는 이래도 저자가 천마의 적통을 이은 것 같소?"

"으음!"

호연삼은 마부주의 물음에 일순 입을 열지 못했다.

"마룡이 그를 데리고 나간 것도 우리가 지금 나누고 있는 얘기를 꺼내려는 것일게요. 그때 가서 다시 얘기해도 늦지 않을 것 같소."

입을 연 이는 흑사천주였다. 아직까지는 안색이 창백했으나 설이 돌아오기 얼마 전 정신이 돌아온 상태였다.

흑사천주가 입을 열자 다른 이들이 고개를 끄덕였다.

밖으로 빠져나온 설과 사미는 주둔지 근처 언덕으로 올라갔다.

"저어, 사숙!"

"저는 마도와 인연을 맺고 싶은 생각이 전혀 없습니다!"

설은 손을 휙 저으며 단호한 어조로 사미의 입을 막았다.

"물론 사숙이 화나신 이유는 알고 있어요. 하나 사숙이 천독혈시들을 제거하지 않았으면 명왕궁과 마도의 입장은 서로 바뀌었을 거예요."

설은 사미의 말이 틀리지 않다는 걸 알기에 잠시 입을 열지 못했다.

"그럼 한쪽이 모두 죽어나갈 때까지 이렇게 싸워야 하는 겁니까?"

"그래요. 만일 무림맹에서 명왕궁을 없애고 나면 정도와 마도로 나뉘어 또 싸움을 계속하겠죠. 그렇게 또 어느 한쪽이 사라지면 다시 다른 편으로 갈려 서로 다툴 테고……."

사미는 고개를 끄덕이며 다시 말을 이어갔다.

"하지만 그건 어쩔 수 없는 세상의 이치 아닌가요? 사숙께서 하신 말씀처럼 인간이 존재하는 한, 그리고 그 인간이 욕심을 버리지 못하는 한 그런 싸움은 계속될 수밖에 없잖아요."

"그래서 내게 하고자 하는 말이 뭡니까?"

사미는 설의 음성에 묻은 노기를 느끼며 천천히 입을 열었다.

"사숙께서 마도를 맡으시면 이전보다 훨씬 많은 수의 사람을 살릴 수 있겠죠. 제가 드리고 싶은 말씀은 그것뿐이에요."

설의 눈이 살짝 흔들렸지만 그는 이내 세차게 고개를 저었다.

"설령 신이라 해도 인간이 지닌 욕심을 제어하고 막을 수는 없습니다. 세상을 살아가는 사람들에게는 욕심을 부리든 자제를 하든 그것은 그들에게 주어진 선택의 자유, 신도 어쩔 수 없는 고유 권한이니까요."

"휴우."

사미는 설이 자신의 말을 들을 생각이 없음을 깨닫고 이내 한숨을 푹 내쉬었다.

"저어, 하지만 사숙. 그건 마음에 달린 거 아닌가요?"

"마음?"

"네! 마음이요. 사숙께서 말씀하셨잖아요. 비록 미미할지는 몰라도 저도 그 말씀을 듣고 변하고 있습니다. 그러니 마도인들도 마찬가지일 거라 생각합니다. 그래도 아주 조금은 변하지 않을까요?"

"마음이라……."

설은 사미의 얼굴을 뚫어져라 응시하며 중얼거렸다.

'그걸 잊고 있었군. 비록 조화천이 의도는 좋았을지 몰라도 목표를 이루기 위한 그 과정은 옳지 못한 방법으로 일을 진행하고 있어. 그런 잘못된 길이 그들의 목표마저 변질시켰고. 그건 처음의 마음을 지키지

못해서겠지. 그래, 그 마음만 지키면 되는 거야.'

설은 사미를 바라보며 싱긋이 미소 지었다.

"좋은 가르침이었습니다. 가시죠!"

설이 힘차게 걸음을 내디뎠다.

막사 안에서 기다리고 있던 마도의 수장들은 성큼성큼 들어오는 설에게서 시선을 떼지 못하다가 설이 아무 거리낌 없이 중앙 태사의로 가 앉자 일제히 경악성을 터뜨렸다.

"아니! 저런!"

이윽고 태사의에 앉은 설이 피식 웃으며 천천히 입을 열었다.

"난 지금 당신들을 거둬들일 생각이오."

"뭣이라!!"

"이런 방자한!!"

사종달과 마부주가 참지 못하고 앞으로 나섰다.

"저, 저것은……."

하지만 그들은 더 이상 움직이지 못했다. 설의 두 눈에서 뿜어져 나오는 기운이 전신을 옭아맸기 때문이다.

"처, 천마기(天魔氣)!"

흑사천주가 탄성을 뱉음과 동시에 막사 안의 모든 마인들의 몸에서 마기가 일어나기 시작했다. 설의 천마기에 무의식 중에 반응한 것이다.

'으으, 몸이 말을 듣지 않는다.'

마도 수장들은 하나같이 고통을 참기 위해 이를 악물었다. 하지만 자신들의 마기를 다스리기 위해 애를 쓸수록 그 마기는 더욱 미쳐 날뛰었다.

설은 그들을 측은한 눈길로 바라보며 천천히 자리에서 일어났다.

"본디 마기라 함은 건곤지기라 불리는 힘에서 파생되어 나온 것으로 극에 이르면 부수지 못할 것이 없고, 가고자 하면 미치지 못할 곳이 없는 무한의 힘. 따라서 이 마기는 내공을 단기간에 늘어나게 해주는 데는 더할 나위 없이 좋은 방법이지만 정도의 무공과 달리 어느 정점에 이르면 상대적으로 큰 장벽에 부딪친다는 단점을 지녔소."

설은 가장 가까운 곳에 있던 흑사천주의 머리에 손을 얹으며 말을 이어갔고, 설의 손이 닿자 흑사천주는 더없이 편안한 표정이 됐다.

"마도에서는 이 장벽을 넘어선 자를 가리켜 극마지경에 오른 이라 하지만 순수한 건곤지기와 달리 억지로 끌어 모은 건곤지기인지라 여전히 마기를 지닌 몸일 뿐. 그래서 극마지경에 이르렀다 해도 죽음에 이르러서는 산공의 고통을 당할 수밖에 없지. 당신들이 가장 두려워하는 그 산공의 고통 말이오."

흑사천주에게서 손을 뗀 설은 다시 마부주와 사도맹주의 머리에 각기 한 손을 얹었다.

"당신들이 마기라 부르는, 이 인위적으로 모은 건곤지기는 통제하지 않으면 본래의 자리를 찾아 움직이려는 성질을 지니고 있소. 이 때문에 죽음 직전, 마공이 흩어지는 바로 그 순간에는 다시 자연으로 회귀하기 위해 미쳐 날뛰게 되지. 지금 당신들이 겪고 있는 고통이 바로 그 산공의 고통이오. 보통은 하루에서 이틀간 지속되지만 지닌 내공이 강하면 강할수록 그 시간은 더 오래도록 이어지지."

설은 다시 걸음을 옮겨 사종달에게로 향했다. 괴이하게도 그가 손을 뗀 이들은 비록 움직일 수는 없어도 더 이상 고통을 느끼지는 않았다. 설이 천마기를 이용해 그들의 마기를 다스려 주었기 때문이다.

"난 당신들에게 한 가지 선물을 줄 생각이오. 탈마의 경지! 즉, 지금 지니고 있는 마기를 순수한 건곤지기로 바꿔주는 거지. 당신들은 이것을 천마기라 부르더군. 물론 탈마에 들었다고 해서 당신들이 지녔던 마공의 힘이 소멸되지는 않소. 다만 이전까지 익숙했던 마기를 건곤지기로 바꿔놨으니 익숙해지려면 시간이 좀 걸리겠지."

설은 고통을 참기 위해 이를 딱딱 부딪치는 사종달의 모습을 보며 측은한 눈길로 천천히 손을 내밀었다.

"열심히 하면 한 오 년이면 충분할 거요."

사종달을 끝으로 모인 마도고수들의 몸에 천마기를 불어넣는 것을 멈춘 설의 전신은 땀으로 흠뻑 젖어 있었다.

잠시 후 설이 털썩 그 자리에 주저앉자 모인 이들이 득달같이 달려왔다. 사종달을 위시한 마인들의 눈은 크게 떨리고 있었다.

"그렇게 볼 것 없소. 당신들에 대한 실망감이 사라진 건 아니니."

설은 마도 수장들의 존경 어린 눈빛을 발견하고 씁쓸하게 웃었다.

이윽고 사종달이 앞으로 나오자 그 뒤를 이어 마부주, 사도맹주, 흑사천주까지 모두 나와 설에게 깊숙이 허리를 숙였다.

"천마의 적통이신 무의천마께 인사 올립니다!"

"적통은 무슨. 난 천마교가 거듭나기만 바랄 뿐이오."

설은 피식 웃으며 몸을 일으켰다.

"그럼 무의천마께서는 저희들이 앞으로 어떻게 하기를 원하십니까?"

설은 주위에 모인 마도 수장들을 둘러보며 입을 열었다.

"마부, 사도맹, 흑사천은 모두 마도의 원류인 천마교에 합류해 잃어버린 천마의 정신을 회복하시오. 난 그것이면 족하오."

“알겠습니다.”

“교주님의 분부를 받잡겠습니다.”

모인 이들이 깊숙이 허리를 숙이며 이구동성으로 답하자 설이 눈살을 찌푸리며 다시 입을 열었다.

“난 교주가 될 생각이 없소. 천마교주는 사미가 적합할 것 같군.”

“아니! 그런…….”

설의 발언에 충격을 받은 듯 모인 이들은 일순 입을 열지 못했다.

“그녀는 전전대 교주 천마종의 직전제자니 문제가 없을 듯싶소.”

“으음, 알겠습니다. 하지만 그 분부는 무의천마께서 태상교주에 오르신 연후에 따르겠습니다.”

사종달의 말에 다른 이들이 크게 고개를 끄덕였다.

“사 교주가 내 발목을 붙잡고 싶은 모양이군. 좋을 대로 하시오.”

설이 피식 웃으며 고개를 끄덕였다. 이에 사종달 등은 크게 기뻐하며 밖으로 빠져나갔다. 그를 쉬게 해줘야겠다는 생각 때문이었다.

＊　　　＊　　　＊

한줄기 빛조차 새어 들어오지 않는 밀실.

“아! 역시 해내셨군요.”

야명주에 의지해 서찰을 읽어가던 수운이 짧은 탄성을 토했다. 그녀가 손에 쥔 서찰은 범정산에 머무르고 있는 사종달의 전서였다.

총군사 전(前).

본 마도는 천마교로 일통되었습니다. 교주는 무의천마의 진전을 이으신

마룡 교주께서 맡게 되셨고, 무의천마께서는 황공하게도 본 교의 태상교주가 되어주셨습니다. 이에 본 천마교는 무림맹에서 탈퇴하고자 합니다. 부디 무림맹의 승전보가 천하에 울리기를 기대하며 이만 글을 맺도록 하겠습니다.

천마교 태상호법 사종달.

서찰의 내용대로라면 무림맹의 타격 또한 막대할 수밖에 없었다. 무림맹의 전력 중 마도가 차지하는 비율이 거의 반에 이르기 때문이었다. 하지만 수운은 오히려 크게 기뻐하고 있었다.

"마도를 얻었다니. 이렇게 되면 천하의 반은 살릴 수 있어!"

수운은 흐뭇한 미소를 지으며 서찰에서 시선을 떼지 못했다.

밀실에서 빠져나온 수운은 군사부 회의실을 향해 걸음을 옮겼다.

"제마대주가 방금 전까지 총군사를 기다리다 갔습니다."

"제마대주가요?"

수운은 회의실 문전에서 자신을 기다리고 있던 제갈망을 향해 고개를 숙이며 되물었다.

"예. 비록 마도가 무림맹을 탈퇴했지만 아직 제마대에 속한 마인들을 호출하지는 않은 것 같습니다."

"그렇군요."

수운은 고개를 끄덕이며 잠시 생각에 잠겼다. 제마대는 제일백룡대의 살아남은 대원들로 구성된 특수 부대로 얼마 전 훈련을 끝내고 맹에 복귀했다. 제마대주 마검자가 자신을 찾아왔다는 것은 제마대가 모든 훈련을 마치고 자신에게 임무를 받기 위해 왔다는 뜻이었다.

잠시 생각에 잠겼던 수운이 이내 걸음을 옮겼다. 하북으로의 이동 준비가 어느 정도나 됐는지 확인해 보기 위함이었다.

*　　　　*　　　　*

도제와 비천서보다 훨씬 앞서 도착한 설은 전면에 펼쳐진 천룡성부를 물끄러미 바라보다가 천천히 몸을 움직이기 시작했다.

한줄기 바람이 되어 천룡성부 곳곳을 제집 안방 드나들 듯 돌아다니던 설은 생각보다 어렵지 않게 이소영을 찾을 수 있었다.

'으음. 조화천주에 근접한 건곤지인들이 무려 셋이나 되다니!'

잠시 주저하던 설이 일순 눈을 반짝였다. 미약하게나마 여인의 숨결이 들려왔기 때문이다.

'흠! 그런데 왜 두 사람이지?'

설은 고개를 갸웃거리며 다시 비익조를 전개했다.

스르륵!

설은 대기 중에 흐르는 기류에 몸을 맡긴 채 뇌옥의 문틈으로 스며 들어 갔고, 주변에 은잠해 있던 어느 누구도 이를 눈치채지 못했다.

"휴우."

이소영은 이제 눈에 확연히 들어올 정도로 부른 배를 바라보며 큰 숨을 내쉬었다.

"혹시 지금 나오려는 거 아냐?"

"미친놈. 아기가 그렇게 쉽게 나오는 줄 알아? 쯧쯧쯧!"

"뭐, 미친놈? 이 자식은 나이를 밑으로 처먹었나. 내가 애를 낳아봤어? 모를 수도 있지 그걸 가지고."

비대한 몸집의 노인이 걱정스런 음성으로 고개를 돌리자 검고 긴 머리를 뒤로 질끈 동여맨 노인이 핀잔을 주었다. 자칭 은자삼로(隱者三老)라는 노인들로 지난 몇 달간 이소영을 지극 정성으로 보살펴 준 이들이었다. 비대한 체구의 노인이 비강(肥剛), 누리끼리한 얼굴에 작달만한 체구의 노인이 황억(荒億)이었고, 그들 뒤로 우두커니 앉아 있는 구릿빛 피부의 흑발노인이 은자단주 흑전(黑田)이었다. 이소영은 흑전의 목소리가 가물가물했다. 자신에게 처음 말을 건넨 건 분명 흑전이었으나 그 후로는 단 한 번도 입을 열지 않았기 때문이다.

"이제 그만들 하세요."

이소영은 은자삼로를 보며 살포시 웃었다.

"쉿! 누가 들어왔어."

비강이 이소영의 입을 막으며 그녀의 앞으로 나왔다. 이에 그녀가 고개를 갸웃거리는 사이, 주변에서 느껴지던 은자삼로의 기척이 순식간에 사라졌다.

쌔애액!

사방에서 들리는 바람 소리에 불안한 기분이 든 이소영이 살며시 자신의 배로 손을 가져갔다.

"건곤지기!"

황억이 경악성을 토했다. 이소영의 눈에 한 사내가 들어온 것도 바로 그 순간이었다. 황억의 목에 손끝을 내밀고 있는 사내는 설이었다.

"처음 뵙겠습니다."

잔잔한 음성이 뇌옥에 울려 퍼지자 흑전과 비강이 모습을 드러냈다.

"네놈은 조화천주와 무슨 관계냐?"

비강이 앞으로 걸어나오며 버럭 소리를 질렀다. 설의 음성에서 천룡통천후의 기운을 느꼈기 때문이다.

"조화천인들은 만나면 만날수록 저를 점점 더 놀라게 하는군요."

설은 은자삼로를 보며 진심으로 감탄했다. 이 정도의 건곤지기를 지닌 이들이 무려 셋이나 있다는 사실이 도무지 믿기지 않았다.

'이상하군. 그동안 만난 조화천인들과는 다른 느낌이다.'

설은 은자삼로의 건곤지기가 조화천주나 신독, 백제가 보였던 기운과 성질이 전혀 다름을 느끼며 고개를 갸웃거렸다.

"으음! 넌 겸익의 개가 아니구나!"

이제껏 말이 없던 흑전이 침음성을 삼키며 앞으로 나왔다. 그의 눈역시 의혹으로 물들어 있었다.

"그동안 제 형수님을 보호해 주셨군요. 감사합니다."

설은 은자삼로의 뒤쪽에 있는 이소영을 발견하고 피식 웃었다.

"넌 도대체 누구냐?"

"기무설이라고 합니다. 저기 계신 분이 제 형수님이지요."

설이 자신들을 향해 정중히 허리를 숙이자 은자삼로는 이채 띤 눈으로 그를 빤히 쳐다봤다.

"그런데 어찌 대해에 우물물이 담겨 있는 거지?"

"막힌 둑을 뚫는 데 썼습니다."

설은 흑전의 물음이 자신의 건곤지기가 왜 미약한지를 묻는 것임을 눈치채고 피식 웃었다.

"흠! 얼마나 많은 둑을 뚫었기에 그 대해가 바닥이 났을까? 이해할수가 없군. 그리고 어찌 네 가지 기운이 동시에 느껴지는 거지? 아니, 그보다 더 많을 수도 있겠군. 그런데도 바닥이라니. 혹시 천하에 다시없을 대마두들을 해탈이라도 시켜줬느냐?"

“그것을 아시는 걸 보니, 비가 오면 다시 차는 이치도 아시겠군요.”

흑전이 자신이 겪은 일을 모두 알아맞히자 설은 또 한 번 감탄했다.

하지만 흑전의 감탄은 설보다 훨씬 더했다. 설에게서 느껴지는 건곤지기에 태양(太陽), 태음(太陰), 소양(小陽), 소음(小陰)의 네 가지 기운이 모두 담겨 있었기 때문이다.

“죄송하지만 말씀은 잠시 후에 다시 나누지요. 우선 형수님부터 살펴야겠습니다. 홀몸이 아니신 것 같군요.”

“허허! 의술까지 익혔어?”

흑전이 더 이상 말이 없자 설은 이소영에게 걸음을 옮겼고, 그의 뒷모습을 바라보는 흑전의 눈에 이채가 어렸다.

‘형수님이 아기를 가지셨다니… 형이 왔어야 했군.’

이소영의 앞에 다다른 설은 그녀의 상태를 보고 안도의 한숨을 내쉬었다. 허공을 격해 진맥을 해본 결과, 생각했던 것보다 혈색도 좋아 보였고, 산모와 아이 모두 건강했기 때문이다.

“형수님! 처음 뵙겠습니다. 저는 기무설이라고 합니다.”

“말씀 많이 들었어요. 그이에게 들었던 것보다 훨씬 준수하시네요. 그런데 그분은 안 오셨나요?”

설이 허리를 숙이자 이소영이 방긋 웃으며 물었다.

“예. 형님의 상황이 좋지 않으셔서 제가 대신 왔습니다. 하지만 형수님께서 심려하실 정도는 아니니 너무 걱정하지 않으셔도 됩니다.”

“그렇군요. 별일없으셔야 할 텐데…….”

이소영의 얼굴에 실망한 기색이 스치자 설이 미안한 표정으로 나직이 입을 열었다.

“약간 놀라신 것 같습니다. 조금 주무시지요.”

“네. 그래야 할 것 같아요.”

이소영은 설의 음성을 듣자 이루 말할 수 없는 편안함을 느끼며 슬며시 졸음이 밀려왔다. 그녀가 살며시 눈을 감음과 동시에 설은 그녀를 향해 자신에게 남아 있던 건곤지기를 모두 흘려보내기 시작했다.

자신과 은자삼로의 다툼으로 인해 행여 산모와 아이가 충격을 받았을까 봐 염려됐기 때문이다. 이를 지켜보던 은자삼로는 대경했다. 자신들이 목숨보다 소중히 여기는 힘을 설은 이소영에게 아낌없이 주고 있었기 때문이다.

이윽고 설이 몸을 돌리자 흑전이 그에게 손짓을 했다.

“우린 아직 더 나누어야 할 얘기가 있을 것 같다.”

“그러시죠.”

설이 다가오자 은자삼로가 그를 중심으로 빙 둘러앉았다.

“얘기를 들으려면 먼저 우리 사연부터 말하는 게 순서겠지?”

“경청하겠습니다.”

설이 이내 자리에 앉자 흑전의 이야기가 시작됐다.

“나는 흑전이고, 이 친구는 둘째 비강, 저 친구는 셋째 황억이다.”

흑전은 소개를 마친 후 자신들의 얘기를 천천히 풀어가기 시작했다.

은자지겁. 세인들은 절정고수들로 결성된 은자단의 살수행을 그렇게 불렀지만 흑전이 말하는 은자지겁은 이와 크게 달랐다.

처음 은자촌은 말 그대로 순수하게 건곤지도를 추구하는 모임이었다. 하지만 그곳에 모인 이들 중에는 그 순수에서 벗어나기 시작한 이들도 있었는데, 안타깝게도 다른 마음을 품은 자들의 능력은 은자촌 내에서도 가장 상위에 있는 자들이었다.

그들을 대표하는 자가 바로 천룡태자 겸익이었다. 겸익은 은자촌의 구성원들을 설득하고 포섭했다. 그리고 동조하지 않는 은자들은 그들의 혈족을 볼모로 협박했다. 아무리 세상 명리에 초월했다고 하나 혈연까지 끊을 수는 없는 법. 은자들은 결국 겸익의 협박에 굴복할 수밖에 없었고, 그가 조건으로 내건 일을 시행했다. 이것이 은자단이 결성된 이유였다.

그렇게 약속한 청부가 끝나갈 무렵, 겸익이 홀연히 나타나 백팔은자를 피에 굶주린 악마로 몰고 천룡성부의 지하 뇌옥에 가둔 것이다. 흑전은 그가 자신들을 죽이지 않은 이유도 말해 주었다.

"그놈은 처음부터 우리가 익힌 건곤지기를 노리고 있었지. 흥! 처음부터 그걸 내놓으라면 설령 가족이 눈앞에서 죽어가도 내놓지 않을 거라는 것을 알고 있었던 거지."

설은 흑전의 씁쓸한 표정을 보며 주먹을 불끈 쥐었다.

'혈육의 안위를 위해 살수가 된 것도 모자라 백 년을 갇혀 지냈다니.'

설은 은자삼로를 측은한 눈길로 바라봤다.

"역시 금제를 당하고 계셨군요."

"알아봤나?"

흑전이 기대 어린 눈초리로 설을 응시했다.

설이 고개를 끄덕이자 흑전을 비롯한 은자삼로의 눈이 잘게 흔들렸다. 설의 입에서 나올 다음 말이 너무도 기다려졌기 때문이다.

"혹시 어떤 금제를 당했는지도 알아보겠나?"

"글쎄요."

흑전의 눈에 일순 실망의 빛이 스치고 지나갔다. 설이 자신들의 금제를 알아보지 못했다고 판단했기 때문이다. 이를 눈치챈 설이 피식 웃으며 다시 입을 열었다.

"조화천주가 노선배님들을 이곳에 가둔 이유가 선배님들의 건곤지기 때문이라면 금제는 조화천주가 가한 것이 아니라 선배님들 스스로에 의해 생겼을 것입니다. 혹시 노선배님들께서 이곳을 벗어나지 못하는 이유가 태양 빛을 쬘 수 없기 때문이 아닙니까?

"마, 맞아! 우린 지난 백 년간 태음의 건곤지기만 쌓아왔기 때문에 태양에 노출되는 순간 그대로 끝장이지."

설의 말을 들은 흑전의 얼굴에는 희색이 만면했다. 자신들의 금제를 알았다면 해결할 방법도 알고 있을지 모른다는 기대 때문이었다.

"그렇군요. 이곳에 계셨던 분들은 모두 태양의 기운이 담긴 천룡통천후에 당했을 겁니다. 이를 치유하려면 태음의 건곤지기를 쌓아야 했겠지요. 조화천주는 이후 선배님들이 쌓은 건곤지기를 취할 생각이었고요."

설은 대번에 사태를 파악했다. 조화천주의 간악함에 치가 떨렸다.

"선배님들이 지금까지 살아계실 수 있던 이유는 태음의 기운에 가장 빨리 적응하셨기 때문일 겁니다. 하지만……."

설은 고개를 갸웃거리며 쌔근쌔근 잠든 이소영을 힐끗 쳐다봤다.

은자삼로가 이소영에게서 음기를 흡수하지 않은 것이 이해가지 않았기 때문이다. 이를 눈치챈 흑전이 잠시 주저하다가 입을 열었다.

"만일 저 아이가 잉태하지 않은 몸이었다면 우리도 어쩔 수 없었을 것이네."

은자삼로는 모두 입을 열지 못했다. 사실이었기 때문이다.

"보살펴 주신 것만으로도 감사할 뿐입니다."

"휴우, 정말 그렇게 생각하나?"

“네.”

설이 크게 고개를 끄덕이며 다시 입을 열었다.

“이젠 제가 도와드릴 차례군요. 제 건곤지기를 받으십시오. 그럼 밖으로 나가셔도 아무런 문제가 없을 겁니다. 대신!”

설이 잠시 입을 다물자 은자삼로가 설을 뚫어져라 응시했다.

“조화천을 없애주십시오!”

설의 입에서 흘러나온 얘기에 은자삼로의 눈이 배는 커졌다.

“조화천을 없애달라니… 정말 그것뿐이야?”

“하나 더 있습니다. 조화천을 없애신 후 선배님들도 세상에 나서시면 안 됩니다. 지난 세월을 보상받겠다든지 하는 생각은 추호도 가지시면 안 된다는 말씀입니다.”

“으음!”

흑전은 설의 뜻밖의 조건에 잠시 당황하는 눈치였다.

한동안 침묵하던 흑전이 이윽고 설을 향해 고개를 들어 올렸다.

“조화천주와 우리는 같은 하늘 아래서 살 수 없는 관계야. 그리고 우린 세상에 나설 생각이 없으니 두 번째 조건은 내세울 필요도 없어.”

“그럼 됐습니다.”

설은 피식 웃으며 고개를 끄덕였다. 하지만 그렇다고 설이 자신의 건곤지기를 모두 포기할 생각을 하고 있는 것은 아니었다. 그는 사종 달 등에게 건곤지기를 나눠 준 후의 변화를 염두에 두고 있었다.

‘수류절의 운용이 훨씬 수월해졌어. 마치 내 몸 안에 있는 건곤지기보다 대기 중에 있는 건곤지기가 더 내 것처럼 느껴질 정도로…….’

설은 건곤지체가 되기 위해 삼 갑자의 공력을 소모해야 하듯, 건곤의 문을 열기 위해 건곤지기를 소모해야 한다는 천마동의 깨달음을 실행해 옮길 생각을 하고 있었다. 큰 도박이었으나 설은 이미 마음의 결정을 내린 상태였다. 비록 자신이 실패한다 해도 자신을 대신할 은자삼로가 있었기 때문이다.

이윽고 설의 음성이 뇌옥 안에 울려 퍼지기 시작했고, 그들 뒤편에 있는 이소영은 그의 목소리가 마치 자장가처럼 들리는 듯 여전히 쌔근쌔근 잠들어 깨어나지 않고 있었다.

천룡성부의 뇌옥은 지하 삼십 장 깊이에 위치해 있다. 당연히 칠흑 같은 어둠으로 가득 찬 공간이어야 했고 적어도 지난 백 년간은 그런 곳이었다. 하지만 지난 열흘간은 전혀 그렇지 못했다.

뇌옥은 오색찬란한 광채로 가득 찼고, 바람 한 점 없던 이곳에는 아홉 기류를 지닌 광풍이 요동쳤다. 더욱 이상한 것은 그런 기이한 현상이 벌어지는 와중에도 이소영은 여전히 잠들어 있다는 것이었다. 오색 광채와 세 줄기 바람이 시작되는 곳과 불과 오 장도 채 떨어지지 않은 거리였는데도 말이다.

설과 은자삼로는 두 눈을 지그시 감고 결가부좌를 틀고 앉아 있었다. 설이 미동조차 하지 않고 연신 건곤지기를 뿜어내고 있는 반면, 은자삼로는 잠시도 가만히 있지를 않았다. 땅에 머리를 처박고 전신을 부르르 떠는 이가 있는가 하면 허공에 둥실 떠서 설의 주위를 빙글 도는 이도 있었지만 그들의 표정은 한결같이 말로 형용 못할 희열에 들떠 있었다.

우우우우웅!

순간, 설의 전신에서 뻗어 나온 빛은 광풍과 함께 사방을 휘돌다가 그를 중심에 두고 둘러앉은 은자삼로의 오공으로 스며들었다.

설에게 있어서는 꼬박 열흘 만에 생긴 변화였다.

패애애애앵!

쉴 새 없이 움직이던 은자삼로의 신형이 허공에서 뚝 멈추고 이와 동시에 설의 몸이 허공으로 솟구치며 빠른 속도로 회전하기 시작했다.

윙, 윙, 윙……!

점점 가속도가 붙기 시작한 설의 몸은 채 반 각도 못 되어 더 이상은 육안으로 식별할 수 없는 지경까지 회전했다. 그때였다.

퍼어어어어어어엉!

백만 근의 화약이 동시에 터지는 듯한 폭음이 뇌옥에 울려 퍼지며 회전하며 모아졌던 광채가 사방으로 퍼져 나갔다.

쏴아아아아!

설의 몸에서 쏟아져 나온 건곤지기는 폭포수처럼 은자삼로의 전신으로 스며들기 시작했다. 그렇게 시간이 지날수록 설의 전신은 점점 오그라들었고, 은자삼로의 전신은 팽창해 갔다.

그들의 수축과 팽창이 정점에 이른 순간.

퍽!

은자삼로와 설은 약속이나 한 것처럼 동시에 지면으로 내려왔다. 하지만 은자삼로와 이소영이 사뿐히 내려앉은 것과 달리 설은 땅에 이마를 부딪치고 말았다.

"어찌 이 은혜를 갚을 수 있을까? 현생과 내세를 다 합쳐도 갚지 못할 은혜를 우리더러 도대체 어떻게 갚으란 말이야?"

뼈가 앙상하게 보일 정도로 말라비틀어진 설의 몸을 안아 든 흑전의 눈에는 한줄기 눈물이 흘러내리고 있었다. 설이 자신들에게 이 정도까지 건곤지기를 나눠 줄지 몰랐던 것이다. 아니, 흑전은 전혀 상상도 못한 무한대의 건곤지기를 설이 지니고 있음을 미처 짐작치 못했다는 것이 훨씬 적절한 표현이었다.

흑전은 설을 안아 들고 다른 은자삼로들을 둘러봤다. 이에 비강이 천천히 앞으로 걸어나오며 입을 열었다.

"영원히 이분의 종으로 살 우리가 뭘 어떻게 한단 말이오? 그저 이분의 처분에 따르면 그뿐이지요."

흑전과 황억이 힘껏 고개를 끄덕였다.

설은 삼 일이 지난 후 정신을 차렸다. 비록 이제는 한 줌의 건곤지기도 남아 있지 않았으나 은자삼로는 그의 눈빛만 보고도 그가 자신들은 감히 범접할 수 없는 경지에 올랐음을 직감했다.

"그런 걸 바라고 한 일이 아니라는 것을 아시지 않습니까?"

설은 담담한 얼굴로 답했지만 은자삼로는 굳은 표정을 풀지 않은 채 그의 눈만 바라봤다.

"다른 말씀은 드리지 않겠습니다. 자진을 하면 결코 건곤비에 들 수 없다는 사실은 주공께서 더 잘 알고 계실 테니까요."

"이거 참……."

설은 흑전의 단호한 음성과 눈빛에서 그들이 결코 빈말을 하는 것이 아님을 느꼈다.

"주공께서 우리 같은 미천한 것들을 거두실 의향이 없으신 것 같으니 난 먼저 저 세상에 가서 기다리고 있겠다."

"잠시만 기다리십시오!"

설이 다급하게 외쳤다.

"주공으로 모시겠다는 사람이 왜 이리 나를 곤란하게 만드는 거요?"

"제가 어찌 감히 주공께 불경을 저지르겠습니까."

설이 눈썹을 찌푸리자 흑전은 다급히 허리를 숙였다.

"후후후. 고집스런 노인네들 같으니라고!"

설의 웃음소리를 들은 은자삼로의 눈에 기쁨의 빛이 스쳤다. 그의 말투에서 수하로 거둔다는 뜻을 읽을 수 있었기 때문이다.

"저어, 주공. 죄송하지만 밖에서 소란이 있는 것 같습니다."

"으음. 도제 어르신을 깜빡하고 있었군."

황억이 조심스레 말을 건네자 설은 이소영에게 미안한 표정을 지어 보였다. 은자삼로에게 모든 정신을 쏟느라 미처 도제와 비천서가 자신의 뒤를 따랐다는 것을 잊고 있었던 것이다.

"그럼 제가 먼저 나가보겠습니다."

파팟!

황억은 설이 고개를 끄덕임과 동시에 순식간에 자리를 벗어났다.

"풋!"

밖으로 빠져나온 이소영은 눈앞의 광경에 실소를 흘렸다. 먼저 나온 황억은 뒤에 서 있었고, 그의 앞에 선 도제와 비천서가 일단의 무리들을 모두 무릎 꿇린 채 일장 연설을 늘어놓고 있었기 때문이다. 온몸에 멍이 들고 피투성이가 된 그들은 천룡뇌옥을 지키던 자들이었다.

"사부님!"

설을 발견한 비천서가 손을 흔들었다. 하지만 곁에 서 있는 도제는 눈을 동그랗게 뜬 채 입을 열지 못했다. 설의 옆에 위태롭게 서 있는 자신의 딸을 발견했기 때문이다.

"소, 소영아!"

"아버지."

도제는 눈물을 글썽이며 소영에게 달려왔다. 하지만 앞에 이르자 차마 그녀를 부둥켜안지 못하고 고개를 푹 숙였다.

"미안하구나. 못난 아비를 둬서 네가 이 고생을……."

"고생은요. 아버지 심려가 더 크셨을 텐데요."

이소영은 전보다 훨씬 늙어 보이는 도제의 손을 살며시 잡아끌었다.

'얼마나 마음 고생이 크셨으면…….'

그녀는 자신보다 더 고통받았을 도제에게 오히려 죄송한 마음이 들었으나 애써 밝은 웃음을 지어 보였다. 이에 도제와 이소영의 해후를 물끄러미 바라보던 설이 흑전에게 시선을 옮겼다.

"삼로는 도제 어르신과 형수님을 설혼문까지 모셔다 드리고 오시오."

"그럼 주공께서는……."

"난 걱정 마시오. 내겐 듬직한 제자가 있으니까."

"으음, 알겠습니다."

설의 말에 비천서는 입이 찢어져라 웃으며 어깨를 떡 폈다. 하지만 흑전의 얼굴에는 걱정의 기색이 떠나지 않았다. 이에 설은 흑전의 마지못한 얼굴을 바라보며 피식 웃다가 이소영에게 고개를 돌렸다.

"형수님, 그럼 나중에 찾아뵙겠습니다. 어르신도 강녕하십시오."

"네, 몸조심하세요."

이소영이 살짝 고개를 숙이자 곁에 서 있던 도제는 미안한 표정을 지으며 설에게 다가왔다.

"자네에게는 신세만 끼치고 도움은 전혀 못 됐군. 미안하네. 내 저

아이를 설혼문에 데려다 놓으면 당장 달려오지!"

"더 이상 설혼문도 안전한 곳이 아닙니다. 형수님을 지켜주십시오."

"으음, 알겠네."

도제는 설을 도와 조화천을 상대하고 싶은 마음이 굴뚝같았지만, 설혼문도 더 이상 안전한 곳이 아니라는 말에 더는 입을 열지 못했다.

설이 다시 흑전에게 고개를 돌렸다.

"그럼 부탁하겠소."

"염려 않으셔도 됩니다. 다녀오겠습니다!"

은자삼로와 도제, 그리고 이소영은 몸을 돌렸다.

"형, 형은 형수님을 위해서라도 무사히 돌아와야 해!"

설은 은자삼로의 호위를 받으며 떠나는 이소영의 뒷모습을 바라보며 혼잣말로 중얼거렸다.

"그럼 우리도 출발합시다."

설의 말을 들은 비천서가 얼굴을 찌푸리며 입을 열었다.

"사부님, 언제까지 존대를 하실 거예요? 저 영감들한테도 그런 말투는 안 쓰시잖아요. 저는 엄연히 사부님의 제자 비천서라고요!"

비천서가 제 가슴을 탕탕 치며 외치자 설은 속으로 오히려 그의 행동이 사부에게 제자가 할 행동은 아니라는 생각에 고소를 머금었다.

"그럼 앞으로는 천서라 부르지. 됐어?"

"네! 사부님!"

비천서가 차려 자세를 취하며 큰 소리로 대답하자 설이 엷은 미소를 보이며 다시 입을 열었다.

"일단 비마각으로 가자."

"비마각이요? 으음, 어딘지 모르는데요?"

당황한 비천서가 고개를 갸웃거리자 설이 나직이 입을 열었다.

"남궁 낭자가 준 지도가 있잖느냐?"

"아, 그렇군요!"

설이 곧장 비익조를 전개하자 비천서도 그 뒤를 따라 비천행을 전개해 몸을 날렸다.

설과 비천서의 발길이 향하는 곳은 감숙성의 성도, 난주(蘭州)였다.

황하루(黃河樓)는 난주에서 꽤 알려진 주루로, 황하 상류인 하서회랑(河西回廊)을 끼고 있어 황하루라는 이름을 갖게 되었다고 하나 천년 전부터 서역으로 통하는 길목에 있던 까닭에 서역루(西域樓)라는 이름으로 더 유명한 곳이었다. 그 주루의 삼층에는 설과 남궁희수가 마주 앉아 담소를 나누고 있었다.

"어떻게 하실 작정이세요?"

"글쎄요."

설은 싱긋 웃기만 할 뿐 더는 입을 열지 않았다.

"제 생각에는 이곳에서 잠시 요양을 취하시는 게 좋을 것 같아요."

"글쎄요."

설은 앞에 놓인 찻잔을 들어 빙글빙글 돌리며 '글쎄요'라는 말만 되풀이했다. 소혼이 명왕궁의 고수들과 힘겨운 싸움을 하고 있다는 소식을 들었을 때는 당연히 그리 갈 생각이었다. 하지만 설은 무림맹의 군사부가 하북으로 이동 중이고 명왕궁의 고수들이 그 뒤를 쫓고 있다는 말을 듣자 적이 당황할 수밖에 없었다. 그 군사부에 수운이 속해 있었기 때문이다. 하지만 남궁희수의 말은 거기서 그치지 않았다.

청룡단과 대치하고 있는 적들이 여의신궁을 포함해 명왕궁 내에서도 수위를 다투는 세력들이라는 말을 들은 것이다. 이에 설은 절로 한숨이 새어 나왔다. 어느 곳 하나 위급하지 않은 곳이 없었기 때문이다.

반면 남궁회수는 설의 근심 어린 기색을 살피며 자신이 너무 성급하게 입을 열었다 자책했다. 백제를 따라 범정산에서 벗어났던 그녀는 곧바로 난주로 향했고, 황하루에 머물렀다. 그곳은 세간에 알려지지 않은 비마각의 감숙지부였다.

"혹시 만나보실 생각 없으세요?"

남궁회수는 황하루 문을 나서는 설과 비천서를 배웅하며 지금껏 참았던 말을 꺼냈다. 설은 그녀의 말이 백제를 가리킨다는 것을 눈치채고 피식 웃었다.

"때가 되면 만나겠죠."

"그래도……."

남궁회수는 아쉬운 표정으로 입을 다물었다.

"그럼!"

"남궁 낭자, 다음에 또 봐요!"

설이 가볍게 고개를 숙이며 맑은 미소를 건네자 옆에 있던 비천서도 남궁회수를 향해 손을 흔들었다.

막 몸을 돌린 비천서가 설을 향해 물었다.

"근데 이제 어디로 가지요?"

"백운산(白云山)으로 갈 생각이다."

비천서가 고개를 갸웃거렸다. 소혼을 찾아 해남도 쪽으로 향하리라는 자신의 예상이 빗나갔기 때문이다.

설은 비천서의 의아한 표정을 보며 속으로 중얼거렸다.

'형님이시라면 버텨주실 것이다. 아니, 꼭 그래 주셔야 한다. 구대

문파를 구하지 못하면 조화천의 의도대로 되고 마니 어쩔 수가 없구나.'

순간 설의 머리 속으로 수운의 얼굴이 스치고 지나갔다. 그녀 역시 걱정되기는 마찬가지였지만 수운의 지혜와 그녀가 지닌 일월성신경의 능력이라면 분명 무사히 하북으로 이동할 것이다.

결국 설은 가장 위태로운 지경에 놓인 쪽을 택한 것이다. 하지만 그는 어떠한 선택을 하든지 후회할 것임을 이미 예감하고 있었다.

*   *   *

해안가를 끼고 두 사내가 서 있었다.

"오랜만이군."

겸추가 갈천혁을 향해 고개를 돌리고 말했다.

"제대로 들어선 것 같군요."

"알아주니 고맙군."

겸추는 갈천혁의 말에 피식 웃었다.

"바로 본론으로 들어가지."

"그럽시다."

"자네도 이미 짐작하고 있겠지만 조화천인들이 세상에 나왔네."

"그날 이후, 내게는 더 이상 사부나 사형이라는 존재는 없소. 그러니 나는 더 이상 조화천 소속이 아니외다."

"뭐 아무래도 상관없네. 어차피 이 싸움은 나의 승리로 끝날 걸세. 내 그 말을 해주러 왔지!'

"정녕 그따위 헛소리를 하려고 여기까지 왔단 말씀이오?"

갈천혁이 눈썹을 꿈틀하며 묻자 겸추도 안색을 굳히며 입을 열었다.

"자네 아직 모르고 있는 것 같군. 팔선이 모두 내 쪽으로 돌아섰네."

"으음!"

겸추는 갈천혁이 침음성을 삼키자 비릿한 미소를 흘렸다.

"천뇌가 자네 모르게 애 많이 썼더군. 신독을 끌어들이기 위해 천독혈시를 만들고, 날 도발키 위해 겸휘까지 죽인 걸 보면 말이야. 하지만 명왕궁의 패배는 자명한 일이네. 아무리 사제라고 해도 혼자만으로는 감당할 수 없을 거야. 그러니 이쯤에서 명왕궁은 포기하고 내 밑으로 들어오게. 그럼 지난 일은 더 이상 묻지 않겠네."

"천만에! 아직 싸움은 끝나지 않았소. 그리고 아까도 말했지만 내게 더 이상 사부나 사형은 없습니다. 아! 사부에게 충성을 보이려고 성까지 겸으로 바꿨으니 부자지간이라고 해야 하나?"

갈천혁은 씁쓸하게 웃으며 성큼성큼 걸음을 옮기기 시작했다.

"그럼 얘기 끝났군. 참! 광검존이 자네를 찾아 이곳으로 오고 있다는 소식은 들었겠지? 어쩌면 내가 손을 쓸 새도 없겠군. 후후후!"

겸추의 말에 갈천혁이 잠시 걸음을 멈췄다.

"그가 오고 있다고?"

"천독혈시 때문에 화가 단단히 난 모양이야."

"그렇군. 잠시 그를 잊고 있었어. 내 진정한 적수를……."

갈천혁은 피식 웃으며 중얼거리다가 이내 걸음을 옮겼다.

이에 겸추는 의혹이 가득 찬 시선으로 그의 뒷모습을 바라봤다.

'진정한 적수라? 광검존을 그 정도까지 인정해 준단 말인가?'

겸추가 알기로 갈천혁은 어느 누구보다 자부심이 강한 사내였다. 자신은 물론이거니와 어쩌면 조화천주조차도 인정하지 않을지도 모르는 그가 광검존을 적수로 보고 있다는 사실은 겸추에게 의외의 일이었다.

"설마 내가 광검존을 과소평가한 거란 말인가?"

겸추는 밀려오는 파도를 보며 중얼거렸다.

뱃전에 서서 망망대해를 바라보던 갈천혁은 뒤에 서 있는 명왕궁 해상단의 단주를 향해 힐끗 고개를 돌렸다.

"얼마나 남았나?"

"이제 두 시진만 지나면 광주 선착장에 도착합니다."

"느리군."

갈천혁이 고개를 젓자 단주는 허리를 숙이며 다시 입을 열었다.

"송구스럽습니다. 하지만 지금도 최대 속도로 운항 중입니다."

우지끈!

해상단주는 갈천혁이 화를 내는 것이라 여기고 눈을 질끈 감았다.

'난 이제 죽었군!'

하지만 한참이 지나도 자신의 몸에 별다른 이상이 없자, 단주는 용기를 내어 슬며시 고개를 들어 올렸다. 그의 눈에 배의 일부분이 떨어져 나간 것이 눈에 들어왔다.

"아니, 그새 어디를 가서… 허어억!"

그의 두 눈이 경악으로 커졌다. 뜯은 나무판자에 올라 까만 점으로 화해가는 갈천혁이 눈에 들어왔기 때문이다.

턱!

"여기가 좋겠군!"

광주 시가를 벗어나 외진 산길로 접어든 소혼은 버려진 관제묘를 발견하곤 어깨에 메고 있던 행낭을 아무렇게나 집어 던졌다.

"이제 나오지 그래?"

소혼은 자리에 털썩 주저앉으며 관제묘 좌측 숲으로 고개를 돌렸다.

"역시 광검존의 눈은 속일 수 없군."

"그 말 들으니까 은근히 열받는걸. 지금까지 귀찮게 한 인간들 입에서 나올 소리는 아닌 것 같은데 말이야."

말은 그렇게 했지만 소혼의 음성은 전혀 화난 기색이 아니었다. 천천히 그의 앞으로 걸어온 사내는 오십 보쯤 떨어져 멈췄다.

"나는 당영추라 하네. 무림에서는 수종이라 불리지."

"잡소리는 집어치우지 그래."

소혼의 말에 수종의 얼굴이 일순 붉어졌다.

잠시 후 수종이 화를 꾹 눌러 참으며 천천히 입을 열었다.

"으음. 우리는 이쯤에서 자네와의 악연을 끊기로 합의를 봤네."

"악연은 무슨… 아무튼 잘됐군. 나도 여기서 혹을 뗄 참이었는데 말이야. 그럼 떼로 덤빌래? 아니면 전처럼 교대로 짜증나게 만들래?"

"우리의 차륜전이 피곤하긴 했던 모양이군. 좋아! 그럼 원대로 해주지. 모두 나오시오!"

소혼의 말에 수종이 비릿한 미소를 머금고 힐끗 고개를 돌렸다.

잠시 뒤 그의 부름을 받은 일단의 남녀가 모습을 드러냈다. 먼저 나온 이는 색종 학성홍으로 그의 손에는 이전에는 보이지 않던 시뻘건 창 한 자루가 들려 있었다. 그의 뒤로 빙화이모가 모습을 드러냈다. 그녀들은 빙옥 같은 피부에 주름살 하나 없는 얼굴이었지만 하얗게 센 머리로 나이를 가늠하기 어려운 모습이었다. 소혼은 그녀들의 눈빛에 서린 한기만으로도 빙화이모의 공력이 수준급임을 직감했다. 그리고

마지막으로 합장을 한 채 나오는 긴 머리의 승려들은 천축에서 최고의
무승들로 알려진 대뢰음사의 대뢰십팔승이었다.

"하나, 둘, 셋…… 흠, 아직 모자란데?"

손가락을 들어 그들의 수를 하나하나 헤아리던 소혼이 고개를 저으
며 수종에게 시선을 옮겼다.

'으음, 혹시 이자가 그들까지 감지했다는 건가? 그럴 리가!'

잠시 당황하던 수종은 이내 표정을 감추며 동료들을 향해 눈짓했다.

파파파팟!

슈우욱!

순간 수종의 눈짓을 신호로 그들의 신형이 소혼을 에워싸며 공격해
들어왔다. 하지만 이를 보는 소혼의 표정은 담담하기 그지없었다. 아
니, 마치 누군가를 찾는 것처럼 시선을 다른 곳에 두고 있었다. 이에
공격하던 이들은 크게 자존심이 상했다. 비록 상대가 상대이니만큼 합
공을 하는 처지였지만 이런 멸시까지 받을 정도의 실력은 아니라 자부
하고 있었기 때문이다.

"한빙신장(寒氷神掌)!"

동시에 기합성을 내지르며 짓쳐드는 빙화이모의 네 손은 다가오기
전부터 극한의 한기를 뿜어냈다.

"받아랏! 만천화우!"

수종이 허공으로 도약하며 빙글 회전했다.

파라라라랏!

그의 몸이 팽이처럼 회전하며 수천 개의 암기들이 쏟아져 나왔다.

"천뢰합격(天雷合擊)!"

그와 동시에 대뢰십팔승이 일렬로 서서 앞사람의 등에 장력을 발산

했다. 그들을 천축 최고고수로 만든 천뢰천인장(天雷千印掌)이었다.

수종의 만천화우와 대뢰십팔승의 천뢰천인장에 이어 색종 학성홍의 창이 뱀이 먹이를 채듯 혈선을 그리며 쭉 뻗어왔다. 소혼은 이번 공격에 그들의 필생 공력이 담겨 있음을 직감하고 양손을 열십 자로 모으며 만타심법을 극대로 끌어올렸다.

"파천일검! 천변극(天變極)!"

콰콰콰콰아!

소혼이 기합을 토함과 동시에 그의 손에서 백색 검 한 자루가 허공으로 솟아올랐고, 허공에서 정지한 검은 순식간에 수백 개로 갈라지며 지면을 향해 섬전과도 같은 속도로 쏟아져 내렸다.

퍼퍼퍼퍼퍽!

"으아악!"

"커어억!"

소혼이 그들의 공격에 당하기 일보 직전, 공격하던 이들의 육편이 사방으로 튀며 자욱한 흙먼지가 일었다. 찰나지간에 벌어진 일이었지만 잠시 후 흙먼지가 가라앉자 소혼을 제외하고 어떤 이도 서 있지 않았다.

"내가 당신들의 그 귀찮은 짓거리를 꾹 참았던 이유가 힘이 없어서라고 생각했다면 오산이다. 난 기다렸을 뿐이야. 자신이 설 때까지."

소혼의 음성은 아무도 없는 관제묘 곳곳으로 퍼졌다가 공허한 메아리가 되어 다시 돌아왔다. 하지만 소혼은 여전히 입을 다물지 않았다.

"그 건곤지기인지 뭔지 하는 걸… 이길 자신 말이다!"

콰악!

소혼이 검강을 일으켜 만든 백색검을 지면으로 내리꽂았다.

퍼억!

그의 손에 들린 백색 검을 타고 회색 기류가 스멀스멀 올라왔다.

"적기사가 당했다!"

순간 땅속에서 솟구쳐 오른 괴인 셋이 삽시간에 소혼을 에워쌌다.

"동료 하나 죽었다고 모습을 드러내다니 아직 수련이 덜 됐군!"

소혼은 자신을 둘러싼 명왕기사들을 보며 피식 웃음을 머금었다. 하지만 그의 속은 그 어느 때보다 타 들어가고 있었다.

'역시 강한 놈들이다! 이럴 줄 알았으면 하나씩 처리할 걸 그랬나?'

소혼은 내심 후회가 밀려왔지만 이내 속으로 세차게 고개를 저으며 입꼬리를 살짝 말아 올렸다. 그의 얼굴에 담긴 미소는 자신감이었다.

"덤벼!"

소혼의 여유로운 음성에 그를 둘러싸고 있던 명왕기사들 사이에서 떡 벌어진 어깨에 장대한 체구의 철기사가 걸어나왔다.

"네놈은 죽는다. 물론 그전에 적기사를 죽인 대가를 톡톡히 치르게 해주지!"

"넌 아니야!"

"뭐야?"

소혼은 철기사의 일그러진 얼굴을 보며 피식 웃다가 고개를 돌렸다.

"머리는… 너였군!"

"눈은 제대로 달렸군. 후후후!"

휘이익!

혈기사가 웃으며 손을 내젓자 소혼이 표정을 굳히며 솟구쳐 올랐다. 간발의 차로 혈기사의 건곤지기를 피한 소혼은 그의 건곤지기가 회선하여 다시 등 뒤로 엄습해 옴을 깨닫고 양다리로 내력을 집중했다. 아슬아슬하게 건곤지기를 피해 다시 지면에 착지한 소혼은 피식 웃으며 혈기사의 얼굴을 바라봤다.

"센데!"

건곤지기에 스친 소혼의 머리카락 몇 가닥이 허공에서 나풀거리며 떨어져 내리다 이내 먼지로 흩어졌다.

"너야말로! 천뇌 군사 말대로 보통 인간이 아니군."

"천뇌라……. 이제 보니 그자가 나를 귀찮게 한 주범이었군. 그래! 명왕궁주는 이런 어쭙잖은 수를 둘 사내가 아니지!"

소혼은 고개를 끄덕이며 피식 미소를 흘렸다.

"닥쳐라! 그 입으로 언제까지 나불대는지 두고 보지. 쳐라!"

파파팟!

혈기사가 눈썹을 꿈틀하며 버럭 소리를 지르자 철기사와 흑기사가 동시에 날아올랐다. 이에 소혼 역시 공중으로 치솟아오르며 만타심법을 극대로 끌어올렸다.

콰콰콰콰!

엄청난 속도의 공방이 이어지며 그들 주변의 대기가 크게 일렁였다. 그렇게 수백 초가 오갔지만 양측 모두 전혀 지친 기색이 아니었다.

'건곤지기… 강기도 아니고 장풍도 아니다. 이건 마치 자신의 공력 자체를 구체화시킨 것 같군!'

소혼은 명왕기사들의 건곤지기에 의해 자신이 검강으로 만든 검에 균열이 생기기 시작하자 속으로 침음성을 삼키며 고심했다. 도무지 건곤지기를 파훼할 방법이 떠오르지 않았다.

파아앙!

소혼은 좌측에서 짓쳐드는 건곤지기를 보며 허리를 뒤로 젖혔다.

"틈! 번뇌참!"

순간 소혼은 기합성과 함께 공격하던 흑기사를 향해 달려들었다.

"컥!"

소혼의 검에 몸이 반으로 쪼개진 흑기사가 외마디 비명성을 토했다.

"이놈!"

이를 본 철기사가 버럭 소리를 지르며 건곤지기를 날렸다.

"인간이 아니라더니 몸뚱이는 똑같군 그래."

캉! 캉!

소혼은 자신을 향해 날아온 건곤지기를 쳐내며 피식 웃었다. 하지만 그의 내심은 겉과 판이하게 달랐다.

'제길! 번뇌참으로도 단 한 놈만을 보내다니.'

소혼은 지금껏 아껴온 최후 초식에 고작 한 명이 죽었다는 사실이 무척 안타까웠다. 공력의 소모가 이제 한계치에 이르렀기 때문이다.

"사지를 갈기갈기 찢어주마!"

소혼의 전면으로 날아 내린 혈기사가 온몸으로 살기를 일으키며 노려봤다. 적기사와 흑기사가 당했다는 사실이 도저히 믿기지 않았다.

'이들을 없애려면 파천일검의 마지막 초식뿐이다!'

소혼은 자신이 아직 이루지 못한 심검을 뽑아야 이 싸움을 자신의 승리로 끝낼 수 있음을 직감했다.

"끝내자!"

소혼의 표정이 심상치 않음을 느낀 혈기사가 공중으로 튀어 올랐고, 철기사 역시 허공으로 도약하며 양손을 앞으로 쭉 뻗었다.

슈우우욱!

두 가닥 잿빛 기운이 대기를 가르며 긴 파공성이 주위로 퍼졌다.

이들의 움직임을 지켜보던 소혼이 검을 꾹 움켜쥐자 그의 검에서 검명이 울리며 백색 광채가 더욱 빛을 발했다.

"파천일검 무(無)!"

콰콰콰쾅!

만 근 화약이 동시에 터지는 듯한 굉음과 함께 온 사방이 백색 광채로 가득 찼다.

털썩!

한쪽 무릎을 땅에 끓고 앉은 소혼은 땅을 짚기 위해 손을 내뻗었으나 안타깝게도 몸은 그의 뜻을 따라주지 않았다. 한쪽 팔이 떨어져 나갔기 때문이다.

"흠! 삼 갑자의 희생 없이 건곤지기를 얻다니. 정말 믿기지 않는군."

힘겹게 고개를 든 소혼의 눈에 감탄의 기색을 감추지 못하고 있는 갈천혁이 들어왔다.

"건곤지기? 심검이 아니고? 쿨럭!"

소혼은 입을 열다 말고 털썩 앞으로 고꾸라졌다.

"팔 하나 정도로 건곤지기를 얻었으니 자네는 남는 장사를 했군."

순식간에 그의 앞으로 다가온 갈천혁은 한쪽 팔이 떨어져 나간 그의 어깨를 보며 살짝 눈살을 찌푸렸다.

이윽고 갈천혁은 소혼을 어깨에 둘러메고 성큼성큼 걸음을 옮겼다.

명왕기사들이 몰살했다는 사실에 충격을 받았을 법도 한데 그의 눈에는 어떠한 분노의 감정도 느껴지지 않았다. 지금 그의 마음에는 소혼을 완쾌시켜 어서 싸워보고 싶다는 투지만 들끓고 있었다.

"하하하! 늦지 않아 다행이군."

그렇게 갈천혁과 소혼은 점점 멀어져 갔다.

*   *   *

진영은 수운의 뒤를 따르며 나직한 목소리로 입을 열었다.

"하북은 지금 초겨울 날씨라더군요. 그래서 미리 두꺼운 옷을 준비해 두었으니 필요하시면 언제라도 말씀하세요."

"항상 폐만 끼치네요. 고마워요."

"아니에요. 전 당연히 해야 할 일을 하는 것뿐이에요."

수운의 말에 진영이 피식 웃으며 고개를 저었다.

"태행산까지는 아주 험난한 여정이 될 겁니다. 그러니 마음 단단히 드시고, 제 곁에서 한시도 떨어지지 마세요."

진영은 재삼 당부했다. 수운의 몸 상태가 좋지 않은 것으로 알고 있었기 때문이다.

"네. 저도 그럴 생각이에요."

진영의 당부에 수운이 살포시 웃으며 고개를 끄덕였다.

수운은 진영이 왜 이토록 자신에게 잘해주는지 알고 있었다. 명목상 이유는 그녀의 직속상관으로 있던 풍랑의 부탁으로 총군사의 호위무사 직에 자원한 것이었지만, 수운이 일월성신경을 통해 진영의 마음을 들여다본 바로는 그녀는 수운과 함께하면서 설에 대한 소식을 기다리고 있었다. 설이 살아 있다면 가장 먼저 찾을 이가 수운이라고 생각하고 있었기 때문이다. 그 덕분에 진영과도 꽤 친해질 수 있었다.

하지만 수운은 진영에게 설이 무의천마라는 사실을 알려주지 못하는 것에 내심 미안한 마음을 지니고 있었다.

"출발하시죠."

수운은 한기마저 느껴지는 사내의 음성에 고개를 돌렸다. 그녀의 눈에 자신을 응시하는 마검자가 들어왔다.

"네!"

"마차에 오르십시오. 그럼!"

마검자는 그녀의 말에 고개를 살짝 숙인 후 몸을 휙 돌렸다.

"참 딱딱한 사람이지요?"

"그러게요."

진영이 고운 아미를 찡그리자 수운은 피식 웃으며 걸음을 옮겼다.

"지금 출발한다. 이미 명왕궁에서 우리를 치기 위해 수많은 고수를 급파했다는 정보가 입수됐으니 모두 마음 단단히 먹도록!"

마검자를 중심으로 빙 둘러서 있는 제마대는 하나같이 입을 꾹 다문 채 그의 말을 경청했다.

"그리고 우리는 하북에서 마지막 임무를 하달받게 될 것이다."

"마지막 임무라니? 여태까지 우리가 한 일이 뭐가 있다고?"

한후가 어이없는 표정으로 묻자 다른 대원들도 엇비슷한 표정을 지으며 마검자를 바라봤다.

"그건 나도 모른다. 우리는 처음 서약했던 대로 임무만 완수하면 그뿐이다. 그게 마지막 임무라면 우리는 그렇게 알고 있으면 되는 거야."

"잘하면 명왕궁주의 목을 따오라고 할지도 모르겠군."

마검자의 말에 한후가 고개를 끄덕이며 중얼거렸다.

"나와 남궁무가 선두를 맡고, 백학성과 팽도호가 우측을, 사애와 한후가 좌측을 맡는다. 그리고 후미는 이한상 선배가 맡아주십시오."

마검자의 지시를 받은 이한상은 무심한 표정으로 고개를 까딱이며 그대로 몸을 휙 돌렸고 곁에 서 있던 사애도 천천히 몸을 돌렸다. 이에 마검자가 씁쓸한 표정으로 그녀의 뒷모습을 바라봤다.

"출발!"

마검자가 수신호를 하자 수레와 말들까지 포함하면 꽤 길게 늘어진 군사부의 행렬이 드디어 움직이기 시작했다.

수운 일행은 무척 더딘 속도로 이동했다. 무려 삼 일에 걸쳐 당도한 곳이 고작 단강구(丹江口)였다. 단강구는 무당산에서 불과 이백 리밖에 떨어지지 않은 곳이었다. 함께 움직이는 인원이 많은 까닭도 있었지만 아직까지 명왕궁의 공격이 없자 수운이 취한 조치였다.

수운은 전면에 보이는 강물을 물끄러미 바라보며 생각에 잠겼다.

'지금까지 공격하지 않았던 이유가 저 강물 때문이라면 한 방에 모든 것을 끝낼 심산일지도… 하지만 그러기엔 저들에게는 너무 불리한 지형이야. 역시 천뇌라는 자 보통이 아니야.'

수운은 아무리 생각해 봐도 결론을 내리기가 힘들었다. 그녀가 보고 있는 강물은 양자강의 지류로 우습게 건널 수 있는 강이 아니었다. 물론 선착장에 있는 배를 이용해 건너면 되는 일이었지만 그러려면 인원을 나눠야 했다. 단강구에는 칠십오 명의 인원이 한꺼번에 이동할 만한 규모의 배가 없었기 때문이다. 이윽고 수운이 입술을 잘근 깨물었다.

드디어 천뇌와의 머리 싸움이 시작된 것이다.

'뒤에서 우리를 따라왔다면 혈객이 모를 리가 없지. 그렇다면 강 건너편에 있다는 말인데……'

수운은 힐끗 고개를 돌려 자신이 이동해 온 무당산 쪽을 바라봤다.

"어떻게 할까요?"

"한 번에 얼마나 건널 수 있죠?"

수운은 옆으로 다가와 묻는 마검자를 힐끗 돌아보며 되물었다.

"최대 탑승 인원은 삼십 명 정도지만 짐이 있으니 아마 이십 명 정도씩 건널 수 있을 겁니다."

"짐은 맨 마지막에 싣기로 해요. 그럼 세 번에 나눠 타면 되겠군요. 우선 군사부 전부와 대주님을 뺀 제마대원들, 그리고 호위무사 열일곱을 먼저 건너게 하고, 그 뒤로 호위무사 스무 명과 쟁자수 열 명을 보내세요. 마지막으로 남은 쟁자수들과 대주님이 짐을 싣고 건너오시면 무리가 없을 것 같군요."

"알겠습니다."

마검자는 무심한 표정으로 대답하며 몸을 돌렸다. 하지만 내심 어이가 없었다. 이미 정찰을 보내 앞에 적이 없음을 확인한 상태였고, 후미도 살핀 상태였다. 그런데도 수운은 지나치게 조심하고 있었다.

"제마대원들은 사방에 산개하고 제갈가주님은 방원 십 장 둘레로 팔문금쇄진을 쳐주세요."

"알겠습니다."

수운의 지시를 받은 이들은 일사불란하게 움직이기 시작했다. 차분하기로 소문난 수운의 음성에 섞인 불안이 느껴졌기 때문이다.

하지만 팔문금쇄진을 다 칠 때까지도 그녀가 불안해할 만한 일은 일어나지 않았다.

진영은 내심 다행이라는 생각이 들면서도 한편으로는 수운이 생각보다 겁이 많다는 생각에 슬며시 웃음이 새어 나왔다. 하지만 수운은 마지막으로 남아 있던 이들과 짐까지 모두 강 건너편으로 넘어왔는데도 여전히 불안한 기색을 감추지 않고 있었다.

"그럼 이제 출발하겠습니다."

마검자가 수운에게 눈짓을 한 후 천천히 손을 들어 올릴 때였다.

쏴아아아!

"피햇!"

행렬의 후미 끝에 있던 이한상의 외침과 동시에 전방에서 검은 구름
이 빠른 속도로 몰려오기 시작했다. 검은 화살들이었다.

퍼퍼퍼퍼퍽!

"으윽!"

갑작스런 공격에 주변은 삽시간에 아수라장이 되었다.

"제마대를 제외한 나머지는 모두 진 안으로 들어가세요!"

수운의 날카로운 외침에 군사부와 쟁자수, 그리고 호위무사들까지
모두 팔문금쇄진 안으로 들어갔고, 진영은 진에서 튀어나왔다.

진영이 진 밖으로 나온 직후, 검은 구름이 다시 몰려왔다.

슈우우우욱!!

퍼퍼퍼퍽!

수천 개의 화살들. 그 검은 화살비는 수운 일행의 머리 위로 가차없
이 쏟아져 내렸지만 누구도 부상을 입지는 않았다.

진 앞에 일렬 횡대로 늘어선 제마대와 진영의 검에 의해 모두 막혀
버렸기 때문이다. 검을 풍차처럼 회전시키는 그들의 모습은 일대 장관
을 이루고 있었다. 쟁자수들은 머리를 땅에 처박고 벌벌 떨고 있었지
만 어느 정도 정신을 추스른 군사부의 인물들과 호위무사들은 그들의
무위를 넋을 잃고 쳐다봤다.

쏴아아아아!!

퍼퍼퍼퍼퍽!!

제마대는 자칫 잘못하면 온몸이 고슴도치가 될 위기 상황에서도 시종일관 여유를 잃지 않고 있었다. 아니, 오히려 지금의 상황을 즐기는지 싸늘하게만 보이던 그들의 얼굴은 평상시와 달리 밝아 보였다.

진영 역시 얼굴에 여유가 떠나지 않고 있었다.

그렇게 몇 번의 공격이 이어진 후, 언제 그랬었냐는 듯 화살은 더 이상 날아오지 않았다.

"명왕궁이었나요?"

"네. 묵독시(墨毒矢)를 날리는 것으로 봐서 만독곡이 온 것 같아요."

진영이 다가와 묻자 수운이 환하게 웃으며 고개를 끄덕였다.

"그럼 어쩌죠? 만독곡이라면 상대하기가 무척 까다롭지 않겠어요?"

진영은 적들의 공격이 있기 전에는 초조해하다가 만독곡이 나타나자 오히려 안도하는 수운의 모습이 이상하게 생각돼 고개를 갸웃거렸다.

"만독곡이라면 전혀 장애가 될 수 없어요. 우리에게는 그들의 천적이랄 수 있는 분이 계시니까."

수운은 힐끗 고개를 돌려 쟁자수들이 모여 있는 쪽을 바라봤다. 그녀의 눈에 쟁자수로 보기에는 너무 나이가 많은 한 노인이 들어왔다.

성수신의 약 장로였다. 겸추가 무림맹주가 된 후 무당산에 머물며 천독혈시의 독을 연구하던 그가 수운의 부탁으로 함께 온 것이었다. 수운의 시선을 느낀 약 장로가 고개를 끄덕였다. 염려 말라는 의미였다.

"와아아아!"

"캬캬캬!"

"묘족이군요!"

전방에서 달려오는 적들을 본 진영이 다급한 목소리로 외쳤다. 가죽옷을 입고 머리를 튼 그들의 복장을 보고 그들이 묘족임을 알아본 것이다. 그녀는 가장 선두에서 지팡이를 휘두르며 달려오고 있는 사내를 보고 인상을 찡그렸다. 그가 휘두르는 지팡이에 똬리를 튼 채 혀를 날름거리는 뱀 두 마리를 발견했기 때문이다.

"별로 보기 좋은 무기는 아니군요."

"아란타 족장이에요."

곁에서 이를 함께 보던 수운이 진영의 궁금증을 풀어주었다.

챙챙챙!

그사이 제마대는 삽시간에 몰려온 적들을 상대로 검을 휘둘렀다.

간혹 제마대를 피해 자신들을 향해 달려드는 적들도 있었지만 팔문금쇄진을 뚫지 못하고 허우적대다가 진영의 검을 맞고 나가떨어졌다.

"천뇌라는 자가 첫 수는 잘못 둔 것 같군요."

수운은 제마대에 의해 죽어가는 묘족을 보다가 슬쩍 고개를 돌렸다.

아무리 적이라 해도 사람이 죽어나가는 것을 강 건너 불 구경하듯 할 성격이 못 됐기 때문이다.

'이 싸움은 과연 누구를 위한 것일까?'

문득 울적한 기분이 든 수운은 그런 생각을 지우고 싶었는지 자신의 옆에서 호위를 하고 있는 진영을 보며 천천히 입을 열었다.

"제가 명왕궁의 군사라면 설령 함정이라 해도 이런 좋은 기회를 놓치지는 않을 거예요. 만에 하나 성공을 하면 무림맹의 머리를 날리는 셈이니까요. 그럼 마도에게 패해 꺾였던 사기까지 일거에 올릴 수도 있으니 일거양득이죠."

"아무리 그렇다고 해도 무림맹의 본진이 코앞인데 여기서 일을 벌일 줄은 생각도 못했어요.”

진영은 입으로는 수운과 대화를 하며 눈은 피가 튀는 전장에 고정하고 있었다. 갑자기 달려들지 모를 적에 대비하기 위해서였다.

“지금 우리의 전력은 무림맹이 아니라 하북과 강서로 나뉘어져 있잖아요. 명왕궁에서 그걸 모를 리 없지요. 어쩌면 저들은…….”

수운은 다음 말을 차마 입 밖으로 꺼낼 수 없었다.

‘소모품인지도 몰라요.’

자신의 예상대로라면 분명 묘족과 만독곡은 일회성 소비 전력 그 이상도 그 이하도 아닐 것이다.

‘역시 만독곡은 나오지 않고 있어.’

수운은 어느덧 막바지에 접어든 제마대와 묘족의 싸움을 보며 이마를 찌푸렸다. 저들의 수장인 아란타 족장은 이미 한후의 칼을 맞고 피떡이 된 지 오래였는데도 만독곡은 모습을 드러내지 않고 있었다.

‘천뇌라는 자, 도대체 무슨 생각이지?’

수운은 만독곡이 돌아갔음을 직감했다.

“총군사님!”

골똘히 생각에 빠져 있던 수운은 진영이 팔을 잡고 흔들자 정신을 차리고 몸을 일으켰다.

한후는 땅바닥에 있는 시체에 검을 스윽 문지르며 검신에 묻은 피를 닦고 있었고, 뒤늦게 앞으로 나간 호위무사들은 쓰러진 묘족들의 몸에 검을 쑤셔 박으며 확인 사살을 했다.

“적은 모두 물리쳤습니다. 우리 측 피해는 호위무사 셋과 쟁자수 일곱이 묵독시에 부상을 입었으나 약 장로님에 의해 해독된 상태입니다.”

수운의 곁으로 다가온 마검자는 보고를 하다 말고 힐끗 약 장로에게 고개를 돌렸다.

"고생하셨어요. 정리되는 대로 출발시키세요."

"알겠습니다. 그럼 출발하겠습니다."

마검자가 읍을 한 뒤 곧바로 몸을 돌리자 수운은 그의 뒷모습을 물끄러미 바라보며 생각에 잠겼다.

'건곤지기를 지닌 자들을 보낼 줄 알았는데… 그렇다면 우리보다 더 큰 목표가 있다는 건가?'

수운은 근심 어린 눈길로 하늘을 쳐다보았다. 서산으로 지는 붉은 석양이 마치 피를 뚝뚝 흘리고 있는 것처럼 보였다.

수운 일행은 하북과 인접해 있는 안양(安陽)을 조금 못미친 야산에 올라 잠시 휴식을 취했다. 단강구에서 만독곡과 묘족을 상대한 이후로는 명왕궁의 공격이 없었기에 예상보다 빨리 이동할 수 있었다.

"어떻게 할까요?"

먼 산을 쳐다보며 생각에 잠겨 있던 수운에게 마검자가 터벅터벅 걸어왔다. 이에 그의 얼굴을 잠자코 바라보던 수운은 짧은 한숨을 토하며 입을 열었다.

"맹주님의 뜻이 그러시다면 따라야지요. 하지만 대주는 결코 그를 잡을 수 없을 거예요."

"그런 일은 없을 겁니다."

수운은 마검자를 쳐다보다가 곧 고개를 떨어뜨렸다.

'당신을 잡으려는 속셈임을 뻔히 알면서도 보내야 하는 심정을 누가 알아줄까요? 하지만 당신은 누구보다 강한 사람. 저는 믿습니다.'

며칠 전 날아온 겸추의 전서는 수운에게 커다란 고민을 안겨주었다.

명왕궁은 더 이상 군사부를 공격하지 못하니 안심하고 오라는 내용이었다. 또한 군사부를 호위하고 있는 제마대에게는 다른 임무를 준다는 내용도 담겨 있었다. 그 명령이란 지금 강서로 향하고 있는 무의천마라는 자를 주살하라는 것이었다. 무의천마가 설이라는 것을 아는 수운으로서는 도저히 따를 수 없는 명이었지만 겸추는 그녀가 자신의 말을 거부하지 못할 것임을 잘 알고 있었다. 이를 모르는 마검자는 무의천마라는 자를 죽이면 자신들의 모든 임무가 끝이 난다는 생각에 꽤 고무되어 있었다. 하루빨리 천마교로 달려가고 싶었기 때문이다.

“그럼 풍랑 단주께서 오시는 대로 떠나겠습니다.”

“그러세요.”

“저기 오시네요!”

진영이 가리키는 곳에는 자룡단의 깃발이 펄럭이며 빠른 속도로 다가오고 있었다. 이에 수운은 마검자에게 고개를 돌렸다.

“그동안 수고 많으셨어요. 이제 가셔도 좋습니다.”

“그럼 이만 물러가겠습니다.”

마검자는 수운의 허락에 얼른 고개를 끄덕이며 급히 몸을 돌렸다.

무의천마를 따라잡으려면 한시가 급했기 때문이다. 무림맹의 정보에 의하면 그는 어제 종남산을 지났다고 한다. 그렇다면 자신들과는 무려 삼 일의 격차가 벌어져 있었다.

서둘러 떠나가는 제마대를 안타까운 눈빛으로 바라보던 수운이 고개를 돌렸다. 자룡단 선두에서 달려오는 풍랑의 모습이 보였다.

◆ 第二章 ◆
진혼가(鎭魂歌)

백운산. 달빛마저 숨은 칠흑 같은 어둠을 뚫고 수십의 인영이 소리없이 움직이고 있었다. 그토록 빠른 속도로 움직임에도 작은 기척조차 새어 나오지 않을 정도로 뛰어난 자들. 그들은 구대문파에서도 가장 뛰어난 특급고수들이었다.

"반 시진이 넘도록 맡은 자들을 찾지 못하면 무조건 도주하시오!"

매화검제는 신형을 멈추고 다른 이들을 돌아보며 전음을 날렸다. 이에 수십 개의 눈동자가 살짝 감겼다 떠졌다. 행여 고개를 끄덕이다가 옷깃이 스치는 소리라도 날까 두려운 모양이었다.

"저들을 상대함에 정당한 승부를 따질 필요는 없소. 지금 중요한 건 사사로운 명예보다 중원무림의 안위라는 사실을 명심하기 바랍니다."

매화검제는 안심이 안 되는지 구대문파의 고수들을 바라보며 재삼 당부했다. 그럴 리야 없겠지만 행여 호승심에 일을 망칠까 두려웠기 때문이다. 매화검제의 염려를 눈치챘는지 구대문파의 고수들은 그를 향해 결의에 찬 눈빛을 보냈다.

"그럼 이만 흩어집시다."

매화검제는 천천히 고개를 돌리고 먼저 신형을 날렸다. 더 이상의 말은 필요없었다. 이미 죽기를 각오하고 나선 까닭에 다시 보자는 인사는 사치일 뿐이었다.

매화검제가 지면에 몸을 바짝 숙이고 빠르게 앞으로 나아가자 이를 지켜보던 나머지 구대문파의 고수들도 뿔뿔이 흩어졌다.

막사 안에 모여 있던 사 인은 어이없는 표정으로 여의신궁주의 얼굴을 응시했다.

"그럼 지금 청룡단에서 우리를 죽이기 위해 살수를 급파했다는 말씀입니까? 무림맹에서 그런 치졸한 수를 두다니 재미있군요."

금천주 완안두가 가소롭다는 표정으로 고개를 주억거렸다.

"그게 그렇게 우습게 넘길 일이 아니오. 이곳으로 오고 있는 이들은 모두 구대문파의 수장들에 전혀 뒤지지 않는 고수들이니까요."

여의신궁주가 금천주를 향해 눈살을 찌푸렸다. 그는 사태를 가볍게 보는 금천주의 반응이 못마땅했다. 파죽지세로 몰아붙이던 명왕궁의 예봉이 범정산 전투로 크게 꺾인 책임은 차치하고라도 앞으로 있을 청룡단과의 전투는 금천주가 생각하듯 가볍게 여길 만한 것이 아니었다.

"야율 궁주께서 하시고자 하는 말씀이 더 있을 것 같습니다만."

이제껏 잠자코 있던 해남검문의 문주 우나미가 여의신궁주를 바라보며 입을 열었다.

"그렇습니다. 천뇌 군사는 무슨 수를 써서라도 청룡단을 전멸시켜야

승산이 있으며 구대문파의 고수들이 습격을 감행하는 지금이 호기라고 말씀하셨소. 물론 본좌의 생각도 같소이다.”

여의신궁주는 좌중을 돌아보며 다시 입을 열었다.

“지금 이 자리에게 계신 여러분을 포함한 본 명왕궁의 수뇌부는 근시일 내에 구대문파 고수들의 암습을 받게 될 것이오. 하나 이미 방비하고 있다면 암습은 더 이상 암습이 아니지요. 단 한순간도 긴장을 늦추지 않고 있다가 그들을 모두 처치한 후!”

여의신궁주는 잠시 말을 끊고 주변을 빙 둘러보았다.

“곧바로 반격을 가할 것입니다!”

“반격이라면 전면전을 말하는 거요?”

여의신궁주의 말을 들은 환희밀교의 교주 여각(餘角)이 카랑카랑한 목소리로 되물었다. 그는 깡마른 체구에 쭈글쭈글한 얼굴을 한 날카로운 인상의 노인이었다. 이에 여의신궁주는 환희밀교주를 지그시 바라보다가 살며시 고개를 가로저었다.

“아니, 반격은 우리 다섯이 합니다. 당한 방식 그대로 구대문파 장문 다섯 정도의 목은 따와야겠지요!”

“으음, 그건 너무 무모한 일이라는 생각이 드는군요.”

대뢰음사의 주지 환상마불이 눈썹을 씰룩거리며 입을 열었고, 그의 말을 들은 좌중이 살며시 고개를 끄덕였다.

“물론 위험을 수반할 수밖에 없습니다. 하지만 적들 역시 우리가 반격을 가할 것이라고는 생각하지 못할 것입니다. 성공만 한다면 이 싸움은 필승입니다!”

“으음.”

침음성을 삼킨 이는 환상마불이었다. 항상 얼굴에 미소가 떠나지 않아 웃으며 살인을 한다는 그였지만 지금은 굳은 표정을 풀지 않고 있었다. 다른 삼 인의 표정도 그와 별반 다르지 않았다.

"천뢰 군사가 필승을 장담한 작전입니다. 그리고 본좌는 여러분이 이 정도의 위험 부담도 없이 천하를 움켜쥐려 했던 것은 아니라고 생각합니다. 안 그렇습니까?"

"난 찬성이오! 까짓것! 금천팔신장까지 잃은 마당에 더 이상 잃을 게 뭐가 있다고. 기껏해야 죽기뿐이 더 하겠소? 해봅시다!"

금천주가 크게 소리치며 자리에서 벌떡 일어났다. 이에 여의신궁주는 모처럼 마음에 드는 말을 해준 그를 향해 고개를 끄덕여 보였다.

"힘! 그럼 본좌도 이만 일어나겠소. 과연 어떤 놈들이 날 암습하러 올지 궁금해서 견딜 수가 없구려. 후후후!"

환희밀교주 여각이 금천주를 따라 자리에서 일어나며 피식 웃었다.

"끄응! 여러분의 뜻이 그렇다면 빈승도 따르겠습니다."

"이하 동문이오."

환상마불과 해남검문주마저 어쩔 수 없다는 듯 어깨를 으쓱했다.

"암습을 받는 즉시 연락을 취하시오. 물론 혼자서도 충분히 당해낼 수 있을 테지만 암습을 막는 것보다 반격을 하는 것이 더욱 중요한 일이니 쓸데없는 일로 힘을 낭비하지 맙시다."

막사 밖으로 나가는 사 인을 향해 여의신궁주가 큰 목소리로 외쳤다.

"크크! 이런 상황에서 객기를 부릴 미련한 인간은 아니외다."

환희밀교주는 크게 웃으며 소매를 털고 밖으로 빠져나갔다. 나머지 삼 인도 고개를 끄덕이는 것으로 여의신궁주의 당부에 답을 대신했다.

"천뢰 군사는 변수만 없다면 필승이라 했다. 변수만 없다면……."

그들이 빠져나가자 한 손을 턱에 괴고 나직이 중얼거리던 여의신궁주의 눈이 찰나지간 빛을 발했다.

'왔군!'

등 뒤로 다가드는 미세한 온기를 감지한 여의신궁주는 시치미를 뚝떼고 느릿느릿 의자로 가 앉았다.

슈콱!

순간 날카로운 파공음과 함께 검과 몸이 혼연일체가 된 인영이 여의신궁주의 등을 향해 짓쳐들었다. 하지만 이미 저만치 물러서며 검을 피한 여의신궁주는 상대를 뚫어져라 응시하고 있었다.

그사이 신형을 바로 세우며 여의신궁주를 향해 검극을 겨눈 암습자는 눈을 잘게 떨며 그를 노려봤다.

"영광이오. 매화검제가 직접 나서셨다니. 후후후!"

"으음!"

기습을 당한 여의신궁주는 여유로워 보이는 반면 암습을 한 매화검제는 침음성을 삼켰다. 자신의 공격이 무위로 끝난 이유도 있었지만 여의신궁주와 다른 자들의 대화를 모두 엿들었기 때문이다.

'어찌 이자들이 우리의 암습을 이미 알고 있었단 말인가?'

매화검제는 다른 이들의 안부가 걱정됐다. 아무리 생사를 도외시했다 해도 적들이 만반의 준비를 하고 있다면 헛된 희생일 뿐이었다.

'어서 알려야 한다!'

매화검제는 다른 동료들에게 상황을 알려야 한다는 생각에 빠르게 염두를 굴렸다.

"괜한 수고 하지 마시고 그냥 제대로 한번 붙어봅시다. 내 예전부터 매화검제의 무공이 하늘에 닿았다는 소문을 들어 궁금하던 차였소."

"방자한!"

여의신궁주의 음성을 들은 매화검제는 노호성을 터뜨리며 들고 있던 검자루를 살짝 흔들었다.

슈슈슉!

순간 매화검제의 검이 세 자루로 늘어나며 여의신궁주의 머리와 가슴, 복부를 노리고 쏘아져 갔다. 화산파의 검법 중 가장 악랄하다는 홍주검(紅蛛劍)의 절초였다.

"괜찮군! 하지만 그 정도로는 어림없지! 여의단개(如意斷開)!"

매화검제의 검을 보며 탄성을 내뱉은 여의신궁주는 피할 생각도 하지 않고 양 장을 앞으로 쭉 내뻗었다.

후우웅!

그의 손에서 뻗어 나온 장력이 노도와 같은 기세로 매화검제의 검에 부딪쳐 들어갔다.

카카캉!

요란한 금속성과 함께 급히 뒤로 물러선 매화검제는 여의신궁주의 무공이 예상보다 뛰어남을 깨닫고 급히 자하신공을 끌어올렸다.

"매화토염(梅花吐炎)!"

슈슈슈슉!

그의 검에서 눈부신 검기가 일어나며 여의신궁주에게로 밀려갔고, 그의 지척에 이른 순간, 검기들은 수백의 매화 꽃송이들로 화했다.

그가 심혈을 기울여 창안한 이십사수매화추절검(二十四手梅花秋絶劍)이었다.

"여의천벽(如意千壁)!"

이를 본 여의신궁주는 이전과 달리 안색을 굳히며 쌍장을 번개같이 휘둘렀다. 그 역시 매화검제의 공격이 이전과 차원이 다름을 깨달았기 때문이다. 이윽고 여의신궁주의 양손에서 뻗어 나온 장력이 둥근 막을 형성하자 그의 주변의 대기가 크게 일렁였다.

쫘아아악!

매화검제와 여의신궁주가 부딪침과 동시에 그들이 자리하고 있던 막사가 사방으로 갈기갈기 찢겨 나갔다.

"여의사장의 세 번째 초식을 쓰게 한 이는 당신이 처음이오!"

여의신궁주는 엄지손가락을 치켜 올리며 피식 웃었다. 모처럼 강한 상대를 만났다는 사실이 기뻤기 때문이다.

"으음!"

반면 매화검제는 숨을 고르느라 입을 열지 못했다. 매화검제와 여의신궁주의 고하가 분명하게 갈리는 순간이었다. 하지만 매화검제는 추호도 물러설 생각이 없었다.

"내 비록 검제라는 위명을 얻었으나 나 하나를 놓고 중원 전체를 판단하지는 말게. 중원을 대표할 고수들은 부지기수로 많으니까 말이야."

매화검제가 입술을 질끈 깨물며 천천히 검을 바로잡았다.

"하하하! 무의천마를 말하고 싶은 거요? 하지만 그가 온다 해도 바뀌는 것은 아무것도 없소이다."

"무의천마?"

여의신궁주의 말에 매화검제가 고개를 갸웃거렸다. 자신의 말은 광검존이나 도제, 마도육천 등을 일컬었던 것인데 여의신궁주의 입에서 전혀 엉뚱한 자의 명호가 튀어나왔기 때문이다. 하지만 지금은 그런 말에 신경 쓸 여력이 없었다.

이윽고 매화검제가 자신의 최후 절초를 시전하기로 마음먹으며 자하신공을 극대로 끌어올렸다.

우우웅!

그의 몸 주변으로 자광이 피어오르며 옷이 서서히 부풀기 시작했다.

하지만 이를 본 여의신궁주는 오히려 전신에 긴장이 풀린 듯 힘을 빼고 터벅터벅 매화검제를 향해 걸음을 옮겼다.

"매화무위(梅花無爲)!"

슈욱!

매화검제가 유연한 동작으로 검을 휘두르며 버럭 기합성을 토하자 그의 검에서 거대한 매화 한 송이가 둥실 떠오르며 여의신궁주를 향해 쏘아져 갔다. 그것은 매화검제가 말년에 깨달은 검강이었다.

그가 일으킨 검강은 한없이 느리게 날아왔지만 이를 직접 겪고 있는 여의신궁주의 눈에는 이채가 서렸다. 도저히 항거할 수 없는 거력을 느낀 것이다. 그것도 잠시 여의신궁주가 천천히 손을 들어 올렸다.

"여의의 힘은 부수지 못할 것이 없다. 여의만상(如意萬象)!"

쌩!

힘없이 내저은 여의신궁주의 손에서 한줄기 빛이 튀어나왔다.

"이것은!"

퍼어어억!

매화검강이 뚫렸다. 그 빛은 뒤를 이어 매화검제의 머리를 꿰뚫었고, 긴 호선을 그리며 여의신궁주의 손으로 다시 빨려 들어갔다.

턱!

몸에서 분리된 매화검제의 머리가 여의신궁주의 발 앞으로 데굴데굴 굴러갔다.

"여의만상이라는 초식이오. 여의사장의 마지막 초식이지만 건곤지기로 쓰는 첫 초식이기도 하지."

여의신궁주는 아직도 놀란 눈을 치켜뜨고 있는 매화검제의 머리를 보며 씁쓸한 어조로 중얼거리다가 이내 몸을 휙 돌렸다. 밖에서 매화검제와 같은 조에 속한 구파의 고수들과 여의신궁의 무인들이 혼전을 벌이고 있었기 때문이다.

백운산이 아스라이 보이는 야산 어귀에 멈춘 설은 갑자기 비천서를 향해 고개를 돌렸다.

"벌써 싸움이 시작된 것 같구나. 천서는 여기서 기다려라."

"예? 제가 어떻게⋯⋯."

비천서는 다음 말을 잇지 못했다. 설이 이미 앞으로 쏘아져 가고 있었기 때문이다.

"으음!"

한쪽 무릎을 땅에 기댄 백지 선사와 불진을 쥐고 힘겹게 서 있는 만경 사태는 금천주를 보며 절망에 찬 신음성을 내뱉었다.

"흐흐흐! 생각보다 일찍 왔군. 뭐, 아무래도 상관은 없지만 말이야."

중상을 입은 백지 선사와 만경 사태는 금천주의 비아냥에도 아무런 대꾸를 하지 못했다.

'역부족이다. 하지만 이대로 당할 수만은 없는 일. 관세음보살.'

속으로 불호를 외던 만경 사태가 자신을 향해 살짝 눈짓을 하자 이를 본 백지 선사가 고개를 끄덕이며 천천히 몸을 일으켰다.

"동귀어진이라도 해보겠다는 수작이냐? 크크크!"

금천주는 어깨에 걸뜨렸던 금광도를 가슴께로 내리며 피식 웃었다.

하지만 속으로는 다소 긴장하고 있었다.

'질긴 것들!'

금천주는 속으로 투덜대며 금광혈린도법의 기수식을 펼쳤다.

"탕마멸절(蕩魔滅絶)!"

"일지금강(一指金剛)!"

슈우욱!

피이잉!

금천주가 도를 들어 올림과 동시에 만경 사태와 백지 선사가 동시에 몸을 날렸다. 그들의 몸에서 아미의 멸절검법과 소림의 칠십이종 절예 중 상위를 차지하고 있는 일지금강법이 튀어나왔다.

카카캉!

불꽃이 튀며 만경 사태와 백지 선사가 비틀비틀 뒤로 물러섰다.

"헉! 네, 네놈은 무의천마!"

금천주는 도를 퉁겨낸 자를 알아보고 경악성을 터뜨렸다.

"역시 당신은 건곤지기를 지녔군. 건곤발출의 초입이긴 하지만."

"네, 네놈이 그것을 어찌 알았느냐?"

금천주는 더욱 크게 놀라며 급히 뒤로 물러섰다. 그 사실은 여의신 궁주나 은자단주 정도밖에 모르는 일이었기 때문이다.

"그렇다면 혹시 네놈이 건곤의 문을……?"

건곤의 문을 연 자들이나 상대의 건곤지기를 가늠할 수 있음을 떠올린 금천주는 설이 그 경지에 오른 것이 아닌가 생각하다가 이내 세차게 고개를 도리질 쳤다.

'피해야 해!'

후아아악!

금천주는 생각과 동시에 설을 향해 있는 힘껏 도를 휘둘렀다.

설은 엄청난 파공음과 함께 날아오는 도를 어깨 한 번 트는 것으로 피했고, 그 틈을 타 신형을 날린 금천주는 전력 질주했다.

'어서 야율 궁주에게 알려야 한다!'

무의천마를 상대할 자는 여의신궁주뿐이 없었기 때문이다.

"당신은 이 자리를 벗어날 수 없다!"

슈웅!

순식간에 십여 장을 이동했던 금천주는 등 뒤에서 들려온 미약한 파공음과 함께 전신을 흠칫 떨었다.

"당했… 다!"

굳은 얼굴로 고개를 숙인 금천주의 눈에 조금씩 굳어져 가는 자신의 몸이 들어왔다. 고통조차 느껴지지 않았다. 하지만 감각이 없다는 사실이 그를 더욱 전율케 했다. 이는 건곤지기에 당했을 때 나타나는 증상이었기 때문이다.

스르륵!

반은 허공에서 먼지로 흩어진 그의 몸이 지면과 부딪침과 동시에 이내 모두 먼지로 화했다.

만경 사태와 백지 선사는 눈 깜짝할 사이에 벌어진 일련의 사태가 믿기지 않는지 휘둥그레진 눈으로 설을 바라봤다.

"건곤지기를 지닌 이들을 상대하려면 일반 무공으로는 불가능합니다. 늦지 않아 다행입니다. 두 분은 서둘러 자리를 피하십시오. 그럼!"

"시주! 잠시만 기다리시오!"

설이 고개를 돌리자 만경 사태가 비틀비틀 일어나 급히 손을 들었다.

"우리 일전에 어디서 뵌 적이 있지 않습니까?"

"그렇군요. 수년 전 유림에서 뵌 적이 있습니다. 그럼 이만."

만경 사태의 두 눈을 지그시 바라보던 설이 천천히 입을 놀렸다.

말을 마친 설이 한줄기 바람처럼 앞으로 쏘아져 나가자 이를 바라보는 만경 사태의 눈이 크게 흔들렸다.

"그랬었군. 저 눈빛. 야차의 얼굴에 부처의 마음을 했던 그 젊은이의 눈빛이었어. 아미타불!"

설이 유림에서 자신에게 깊은 인상을 남겼던 그 젊은이임을 깨달은 만경 사태는 나직한 목소리로 불호를 외웠다.

챙! 챙! 챙!

사방에 검광이 번득이고 요란한 금속성이 이어졌지만 주변에 빼곡히 들어앉은 막사 안에서는 아무도 나와보지 않고 있었다. 환희밀교주 여각의 지시가 있었기 때문이다.

"아비타혈(亞比打頁)! 화궁마화(火躬魔禍)!"

핑! 핑! 핑!

채채챙!

환희밀교주는 괴이한 주술을 외며 사이한 공격을 감행해 왔지만 그를 상대하는 숭허자 등은 이에 전혀 아랑곳하지 않고 쉴 새 없이 검을 휘둘렀다.

숭허자와 함께하고 있는 무당육룡 중 삼 인은 가악도, 지본구, 하무상이었다. 그들이 일사불란하게 삼재진을 펴며 환희밀교주의 손발을 묶어두기 위해 사력을 다하는 틈을 타 하무일이 운룡대구식을 펼치며 현란하게 움직여 그의 시야를 어지럽혔다. 하지만 결정적인 살초들은 숭허자의 검에서 튀어나왔다.

정도 고수 다섯이 합공을 하고 있는 것이다. 일견하기에는 숭허자 등이 유리한 고지를 점하고 있는 것처럼 보였지만 상황은 여의치 않았다. 환희밀교주가 괴성을 지르며 주문을 외울 때마다 점점 공력이 빠져나갔기 때문이다. 그의 지팡이 비슷한 괴상한 무기와 부딪치면 공력 손실은 더욱 컸다. 이에 하무일 등은 감히 검을 섞지 못하고 환희밀교주의 시야를 어지럽히는 것으로 자신들의 임무를 대신했고 숭허자만이 간간이 살초를 전개하며 환희밀교주에게 위협을 가했다.

'역시 이대로는 안 되겠어!'

전신이 땀으로 흠뻑 젖은 하무일은 숭허자를 힐끗 쳐다본 뒤 지면을 박차고 날아올랐다. 하무일이 허공으로 날아오르며 운룡대구식을 펼치자 사방이 그의 신형으로 가득 찼고, 이와 동시에 가악도를 위시한 삼 인이 각기 좌우와 후방에서 혼신의 힘을 담아 검을 찔러 들어갔다.

"대해무량(大海無量)!"

쌔애액!

숭허자는 환희밀교주의 손발이 잠시 어지러워진 틈을 놓치지 않고 검을 쭉 찔러 들어갔다.

"사비통념(四鄙通念)! 분신호사(焚身濠絲)!"

우르릉!

숭허자의 검이 자신의 몸에 박히려는 찰나, 환희밀교주가 두 손을 모으며 주문을 외웠다. 이에 숭허자는 그의 몸이 흐릿해지자 찔러 들어가던 검을 위로 쓸어 올렸다.

사사삭!

환희밀교주의 몸을 갈랐다 느낀 숭허자는 곧바로 뭔가 잘못됐음을 직감하고 뒤로 물러섰다.

"사술!"

"크크크! 사술이라……. 그럼 무당제일검이 한낱 사술에 당했단 말인가?"

숭허자가 노호성을 터뜨리자 환희밀교주는 조소를 날리며 지면으로 사뿐히 내려앉았다. 이에 숭허자의 곁으로 다가온 하무일은 환희밀교주의 표정에서 불길한 기운을 느끼고 크게 소리쳤다.

"조심하십시오!"

푸욱!

"헛!"

숭허자는 자신의 발등을 뚫고 나온 소도(小刀)를 보며 헛바람을 집어삼켰다. 그 소도를 쥐고 땅속에서 숫구쳐 오른 인물이 환희밀교주임을 알아봤기 때문이다.

좀 전 숭허자에게 입을 열던 환희밀교주는 더 이상 그 자리에 없었다. 단지 수십 장의 부적만이 그 주변에 널려 있을 뿐.

"잠룡승천(潛龍昇天)!"

쌔애액!

숭허자가 부상을 입고 비틀비틀 뒤로 물러나자 하무일은 환희밀교주를 향해 달려들며 큰 소리로 외쳤다. 자신의 성명절기인 운룡십삼검의 절초를 펼친 것이다. 하지만 환희밀교주는 소매를 한 번 터는 것으로 인후혈을 향해 쏘아져 왔던 하무일의 검을 무위로 돌렸다.

뒤를 이어 가악도와 하무상이 검을 쓸어왔지만 환희밀교주는 이 또한 어렵지 않게 막으며 피식 웃었다.

"아직은 너희들의 순서가 아니다!"

후아앙!

환희밀교주는 입을 엶과 동시에 장검에 의지해 서 있는 숭허자를 향해 몸을 날렸다.

"마의 불꽃은 영혼을 태운다! 만사마화(卍邪魔火)!"

숭허자를 향해 달려드는 환희밀교주의 손이 파랗게 불타올랐다.

이를 본 숭허자는 환희밀교주의 공격을 막을 수 없음을 직감하며 전신 공력을 최대로 끌어올렸다.

'끝이군! 하지만 네 목숨도 여기까지다!'

숭허자가 검을 들어 올리며 지면을 박차고 날아오르는 순간이었다.

턱!

허공으로 치솟던 숭허자는 누군가의 손에 목덜미를 잡힌 채 맥없이 뒤로 나동그라졌다. 숭허자의 주변에는 자신보다 먼저 옮겨진 것으로 보이는 나머지 일행이 있었다.

파아앙!

간발의 차로 몸을 피한 숭허자는 자신이 디디고 있던 땅에 손바닥만 한 구멍이 뚫려 있는 것을 보며 흠칫 몸을 떨었다.

'도대체 어떤 무공이기에!'

얼핏 보면 작은 흔적에 지나지 않았으나 환희밀교주의 공격에 당한 지면의 구멍이 조금씩 커지는 것을 본 숭허자는 아직도 그 힘이 사라지지 않았음을 느꼈다.

"사, 사숙!"

자신을 구한 인물이 설임을 확인한 숭허자는 입술을 파르르 떨며 말을 잇지 못했다. 다른 이들도 입을 열지 못하기는 마찬가지였다.

"음, 네놈은 누구냐?"

환희밀교주는 자신의 공세를 너무도 쉽게 피해 버린 설을 보자 크게 놀랐다. 만사마화를 피할 자는 세상에 존재하지 않는다는 그의 자부심에 무참히 금이 가버린 것이다.

"건곤지기는 그런 식으로 얻을 수 있는 힘이 아니다!"

"뭐라?"

"건곤지기를 다른 이들에게서 강제로 빼앗지 말았어야 했단 말이다!"

"놈! 도대체 뭐라고 지껄이는 거냐!"

환희밀교주는 눈썹을 꿈틀하며 버럭 소리를 질렀다. 필경 설이 가리키는 것은 역대 환희밀교주들 중 아무도 익힌 자가 없었던 자신의 만사마화가 분명했지만, 만사마화는 저런 애송이에게 간파당할 만큼 만만한 것이 아니었다.

'오냐! 네놈이 나의 만사마화가 건곤지기임을 알아본 것은 가상하다만 그 운은 한 번으로 족하다!'

환희밀교주는 입술을 살짝 깨물며 설의 면전으로 걸음을 옮겼다.

숭허자 등을 설의 뒤에 놓아 그가 피할 수 없게 만들 심산이었다.

"그런 얄팍한 수를 쓰지 않아도 피할 생각 없으니 공격해. 단, 최선을 다해야 할 거야. 마지막이 될 테니까!"

설의 음성에서 차가운 한기가 묻어 나왔다.

"미친놈. 간닷! 만사마화!"

설과 더불어 그의 뒤에 있는 이들까지 모두 없애 버리기로 작정한 환희밀교주는 전신 공력을 모두 끌어올리며 버럭 소리를 질렀다.

슈우우웅!

환희밀교주의 외침과 동시에 그의 손에서 피어오른 파란 불꽃이 쏜

살같이 쏘아져 갔다. 이전 공격보다 훨씬 강력하고 빠른 공격.

"역시 천마기와 동류였군."

눈도 깜빡이지 않고 환희밀교주의 만사마화를 응시하던 설이 안타까운 기색으로 중얼거렸다.

"되돌려주지! 이화력(異化力)!"

퉁!

만사마화가 지척에 이른 순간, 설은 몸을 빙글 회전시키며 손을 휘둘러 만사마화를 퉁겨냈다.

파아앙!

"으헉!"

환희밀교주는 두 눈을 경악으로 물들인 채 뒤로 나가떨어졌다.

"있을 수 없는 일이야. 어찌 만사마화를 맨손으로 쳐낸단 말인가? 너는 누구지? 너는… 으아아악!"

환희밀교주는 말을 잇지 못하고 고통에 몸부림쳤다.

치이이익!

"당신 손에 죽어간 이들은 그보다 더한 고통을 받았겠지."

그의 타 들어가는 몸을 보던 설이 무심한 어조로 입을 열었다.

수유의 시간이 흐르자 환희밀교주 여각의 처절한 절규는 더 이상 들려오지 않았고, 설은 무당육룡과 숭허자를 뒤로한 채 공중으로 치솟았다.

여의신궁주 앞에 날아 내린 설은 그의 뒤를 따르고 있는 두 인물의 양손에 들린 물건에 시선을 고정했다. 그것은 사람의 수급이었다. 수급의 주인들은 구파의 고수들로 공동의 구일여검, 청성의 복호존자, 점

창의 혁가륜, 종남의 공야추였다.

"으음! 당신들은 내게 관용을 베풀 기회를 주지 않는군."

설은 처연한 눈으로 구파인들의 수급을 바라보다가 고개를 저었다.

"건곤의 문을 연 자가 인간의 감성이라? 그런데 어찌 우리와 함께 있어야 할 자가 인간들과 함께 있다는 말인가?"

여의신궁주는 설의 표정을 살피며 의외라는 표정을 지었다.

"조화천은 알면 알수록 이상한 곳이오."

"뜻밖이군. 무의천마의 입에서 조화천이 거론되다니 말이야."

"내 알아본 바로는 명왕궁과 천룡성부는 조화천에 속한 단체였소. 그런데 정도 쪽에 속한 천룡성부보다 천지겁을 일으킨 명왕궁이 인세에 피해를 주지 않기 위해 애쓰고 있소. 왜지?"

여의신궁주는 한 손으로 턱을 어루만지며 흥미로운 시선으로 설의 얼굴을 쳐다보다가 천천히 고개를 끄덕였다.

"그래, 자네 말대로야. 우리는 조화천 소속이면서도 아니기도 하지. 우리가 무림맹, 아니, 정확히 말하면 천룡성부라고 해야겠군. 천룡성부와의 이번 싸움에서 이기게 되면 조화천은 명왕궁주님의 손에 넘어오게 되고 건곤비는 우리의 관할이 되지. 그러나 명왕궁주님은 무고한 피를 흘리길 원치 않으신다. 그렇다고 단신으로 조화천을 막을 수도 없는 노릇이고. 이 때문에 세외에서 건곤지기를 수련하는 자들을 모으시고 양성하신 거라네."

"그게 중원으로 쳐들어온 이유요?"

"우리가 침공하지 않았다면 천룡성부에서 더 큰 혈겁을 일으켰을 거야. 뭐, 악역을 맡은 셈이라고 해두지."

여의신궁주는 쓸쓸한 미소를 머금고 설을 응시했다.

"하지만 지금은 당신들이나 천룡성부나 모두 마찬가지요. 수많은 사람들의 피를 자신들의 건곤지기를 쌓는 방편으로 이용하고 있으니까."

"하하하! 자네는 지나치게 많은 것을 알고 있군. 그래, 그 말도 맞네. 천룡성부 측의 건곤지인들을 상대하려면 건곤지기를 쌓는 것은 불가피했지. 그래서……."

"그래서 모용세가를 멸문시켰다는 말을 하고 싶은 건가? 천룡성부가 유림을 멸문시키며 건곤지기를 쌓았듯이?"

"으음!"

설의 냉소에 여의신궁주는 침음성을 삼키며 입을 다물었다.

"이미 모든 것을 알고 있었군."

"그런데 왜 천지겁의 승패가 갈리지도 않았는데 조화천인들이 세상에 나온 거요?"

설은 고개를 갸웃거렸다. 여의신궁주의 말대로라면 조화천은 겸추와 갈천혁의 싸움이 끝난 시점에서 출현해야 했다.

"그건 조화천주의 뜻. 내가 알 수 있는 것이 아니네. 그리고 명왕궁은 힘없는 인간들의 존재를 벌레보다 못하게 여기는 천룡성부와는 다르지. 자네가 명왕궁에 들어오면 앞으로 흐를 피의 양이 줄어들 것 같은데… 자네 생각은 어떤가?"

"후후후! 나는 오직 내 길을 갈 뿐이오. 명왕궁이고 천룡성부고 간에 그 누구도 세상을 어지럽히게 놔두지는 않겠소! 고맙군. 이제야 내가 해야 할 일을 확실히 깨달을 수 있게 됐소."

설이 주먹을 와락 움켜쥐며 여의신궁주의 앞으로 한 발 다가갔다. 이전의 분위기와 달리 자못 패도적인 기도를 내뿜고 있었다.

"하하하! 자네가 건곤지기를 회복하기 위해 나와 대화했다는 것을

내가 모르고 있었을 것 같나? 하지만 그렇다고 해도 나와 건곤발출의
힘을 지닌 저 둘을 감당하는 것은 무리가 있을 걸세."

여의신궁주는 파랗게 빛나는 설의 눈을 가리키며 다시 말을 이었다.

"이제 마지막 선택은 자네에게 달렸네."

이를 보고 침음성을 삼킨 설은 찰나지간 빠르게 머리를 굴렸다.

'처음부터 내가 완전히 회복하지 않았다는 걸 알고 있었어.'

설은 환상마불과 해남검문주에게 시선을 옮겼다.

'그렇다면!'

쌩!

찰나지간 비익조를 전개해 전면으로 쏘아져 나간 설의 손에서 천마
기가 뿜어져 나왔다.

"자네는 잘못된 선택을 했군."

여의신궁주는 설을 보며 안타까운 표정으로 고개를 저었다.

파팡!

설이 몸을 날림과 동시에 환상마불과 해남검문주가 그를 향해 건곤
지기를 발출했다. 하지만 해남검문주의 건곤지기는 가늘고 빠른 반면,
환상마불의 건곤지기는 굵고 느린 것이었기에 약간의 시차를 두고 날
아왔다.

퍼어억!

설이 그들의 건곤지기에 적중당한 순간, 그의 몸에서 눈부신 광채가
뿜어져 나오며 환상마불과 해남검문주가 뒤로 나동그라졌다.

"으으!"

피시식!

경악성을 터뜨린 해남검문주가 먼저 무너져 내렸고, 잠시 후 환상마

불의 몸이 한 줌 먼지로 흩어졌다.

"으음!"

지면에 착지한 설이 비틀거리며 뒤로 물러섰다.

"설마 건곤의 문을 열었다는 말인가? 아니, 그럴 리가 없다!"

여의신궁주는 불신의 기색이 가득한 얼굴로 세차게 고개를 저었다. 다시 고개를 들어 올린 그가 설을 뚫어져라 응시하며 입을 열었다.

"하지만 아무래도 상관은 없지. 어차피 자네는 이 자리에서 벗어나지 못할 테니까 말이야."

여의신궁주가 피식 웃으며 자신에게 다가오자 설은 힘겹게 몸을 일으키며 입을 열었다.

"천지절이라고 하지. 체내의 건곤지기를 극대화시켜 주는 무공이오. 저들 덕분에 천지절의 또 다른 묘용을 깨닫게 됐군."

설은 한차례의 접전을 통해 천지절이 다른 이의 건곤지기를 흡수할 수 있는 방법이라는 것을 깨달을 수 있었다.

"하하하! 건곤지기를 흡수했다고? 날더러 그 말을 믿으란 말인가?"

여의신궁주가 크게 웃으며 한 손을 휘익 내저었다.

파앙!

여의신궁주의 건곤지기에 허벅지를 관통당한 설이 전신을 부르르 떨다가 그 자리에 털썩 주저앉았다.

"당신은 건곤지인이었군."

"지금 알아봤다면 조금 실망인걸. 뭐, 나도 자네의 능력을 과소평가한 것 같으니 비긴 것이라 해두세. 후후후!"

여의신궁주는 싱긋이 웃으며 천천히 설의 앞으로 다가왔다.

쿵!

설은 그가 다가오자 조금씩 뒤로 밀려났다. 여의신궁주의 전신에서 뿜어져 나온 건곤지기가 전신을 엄습해 왔기 때문이다.

"건곤지기는 스스로 쌓은 것이 아니면 본래의 힘을 발휘하지는 못하지. 천지겁을 치르며 죽어간 영혼들의 기운을 흡수하더라도 피나는 고련이 없으면 환희밀교주나 환상마불 정도의 수준에 그친다는 뜻이야. 뭐, 그게 매력이지만 말이야. 따라서 건곤지기를 흡수할 수 있게 됐다는 자네의 말은 처음부터 말이 안 되는 것이지. 이렇게 말이야!"

쿠웅!

여의신궁주가 버럭 고함을 지르자 설이 십 장 밖으로 나가떨어졌다.

"으음, 당신 말도 맞소. 하지만 처음부터 완전히 소화시킬 수는 없다해도 그대로 되돌려줄 수는 있지!"

설이 비틀거리며 몸을 일으키자 여의신궁주가 눈썹을 꿈틀하며 쌍장을 들어 올렸다.

"헛소리 집어치워라!"

우우웅!

여의신궁주의 전신에 깃들어 있던 건곤지기가 그의 어깨와 팔을 타고 쌍장에 뭉치기 시작했다. 이에 설은 힘겨운 목소리로 중얼거렸다.

"믿기지 않나? 그럼 당해보면 알 일."

"두 눈 똑똑히 뜨고 봐라! 이것이 진정한 건곤의 힘이다. 여의만상!"

파아앙!

순간 여의신궁주의 양 장을 타고 거대한 구체가 튀어나왔다. 매화검제가 당했을 때와는 비교도 되지 않는 강력한 건곤지기였다.

여의신궁주가 모든 건곤지기를 쥐어짜 응축시킨 그 구체는 섬전과 같은 속도로 설을 향해 짓쳐들었다.

"금(金)의 단단함에 목(木)의 끊이지 않는 생명력을 불어넣고 수(水)의 흐름으로 다스리니 이를 금강절, 목통절, 수류절이라 한다!"

"저, 저것은!"

여의신궁주는 경악했다. 자신이 날린 건곤지기가 하나는 설의 손에, 나머지 하나는 머리 위에서 회전하고 있었기 때문이다.

"당신의 건곤지기는 오행에서 벗어나 사상의 단계에 이르렀군. 하지만 아직은 완벽하지 못해. 내가 지닌 오행의 기운 셋이면!"

입을 열고 있는 설의 몸에서 오색 광채가 피어오르고 시작했다. 이를 지켜보던 여의신궁주는 멍한 표정으로 중얼거렸다.

"믿을 수 없다. 어찌 한 인간이 서로 다른 건곤지기를 셋이나 지닐 수 있단 말인가?"

파앙!

여의신궁주가 중얼거리는 사이 설의 손과 머리에 머물러 있던 건곤지기가 하나로 뭉쳐지며 그를 향해 쏘아져 갔다.

쫘아악!

자신이 날린 건곤지기에 설의 건곤지기까지 고스란히 맞은 여의신궁주는 마치 물벼락을 맞은 착각에 잠시 움직임을 멈췄다.

"고맙군. 고통없이 보내줘서……."

여의신궁주는 살며시 눈을 감으며 엷은 미소를 지어 보였다.

스르르륵!

여의신궁주는 다른 이들과 마찬가지로 먼지로 화해가고 있었지만 표정만은 그 어느 때보다 평온해 보였다.

털썩!

여의신궁주가 허공으로 흩어지는 것을 확인한 설은 그대로 땅바닥에 주저앉았다. 전신의 건곤지기를 모두 소진해 버렸기 때문이다.

'편히 쉬시오.'

설은 자꾸 감기는 눈에 힘을 주며 비틀비틀 몸을 일으켰다. 설은 이번 일전을 통해 건곤지기를 회복하는 방법이 천지절에 있음을 깨달았지만 전혀 기쁘지 않았다. 자꾸 한 사내의 얼굴이 떠올랐기 때문이다.

"명왕궁주… 소혼 형님만으로는 벅찬 상대. 내가 잘못 판단했던 것은 아닐지……."

슈우욱!

설은 혼신의 힘을 다해 비익조를 전개했다.

*   *   *

사방에 자욱한 운무가 깔린 첩첩산중. 그곳에는 흔한 풀벌레 소리조차 들리지 않는 적막함에 휩싸여 있었다.

빽빽이 들어찬 수림의 중심부는 방원 이십 장이 칼로 깎은 듯 평평했다. 그곳은 연무장으로 쓰기 위해 누군가 인위적으로 만들어놓은 것이라는 생각이 들 정도로 널따란 평지였다.

"으음!"

평지 위에 누워 있던 소혼이 신음성을 내뱉으며 힘겹게 눈을 떴다.

잠시 주위를 둘러보던 소혼은 자리에서 몸을 일으키려다 말고 이내 피식 웃음을 흘렸다. 자신의 한 팔이 떨어져 나갔음을 깨달은 것이다.

"정신이 좀 드나?"

"여기가 어디요?"

소혼은 두 발을 가슴으로 모았다가 펼치며 자리에서 벌떡 일어났다.

비록 한 팔을 잃었지만 이전보다 훨씬 상쾌한 기분이 들었다.

　잠자코 이를 지켜보던 갈천혁이 피식 웃으며 소혼에게 다가왔다.

　"역시 강골이군. 한 달은 더 누워 있을 것이라 예상했는데 말이야."

　"난 그럴 시간이 없소. 그건 당신도 마찬가지일 거고."

　"하하하! 역시 화통하군. 아주 마음에 들어."

　갈천혁은 소혼의 얼굴을 쳐다보며 크게 웃었다. 볼수록 마음에 드는 사내였다. 한 팔을 잃었으면 침울해할 법도 한데 전혀 개의치 않는 표정. 물론 자신이 소혼과 같은 경우를 당했어도 마찬가지였을 테지만 지금이 아니라 소혼과 비슷한 나이였을 칠십 년 전이었다면 어땠을지는 확신할 수 없었다.

　'이전에 만났으면 좋은 친구가 될 수 있었을 텐데. 아쉽군.'

　갈천혁은 소혼을 물끄러미 바라보며 엉뚱한 생각을 해봤다.

　"귀가 먹었소? 여기가 어디냐고 묻지 않소?"

　"하하하하!"

　소혼이 인상을 찌푸리며 묻자 갈천혁은 너털웃음을 터뜨렸다. 조화천주나 겸추도 자신에게는 결코 이런 식으로 대하지 못했다.

　그건 갈천혁의 능력이 그만큼 출중한 까닭도 있었지만 그보다는 그에게서 뿜어져 나오는 함부로 범접할 수 없는 기도 때문이었다.

　소혼은 갈천혁의 막강한 기도를 우습게 보고 있는 것이다.

　"자넬 데리고 온 곳에서는 꽤 멀리 떨어진 곳이긴 하지만 자네에게는 익숙한 곳일 걸세."

　한참을 웃던 갈천혁이 웃음을 뚝 멈추고 천천히 입을 열었다.

　갈천혁이 싱긋이 미소를 머금은 채 자신을 바라보자 소혼은 그에게서 시선을 돌려 천천히 주위를 둘러봤다.

"그렇군. 어쩐지 공기가 낯설지 않다 했지."

소혼은 숨을 크게 들이마시며 기분 좋은 미소를 흘렸다.

"역시 알아보는군. 자네가 회복하려면 시간이 걸릴 것 같아 발품을 조금 팔았다네. 하지만 검문의 정확한 위치는 도무지 찾을 수 없더군."

"저곳이오."

소혼은 피식 웃으며 전면에 보이는 검봉을 향해 턱짓을 했다.

사방이 깎아지른 절벽으로 이루어진 봉우리. 그곳은 그의 고향이나 다름없는 검봉이 틀림없었다.

"하하하! 역시 검문이야. 저곳이 검문의 영지일 줄 어찌 짐작할 수 있었겠는가? 그래, 그럼 언제가 좋겠나?"

"……."

소혼은 잠시 입을 다물고 물끄러미 검봉을 바라보았다. 그의 물음이 비무를 뜻함을 어찌 모르겠는가. 물론 소혼 역시 갈천혁과의 비무를 갈망했었지만 막상 그 순간이 닥치자 여러 생각이 주마등처럼 스쳤다.

'보고 싶군.'

소혼은 자신의 머리를 스치고 지나가는 얼굴들을 하나하나 떠올리며 피식 미소 지었다. 가장 먼저 떠오른 이는 설이었다. 천마폭에 있을 때는 어리게만 봤었는데 이제는 자신조차 어느 정도일지 짐작하지 못할 정도로 커버렸다는 사실에 내심 뿌듯한 마음이 일었다.

잠시 후 소혼의 머리 속으로 세상에서 단 하나뿐인 자신만의 여인, 이소영의 얼굴이 스치고 지나갔다. 그녀를 잘 챙겨주지 못했다는 생각에 미안한 마음이 일었지만 이소영은 분명 설이 구했을 것이다.

소혼은 피식 웃으며 검봉을 향해 다시 고개를 돌렸다. 자신을 키우고 가르쳐 준 사부 검불군의 웃는 모습이 떠올랐기 때문이다.

'사부, 이 정도면 잘산 거 맞죠? 후후후!

얼굴에 희미한 미소가 번져 가던 소혼은 이내 속으로 고개를 저으며 천천히 몸을 돌렸다. 싸우기도 전부터 이런 생각을 하는 자신이 한심했기 때문이다. 하지만 불길한 예감이 드는 것만은 어쩔 수 없었다. 그만큼 지금 자신의 앞에 선 갈천혁은 천하 최강의 무인이었다.

"시작합시다!"

"하하하! 나보다 자네가 더 급했나 보군. 그럼 조금만 기다려 주게. 내가 아직 준비가 되지 않았으니 말이야."

소혼의 외침에 갈천혁이 설레설레 고개를 저으며 뒤로 물러섰다. 이에 소혼이 고개를 갸웃거리는 사이, 갈천혁이 손을 들어 올려 자신의 오른쪽 어깨를 힘껏 내려쳤다.

사악!

칼로 베인 듯 떨어져 나간 그의 오른팔이 땅바닥에서 펄떡거렸다.

"지금 뭐 하는 겁니까?"

소혼이 대경하며 달려오자 갈천혁이 손을 내저으며 피식 웃었다.

"이래야 공평하지 않겠나?"

갈천혁은 자신의 팔에 혈도를 짚어 지혈한 뒤 그 자리에 가부좌를 틀고 앉았다. 사실 운기조식을 취할 필요성을 느끼지는 못했지만 앞에 선 소혼에게만큼은 처음부터 최선을 다하고 싶었다. 이에 갈천혁을 바라보는 소혼의 두 눈이 크게 흔들렸다.

'이자! 싸움을 즐길 줄 아는 사내야.'

소혼은 갈천혁이 스스로 한 팔을 잘랐다고 해도 그의 힘이 떨어지리라는 생각은 하지 않았다. 그가 팔을 자른 이유.

어쩌면 자신에게 보내는 진정한 예우일지도 모른다는 생각이 든 소혼은 입술을 질끈 깨물며 자리에 앉아 만타심법을 운용했다. 자신도 갈천혁처럼 최상의 상태를 유지하기 위해서였다.

그렇게 두 사람의 조식이 무려 한 시진에 걸쳐 이어지는 동안 소혼은 자신의 몸속에 일어난 변화를 깨닫고 당혹스런 얼굴로 눈을 떴다.

"이건 대체 뭐지?"

"건곤지기라네. 자네는 그걸 심검이라 부르더군. 명왕기사들과 일전을 펼치며 얻은 것 같던데. 아닌가?"

"이상하군."

고개를 들어 올린 소혼은 어느새 일어나 자신을 물끄러미 바라보고 있는 갈천혁을 발견하고 눈살을 찌푸렸다. 자신이 지닌 심검의 기운이 공력을 일으키지 않았는데도 끊임없이 몸속을 휘돌았기 때문이다.

"내가 조금 도와주긴 했네. 하지만 자네가 얻은 건곤지기를 다시 깨워놓은 것일 뿐 내 것을 나눠 준 것은 아니니 감격할 필요는 없네."

갈천혁의 말을 들은 소혼은 그제야 그가 자신을 새로운 경지로 이끌었음을 깨달았다.

"그렇다면 이 싸움은 해보나마나하겠군."

소혼이 씁쓸하게 웃으며 천천히 자리에서 몸을 일으키자 갈천혁의 안색이 대번에 굳어졌다.

"내가 건곤지기를 먼저 지녔다고 해서 벌써부터 질 거라 생각하는 건가? 그렇게 쉽게 포기를 하다니 이거 실망이 크군."

"후후후! 누가 포기를 한다는 거요? 나는 당신보다 훨씬 팔팔한 건곤지기를 지녔으니 해볼 필요도 없을 것 같다는 뜻이었는데."

"하하하! 그런 의미였나? 그렇다면 처음부터 내가 한 방 먹었군."

소혼의 음성에 자신감이 실려 있음을 느낀 갈천혁은 하늘을 보며 크게 대소했다.

"좋군, 아주 좋아!"

갈천혁은 연신 감탄사를 연발하며 천천히 뒤로 물러났다.

그가 걸음을 옮김과 동시에 소혼 역시 뒤로 물러나며 전신의 공력을 극대로 끌어올렸다.

"난 자네와 승부를 가린 후 하북으로 갈 것이네. 본래는 건곤비에 오를 생각이었지만 내가 뿌린 씨앗이니 내가 거둬야 된다는 쪽으로 생각을 바꿨지. 자네는?"

"나는… 중원을 고려 땅으로 옮길 계획이었소."

"호오!"

갈천혁은 소혼이 자신처럼 공력을 운기하며 입을 여는 것에도 감탄했지만 그가 중원을 고려로 옮기겠다는 말에 탄성을 내뱉었다. 다른 사람의 말이었다면 웃어넘겼을 테지만 그 말을 뱉은 이는 소혼이었기에 신선한 충격으로 와 닿은 것이다.

"과연 자네에게 그럴 능력이 있을지 의문이군?"

"이제 능력이 있고 없고는 중요치 않소. 지금은 중원처럼 더러운 욕심으로 물든 곳을 고려로 옮긴다는 생각은 지워 버렸으니까."

이에 갈천혁은 동조한다는 표정으로 슬며시 고개를 끄덕였다.

"후회되는군. 자네를 처음 봤을 때 내 사람으로 만들었어야 했어."

"그런 쓸데없는 소리는 집어치웁시다. 이러다 해 넘어가겠소."

소혼이 크게 소리치자 갈천혁이 피식 웃으며 한 손을 들어 올렸다.

"이미 해는 넘어갔다네."

팡!

휘익!

갈천혁이 입을 엶과 동시에 들린 파공음에 소혼이 뒤로 고개를 확 젖혔다. 갈천혁이 입을 열며 건곤지기를 날렸기 때문이다.

"치사하게!"

"생사를 건 싸움에 치사한 게 어디 있나?"

소혼이 인상을 찌푸리며 다시 고개를 들어 올리자 갈천혁이 피식 웃으며 그의 말을 받았다. 하지만 갈천혁의 표정은 이전과 달리 여유로워 보이지 않았다. 소혼이 어느새 백색 광채를 뿜어내는 검을 들고 자신과 지척에 이르렀기 때문이다.

휘이익!

"이크!"

급히 허리를 숙인 갈천혁은 소혼의 검에 잘려 나간 자신의 머리카락이 허공에서 사라지는 것을 보며 크게 놀랐다.

"참신하군! 건곤지기를 응축해 검을 만들다니!"

파앙!

후아악!

갈천혁은 처음의 공격과 마찬가지로 입을 열며 건곤지기를 날렸다. 하지만 같은 수법에 두 번 당할 소혼이 아니었다.

슈우욱!

소혼은 급히 옆으로 허리를 틀며 갈천혁이 날린 건곤지기를 향해 검을 내려쳤다.

콰쾅!

쿵!

엄청난 폭발음과 함께 지축이 흔들렸고, 갈천혁의 건곤지기에 검을 부딪쳤던 소혼은 오 장 뒤로 곤두박질쳤다.

"흠!"

소혼은 벌떡 일어나 자세를 고쳐 잡으며 갈천혁을 노려봤다.

'막을 수가 없다. 도대체 어떻게 공격하는지를 알아야 막든지 공격을 하든 할 거 아니야.'

소혼은 내심 당황스러웠지만 지금의 일전이 무척 즐거웠다. 그에게는 갈천혁과의 이 싸움이 큰 희열로 다가왔다. 이 생사를 도외시한 싸움을 즐기고 있는 것은 갈천혁도 마찬가지였다.

'천룡통천후를 두 번이나 받아내다니 기대 이상이군. 하지만 명정공(明正功)을 받을 수 있을까? 후후후!'

갈천혁은 만족스런 미소를 머금고 슬며시 주먹을 움켜쥐었다.

갈천혁이 익힌 건곤의 무공은 명정공이었다. 처음 그가 배운 무공은 조화천주 겸익의 천룡통천후였지만 이는 지난 얘기일 뿐이었다. 조화천의 비부에서 사부와 사형이 제안한 천지겁을 수락하는 순간 천룡통천후를 버렸기 때문이다. 갈천혁은 천하를 돌며 은자단과 금천을 재건하고 제자인 여의신궁주를 키워 여의신궁을 세웠다.

여의지겁을 일으킨 야율초제는 바로 명왕궁주 갈천혁이었다. 그가 여의지겁을 일으킨 이유, 금광혈린도법과 백팔은린검법을 내준다는 조화천주의 조건 때문이기도 했지만 천룡통천후에 버금가는 건곤의 무공을 찾고자 하는 개인적인 염원이 더 컸다. 결국 그는 중원을 주유하며 명정공을 얻을 수 있었고, 그 직후 곧장 산해관을 넘어 세외로 돌아갔다. 이것이 여의지겁의 숨은 비사였다.

명왕궁주 갈천혁이 얻은 명정공은 정신의 힘을 이용한다는 점에서 설이 익힌 일월성신경이나 겸추의 천룡통천후와 유사했지만 그보다 더욱 난해한 무공이었다. 그것은 천하에 따를 자가 없다 자부하던 갈천혁의 자질로도 무려 오십 년이나 걸려 완성할 수 있었던 무공이니 더 말할 필요도 없었다.

그는 조화천주의 천룡통천후에 대항하기 위해 명정공을 익혔지만 지금은 아니었다. 아무리 명정공을 완벽히 익혔다고 해도 이미 건곤의 문을 연 조화천주의 상대가 안 됨을 깨달았기 때문이다. 결국 갈천혁은 명왕궁을 포기하고 건곤비에 올라 문을 열기로 마음먹었다. 하지만 중도에 만난 소혼은 그의 결심을 바꾸어놓았다.

그저 한 인간에 불과한 자가 건곤지기를 펼치는 것을 직접 목도한 갈천혁은 소혼이 건곤지기를 얻었다면 자신 또한 굳이 건곤비에 오르지 않아도 문을 열 수 있을지 모른다는 희망이 생겼기 때문이다.

'어쩌면 건곤비는 허울일지도 모른다.'

갈천혁은 속으로 중얼거리며 거친 숨을 몰아쉬고 있는 소혼을 향해 시선을 던졌다. 그사이 수백여 초를 나눴다. 마음을 둘로 나눴던 까닭에 상황이 어떻게 됐는지 아직 완전히 파악되지는 않았지만 갈천혁이 지난 일을 떠올리는 동안 그와 소혼 사이에 치열한 접전이 펼쳐졌던 것은 틀림없는 사실이었다.

"으음!"

갈천혁은 전신 곳곳에 흐르고 있는 피를 보며 침음성을 삼켰다. 다행히 건곤지기에 명중당하진 않았지만 가벼이 볼 상처는 아니었다.

"돌아왔군!"

"알고 있었나?"

갈천혁의 눈에 이채가 서렸다.

'마음을 분리했었다는 것을 눈치챘다니 자네는 시간이 지날수록 나

를 더 놀라게 만드는군.'

갈천혁은 소혼이 자신과 싸우며 또 다른 경지에 들어섰음을 뜻한다는 것을 직감하며 이내 다른 생각을 모두 떨쳐 버렸다. 전심전력을 다하지 않으면 자신의 목이 떨어져 나갈 것이 분명했기 때문이다.

하지만 이를 보고 있는 소혼은 속으로 노기가 치밀어 올랐다.

'도대체 이게 말이 돼? 딴생각에 빠진 인간을 죽이지 못할 정도로 내가 약한 놈이었냐고?'

소혼으로서는 처음으로 드는 회의감. 하지만 소혼은 이내 세차게 고개를 저으며 갈천혁을 향해 몸을 날렸다.

파파팡!

공중제비를 돌며 힘차게 내려친 그의 검에서 건곤지기들이 쏟아져 나왔다.

"허! 건곤지기를 검기처럼 날리다니!"

팡!

소혼이 날린 건곤지기를 피한 갈천혁은 놀란 외침을 터뜨리며 자신 역시 건곤지기를 날려 반격했다.

"그랬군! 천룡통천후였어!"

갈천혁의 공격을 피한 소혼은 회심의 미소를 지으며 뒤로 물러섰다. 그의 건곤지기가 음파에 실려 옴을 드디어 깨달은 것이다. 하지만 소혼을 바라보는 갈천혁의 얼굴에는 여전히 미소가 떠나지 않고 있었다.

팡!

퍼억!

"헛!"

이번에 날아든 건곤지기는 소혼이 미처 예상치 못한 시점에 쏟아져 왔다. 갈천혁이 입을 열지 않았는데도 건곤지기가 날아든 것이다.

"제길, 이번에는 천룡통천후가 아니었어!"

소혼은 그제야 갈천혁이 자신의 본신 무공을 다 보인 게 아님을 깨닫고 입술을 질끈 깨물었다.

팡!

휘익!

아슬아슬하게 건곤지기를 피한 소혼의 눈이 찰나지간 빛을 발했다.

'눈! 눈빛으로 공격하고 있다!'

소혼은 갈천혁이 입을 다문 순간부터 눈을 깜빡이지 않고 있음을 깨닫고 지면을 박차며 날아올랐다.

"이제 끝냅시다! 파천일검!"

쏴아아앙!

공중에서 갈천혁의 머리를 향해 찍어오는 소혼의 검은 더 이상 보이지 않았다. 소혼이 자신의 모든 건곤지기를 폭발시키며 몸을 한 자루 검으로 만들었기 때문이다. 그의 몸 자체가 한 자루 검이었다.

"천검(天劍)! 고금제일의 천검이군!"

갈천혁은 소혼을 바라보며 나직이 탄성을 터뜨렸다. 하지만 그의 몸에서도 이전과는 비교할 수 없을 정도의 강한 기운이 뿜어져 나왔다.

쿠아아아앙!

갈천혁이 천룡통천후와 명정공을 한꺼번에 펼치며 전신의 건곤지기를 모두 폭발시킨 것이다.

콰지직!

퍼어어어어엉!

소혼과 갈천혁이 맞붙는 순간, 뇌성벽력이 일며 그들 주변으로 대폭발이 일어났다.

툭!

한참을 뒤로 날아가다가 나무에 부딪치고 신형을 추스른 갈천혁이 입가에 고인 피를 닦으며 천천히 몸을 돌리자 나머지 한쪽 팔마저 떨어져 나간 소혼의 참담한 모습이 들어왔다.

"왜 마지막 순간에 힘을 거둬들였소?"

"내 평생에 유일한 지기와 조금이라도 더 대화를 나누고 싶었네. 그러는 자네는 왜 한쪽 팔을 잘랐나?"

"그냥 허공에 먼지로 흩어질 생각을 하니 암담하더군. 그래서 뭐 하나라도 남기고 가야겠다는 생각이 들었지."

소혼이 자꾸 감겨오는 눈을 부릅뜨며 힘겹게 말을 이어가자 갈천혁의 눈가가 미미한 경련을 일으켰다.

소혼이 만일 건곤지기를 따로 나누지 않고 전심전력을 다했다면 쓰러진 사람은 소혼 하나가 아니었을 거라는 생각이 들었기 때문이다.

"이 싸움은… 비긴 것 같군."

갈천혁의 말을 들은 소혼이 희미하게 웃으며 입술을 달싹였다.

"부탁 하나 합시다."

"말해 보시게."

갈천혁은 소혼의 목소리가 점점 작아지는 것을 느끼며 천천히 그의 곁으로 다가왔다.

"제대로 됐는지는 모르겠지만 저걸 내 아우에게 좀 전해주시오. 무의천마라고 꽤 유명한 놈이니 찾기는 쉬울 거요."

"……"

소혼의 시선을 따라 눈길을 돌린 갈천혁은 얼마 떨어지지 않은 곳에 있는 한 자루 검을 발견했다.

"으음, 저것은."

검을 자세히 살펴보던 갈천혁은 침음성을 삼켰다. 검이라 생각했던 그 물건이 소혼의 떨어져 나간 팔이었기 때문이다.

"아우에게 남기는 마지막 선물이니 잘 좀 전해주시구려. 녀석을 만나게 되면 아마 조심해야 할 거요. 그 녀석 겉보기와는 달리 성질이 좀 더럽거든. 후후후!"

소혼의 웃음소리가 갈천혁조차 듣기 힘들 정도로 작아졌다.

"이만하면 잘 놀다 가는 거겠지. 그래도 집에 돌아와 죽으니 마음은 편하……."

"잘 가게, 친구."

갈천혁은 손을 들어 소혼의 눈을 감겼다. 하지만 갈천혁은 눈을 감겨줄 수 없었다. 그의 몸이 허공으로 흩어지고 있었기 때문이다.

검봉 정상.

갈천혁의 옷깃이 불어오는 바람에 나부꼈다.

비록 짐승의 가죽으로 만든 의복뿐이 남아 있지 않았지만 소혼은 검불군의 묘비 옆에 나란히 묻힐 수 있었다.

고금제일 천검, 소혼지묘.

古今第一 天劍, 笑魂之墓.

소혼의 묘비를 물끄러미 바라보던 갈천혁이 처연한 표정으로 천천히 몸을 돌렸다.

"내 살아오며 이토록 후회해 본 적이 없다네. 편히 쉬게나, 내 유일한 지기여."

갈천혁은 소혼의 팔, 아니, 그가 남긴 검을 쥐고 터벅터벅 걸음을 옮겼다. 하루 사이에 이십 년의 세월을 훌쩍 건너뛴 사람처럼 귀밑머리가 하얗게 세어 있는 그는 더 이상 사십대의 나이로 보이지 않았다.

*　　　　*　　　　*

나무 위에 서서 목을 길게 늘어 빼고 전방을 주시하던 비천서가 눈을 반짝이며 밑으로 내려앉았다.

"사부님!"

"따라오너라!"

설은 비천서를 데리고 청룡단 무인들이 있는 곳으로 이동했다.

설과 비천서가 청룡단을 찾아 움직이는 동안 명왕궁도들은 청룡단과 이에 합류한 개방, 황룡단에 의해 도륙당하고 있었다.

"으악!"

"사, 살려줘!"

여기저기서 터져 나오는 명왕궁도들의 처절한 비명성과 사방이 핏물로 가득 메워진 곳은 백운산에서 오 리 떨어진 창곡(倉穀)이라는 평야 지대였다. 다행히 근방에 사는 주민들은 한 사람도 보이지 않았다. 모두 집에 들어가 쥐 죽은 듯 숨죽이고 있었기 때문이다. 하지만 운 나쁘게 명왕궁도들이 피신한 집은 그것으로 끝이었다. 청룡단에 소속된 무인들은 집에 숨어든 명왕궁도는 물론이고 그 집에 거주하고 있던 사람들까지 모두 죽여 버렸기 때문이다.

청룡단은 누가 더하고 못할 것도 없이 잔인하고 악랄한 손속으로 보이는 자들을 닥치는 대로 도살했다. 그동안 참아왔던 분노가 일시에 터지며 군중 심리를 자극했는지 극히 소수의 무인을 제외한 대부분의 눈은 광기로 번뜩이고 있었다.

수각!

"커억!"

마지막으로 저항하던 금천 무사의 목을 날린 우문하는 전방에서 화산 문하들에게 대항하고 있는 여의신궁의 궁도들을 향해 몸을 날렸다.

"멈추시오!"

한 사내의 맑은 음성이 들린 순간, 이미 수천을 고혼으로 만든 청룡단 전원의 움직임이 일시에 멈췄다.

'미쳤어! 하필이면 지금 같은 상황에서 나서실 게 뭐람.'

설의 뒤를 따라 걸음을 옮기던 비천서는 무림맹원들의 살기 띤 눈빛을 받으며 속으로 긴 한숨을 내쉬었다. 하지만 설의 굳은 표정으로 보아 지금 이 상황을 조용히 넘기기는 그른 것 같았다.

"자네는 누군가?"

우문하가 길게 자란 수염을 휘날리며 앞으로 걸어나왔다. 현허자가 멀찍이 떨어져 있었기에 그를 알아보는 사람은 아무도 없었다.

"기무설이라 합니다."

"우리를 제지한 이유는?"

"이제 그만 손을 거둬주십시오."

"손을 거두라니? 자네는 우리가 누구인지 모르나 보군."

우문하는 어이없다는 표정으로 설을 다시 한 번 살펴봤다. 건장한 체격이었지만 눈빛과 기도로 보기에 무공을 익힌 자로 보이지는 않았다. 하지만 좀 전의 음성은 웬만한 공력으로는 흉내도 내지 못할 수준의 것이었음을 알기에 의혹은 더욱 커져만 갔다.

장내에 널린 시체와 부상자들을 살펴보던 설이 다시 입을 열었다.

"이만하면 충분합니다. 이제 저들을 보내주시지요."

"닥쳐라! 감히 어느 안전이라고 그따위 망발을 지껄이는 게냐!"

화산 문하생 하나가 튀어나오며 버럭 소리를 지르자 비천서가 눈에 쌍심지를 켜고 앞으로 나왔다.

"한 번만 더 사부님께 불경하면 가만두지 않겠다!"

"천서야, 물러서라. 지금은 네가 나설 자리가 아닌 것 같구나!"

설이 자신의 어깨를 잡고 살며시 잡아당기자 비천서는 안색을 고치며 천천히 뒤로 물러섰다.

"이곳은 자네들이 있을 만한 곳이 못 되니 가던 길이나 가시게. 자! 뭣들 하는 게냐! 어서 움직이지 않고!"

비슷한 연배인 설과 비천서가 사제지간 행세를 하자 내심 어이가 없어진 우문하는 더는 볼 것도 없다는 생각에 화산 제자들을 향해 큰 목소리로 외쳤다. 이에 그의 명을 들은 화산 제자들이 다시 검을 들고 남아 있는 명왕궁도들을 향해 득달같이 달려들었다.

"그만 하라지 않소!!"

설의 외침에 우문하를 포함한 주위에 있던 이들이 몸을 휘청거렸다.

"으음, 네놈은 명왕궁과 어떤 관계냐?"

가장 극심한 피해를 본 우문하는 목구멍으로 넘어오는 피를 꿀꺽 삼키며 설을 향해 눈을 부라렸다. 설에게 내상을 입게 되자 그가 명왕궁과 깊은 관련이 있다고 판단한 모양이었다.

"나는 명왕궁과 관계가……."

"놈! 드디어 본색을 드러냈구나!"

설이 우문하의 물음에 막 대답하려는 순간, 한 사내가 일갈을 터뜨리며 그들 곁으로 날아 내렸다. 소천평이었다.

황룡단과 함께 막 이곳에 도착했던 그는 설의 음성에 실린 건곤지기를 느끼고 득달같이 달려온 것이었다. 뒤를 이어 도착한 제갈천우 역시 설을 뚫어져라 응시하며 소천평의 곁으로 다가왔다.

"자네가 무의천마로군."

제갈천우가 비릿한 미소를 흘리며 소천평을 향해 눈짓했다. 이에 소천평은 설과 비천서의 뒤로 이동해 그들의 퇴로를 차단했다.

설은 그들이 자신의 앞뒤로 막아서자 숨이 턱 막혀왔다.

'역시 둘 다 조화천 놈들이었군! 그렇다면 결코 용서할 수 없다!'

설은 제갈천우와 소천평 모두에게서 건곤지기가 느껴지자 입술을 질끈 깨물었다. 순간, 먼지로 화해가던 유종학의 얼굴이 떠올랐다.

설이 제갈천우와 소천평에 의해 제지당하고 있는 사이, 뒤늦게 나타난 구대문파의 장문인들이 우문하의 곁으로 다가왔다.

"무슨 일이오?"

장문인들 틈에서 백연 방장이 앞으로 걸어나오며 물었다.

"아무래도 저자가 남은 반도들의 수괴인 것 같습니다."

우문하가 손가락으로 자신을 가리키며 입을 열었지만 설은 그의 말은 전혀 귀에 들어오지 않았다. 제갈천우와 소천평에게 온 신경을 집중하고 있었기 때문이다.

"놈! 너와 구면인 것 같은데. 맞느냐?"

자신의 머리 속에 울리는 심령어가 소천평의 것임을 알아챈 설이 피식 웃으며 고개를 끄덕였다.

"당신들이 팔선인가?"

자신의 물음에 소천평과 제갈천우의 눈이 살짝 흔들리는 것을 확인한 설은 속으로 침음성을 삼켰다.

'으음, 역시 팔선이었군. 쉽지 않겠어!'

설이 침음성을 삼키는 사이, 구대문파의 장문인들이 그의 주위를 빙둘러싸고 포위해 들어갔다. 이미 명왕궁의 잔여 세력들을 모두 처리한 까닭에 그들의 관심은 오직 설과 비천서에게 집중되고 있었다.

한편 구대문파 장문인들 틈에 섞여 있던 현허자는 설을 보며 속으로 침음성을 삼켰다. 정면에 선 이가 설임을 알고 있었기 때문이다.

'끄웅! 이런 난감할 때가 있나.'

하지만 지금 그를 비호했다가는 무당의 입지에 치명적인 타격을 줄 수 있는 상황이었다. 이에 현허 장문의 속은 바싹 타 들어가고 있었다.

"흠. 시주, 우 장문의 말씀이 사실이오?"

잠시 사태를 관망하던 백연 방장이 조심스레 질문을 던졌지만 설은 가타부타 대답을 하지 않고 제갈천우와 소천평의 동정만 살폈다.

자신과 비천서를 향해 있는 그들의 칼날 같은 살기에 잠시 잠깐의 한눈이라도 팔았다가는 큰일을 당할 것이 분명했다.

"흥! 무의천마의 말은 더 들을 것도 없소이다. 제갈 대협과 황룡단주도 저렇게 저자들을 향해 검을 겨누고 있지 않소이까? 어서 칩시다!"

우문하가 힘껏 소리쳤지만 장문인들은 일순 망설였다. 그의 입에서 무의천마라는 명호가 튀어나왔기 때문이다.

"이, 이! 좋소! 그럼 나 혼자라도 황룡단주와 제갈 대협을 도와 저자를 처리하겠소!"

우문하는 어금니를 꽉 깨물며 앞으로 성큼성큼 걸어나갔다.

치이이익!

“크윽!”

검을 겨눈 채 설의 곁으로 다가가던 우문하가 신형을 휘청거리며 뒤로 물러섰다.

제갈천우와 소천평의 건곤지기에 당한 것이었지만 설이 그를 슬쩍 뒤로 물렸기에 치명상을 피할 수 있었던 것이다.

“간악한 놈! 사술을 쓰다니. 윽!”

우문하는 더 이상 말을 잇지 못하고 혼절했다. 하지만 그의 말은 구대문파 장문인들의 마음에 동요를 일으키기에 충분했다.

그들은 건곤지기에 대해 전혀 모르고 있었기에 우문하의 말대로 설이 사술을 썼다고 여긴 것이다.

“우리가 팔선임을 알고 있다는 것만으로 네 목숨을 거둬들일 이유는 충분하다.”

여태껏 설을 뚫어져라 응시하던 제갈천우가 여유를 되찾고 싸늘하게 웃었다. 좀 전까지는 그의 능력을 파악치 못해 감히 나설 수 없었지만, 지금은 설이 우문하를 구해줌으로 인해 힘의 균형이 깨진 상황이었기에 설의 건곤지기가 미약함을 느끼고 자신감이 선 것이다.

하지만 설은 여전히 담담한 표정으로 제갈천우를 빤히 쳐다보며 심령어를 보냈다.

“너희들이야말로 지은 죗값을 치러야겠지.”

“지은 죄?”

제갈천우의 음성에 실린 당혹스러움을 감지한 설은 천천히 고개를 끄덕이며 다시 심령어를 전개했다.

“어디 유림인들을 죽여 얻은 건곤지기가 얼마나 대단한지 볼까?”

"흥! 지금 네놈이 지닌 어줍지 않은 건곤지기로 우리를 이길 수 있을 것이라 생각하나? 뭘 믿고 큰소리를 치는지 모르겠구나."

설의 건곤지기가 자신에 한참 미치지 못한다고 판단한 제갈천우는 눈을 빛내며 실소를 터뜨렸다.

"길고 짧은 것은 대봐야 알겠지."

제갈천우에게 심령어를 보낸 설은 소천평을 힐끗 쳐다봤다. 그는 제갈천우와 눈짓을 주고받으며 호시탐탐 설을 노리고 있었다.

"그전에 구대문파의 장문인들을 물리는 것이 좋을 것 같은데……."

"바라던 바다. 우리도 아직 정체가 탄로나는 것은 원치 않는다."

설이 다시 심령어를 보내자 제갈천우가 희미하게 고개를 끄덕였다. 제갈천우와 소천평이 구대문파의 장문인들을 빌미로 자신을 협박할 것을 염려하고 있었던 설은 제갈천우의 동의에 내심 안도했다.

"그럼 백운산 정상에서 기다리지. 가자!"

설은 비천서에게 손짓하며 느릿느릿 걸음을 옮겼다. 이에 비천서도 그의 뒤를 따르며 힐끔힐끔 고개를 돌려 자신들을 에워쌌던 중인들을 쳐다봤다. 하지만 어느 누구도 설과 비천서의 앞을 막아서지 않았다.

소림, 무당, 아미, 곤륜은 그에게 구함을 받았었기 때문이고, 나머지 문파 장문인들은 제갈천우와 소천평의 눈짓을 봤기 때문이다.

"아직 명왕궁의 잔여 세력이 남아 있다는 전갈을 받았습니다. 저자는 우리가 맡을 테니 장문들께서는 명왕궁의 잔당을 소탕해 주십시오."

구대문파 장문인들을 향해 말을 건넨 제갈천우는 다시 설의 뒷모습을 노려봤다. 이에 잠시 주저하며 서로의 눈치를 살피던 장문인들은 소천평과 제갈천우가 무의천마를 감당하기에는 역부족일 것 같다는 우려가 들긴 했지만 그들의 자신감에 찬 표정에 천천히 몸을 돌렸다.

하지만 그들 모두는 천지겁을 통해 자신들의 입지가 점점 좁아지고 있는 현실에 초라한 생각이 들었다. 이전에는 자신들과 감히 같은 자리에 앉지도 못하던 제갈천우와 소천평의 말을 순순히 따를 수밖에 없는 현실 때문이었다.

'도대체 어디서부터 잘못된 것인지. 아미타불!'

백연 방장은 힘없이 뒤돌아서 걸음을 옮기는 구대문파 장문인들의 뒷모습을 바라보며 속으로 나직이 불호를 외웠다.

"분명 건곤지기를 지니고 있지만 돌연변이군. 자네 생각은?"

소천평은 분분히 자리를 뜨는 장문인들을 바라보며 제갈천우에게 넌지시 물었다.

"으음, 확실히 우리와는 다른 것 같군. 하지만 그것뿐이야. 후후후!"

제갈천우가 고개를 끄덕이며 피식 웃었다.

"그래도 여의신궁주를 처리한 걸 보면 만만치 않은 놈 같은데……."

"그야 그렇겠지. 하지만 지금 저자는 여의신궁주를 처리하며 건곤지기를 모두 소모한 것 같네. 우리에게는 천운이지."

소천평의 걱정스런 음성에 제갈천우가 비릿한 미소를 머금었다.

"사부님. 저자들이 정말 조화천의 인물들인가요?"

비천서는 백운산 정상에 당도한 후 지금까지 줄곧 말없이 하늘만 바라보고 있는 설을 향해 조심스레 물었다.

"그래. 처음에는 둘 중 하나일 거라 짐작했었는데 오늘 보니 그들 모두가 조화천의 인물들이구나."

"그렇다면 저들이 유종학 문주님을 해친 흉수들이란 뜻인가요?"

"사백님이 맞은 건곤지기는 하나였으니 저들 중 한 명일 것이다. 하지만 유림인들을 죽여 건곤지기를 취한 천인공노할 짓을 저지른 인간들이라는 점에서는 둘 모두에게 죄를 물어야겠지."

"저어……."

"걱정되느냐?"

비천서가 잠시 망설이며 빤히 쳐다보자 설이 피식 웃으며 되물었다.

"건곤지기를 많이 소모하셨잖아요."

"아무리 그래도 네 사부가 저들에 무너질 정도로 보이느냐?"

설은 싱긋이 미소 지으며 생각에 잠겼다. 욕심을 버리고, 욕심을 버려야 한다는 그 욕심마저 버린 지금에 와서 복수라는 말이 무슨 의미가 있을까. 하지만 억울하게 죽어간 사백과 유림인들을 위해서는 이대로 넘길 수 없는 일이었다. 지금 그에게는 원한에 사무친 분노보다 잘못된 길로 들어서 수많은 인명을 해한 제갈천우와 소천평에 대한 연민만이 남아 있을 뿐이었다.

"저기 오네요."

제갈천우와 소천평을 발견한 비천서가 손가락으로 그들을 가리키자 설이 천천히 고개를 돌렸다.

"난 조화천의 팔방팔선 중 동방선 제갈천우라 하네. 그리고 이분은 서방선 소천평이시지."

설은 소천평과 자신을 소개한 제갈천우를 물끄러미 바라보다가 비천서를 향해 시선을 돌렸다.

"천서는 삼십 장 밖으로 물러나 있거라!"

"예, 사부님."

비천서가 고개를 숙인 후 급히 물러서자 설이 앞으로 걸어나왔다.

"난 무의천마라고 한다. 둘 다 유림에서 한 번 본 적이 있는 것 같은데 예전 얼굴이 아니라 못 알아보는 것 같군."

"그렇다면 설마… 으음, 이제 보니 네놈은 그때 무당파 뒤에 숨었던 그 애송이였구나!"

설의 눈빛이 낯익다 느꼈던 소천평은 그제야 유림에서 만났던 흉측한 얼굴의 사내가 설이라는 것을 깨닫고 눈을 크게 치켜떴다.

소천평은 단 한시도 설을 잊어본 적이 없었다. 비록 잠깐의 만남이었지만 워낙 강한 인상을 심어준 사내였기 때문이다. 하지만 이내 평정심을 회복한 소천평은 비릿한 미소를 머금고 다시 말을 이어갔다.

"잘됐군. 그때 너를 처리하지 못한 것이 못내 걸렸었는데."

"그건 내가 하고 싶은 말이야."

"건방진 놈!"

팟!

소천평은 크게 소리치며 지면을 박차고 날아올랐다. 하지만 설은 여전히 담담한 얼굴로 제갈천우에게서 시선을 떼지 않았다.

'놈! 나를 무시하고 있다!'

소천평은 설이 자신에게는 전혀 관심을 보이지 않고, 제갈천우만을 뚫어져라 응시하자 일순 불쾌한 기분이 들었다.

"타니광투(打泥廣投)!"

파앙!

소천평은 자신의 성명절기인 타니십팔수에 건곤지기를 실어 보냈다.

순간 설의 신형이 번개처럼 움직였고, 소천평의 검도 그를 따라 허공에서 틀어졌다.

"칠현무형(七絃無形)!"

쉬이익!

설이 지척에 이른 소천평의 검을 피하느라 허공에서 빙글 몸을 돌리는 사이, 제갈천우의 검이 섬전과 같은 속도로 쏘아져 왔다. 그의 입가에 미소가 드리워졌다. 설이 소천평의 검을 피하느라 자신의 공세를 피하기에는 역부족으로 보였기 때문이다.

까까앙!

날카로운 쇳소리가 터져 나옴과 동시에 제갈천우와 소천평이 움찔하며 뒤로 물러났다. 소천평의 가슴에 난 구멍을 발견한 제갈천우는 크게 놀랐다. 저런 상처는 설에게 있어야 옳았다.

소천평이 망연자실한 표정으로 자신을 쳐다보자 제갈천우는 일시에 전신 모공이 모두 닫힌 듯 갑갑해졌다.

하지만 그것도 잠시, 가슴에 이는 서늘한 바람.

제갈천우는 불신의 눈빛으로 힘없이 고개를 저었다.

"이건 아니야!"

"건곤지기를 무공에 담는 경지는 이루었지만 일반적인 무공으로는 건곤지기를 담기에 한계가 있는 법이지. 아직 천룡통천후를 펼칠 그릇은 되지 못하는 것 같고."

제갈천우의 귀로 설의 음성이 속삭이듯 들려왔다.

'일반 무공에 건곤지기를 담았다고? 으음, 내 한계를 알고 있었어!'

"으윽!"

제갈천우는 한 줌 먼지로 흩어져 가며 내지른 소천평의 짧은 비명성을 들으며 힘겹게 고개를 들었다. 자신을 바라보는 설의 무심한 눈동자가 보였다.

"으으으! 시… 간이 아쉽군. 이제 천주님께 받은 천룡통천후를 익힐 일만 남았는데……."

제갈천우는 말을 잇지 못했다.

아무것도 보이지 않았고, 어떤 소리도 들리지 않았다.

무감각.

전신을 감싸는 공허함에 고개를 저으려던 제갈천우의 몸은 조각조각 땅으로 떨어져 내리기 시작했다.

근심 어린 눈으로 설을 지켜보던 비천서가 자리에서 벌떡 일어났다.

처음에는 설의 몸 상태를 걱정했었지만 싸움이 너무 일방적으로 끝을 맺자 크게 놀란 것이다.

비천서는 찰나지간 눈앞에서 펼쳐진 광경을 놓치지 않고 모두 보았다. 설이 수류절을 펼쳐 소천평의 검을 피한 뒤, 금강절을 끌어올려 제갈천우와 소천평의 검을 몸으로 받았고, 천마십삼권으로 그들을 날려 버리는 것까지 모두.

잠시 후 설이 전신을 흠칫 떨며 고개를 홱 돌리자 비천서가 지면을 박차고 달려왔다.

"사부님! 무슨 일이세요?"

"강한 기운이 다가오고 있구나. 일단은 피해야겠다."

비천서가 놀란 눈으로 쳐다보자 설은 말없이 힘차게 도약했다.

소오대산에 운집해 있는 무림맹은 축제 분위기였다. 강서에서 날아온 승전보와 하북에서 자룡단과 대치 중이던 명왕궁이 산서로 퇴각했다는 두 가지 소식을 듣고 크게 고무됐기 때문이다.

더욱이 지금은 여기저기서 왁자지껄 술잔을 기울이고 있었다. 겸추가 금주령까지 해제한 까닭이었다.

"자! 받으라고!"

"그러지. 캬아! 술맛 한번 좋구나!"

옹기종기 모여 앉은 무인들은 술잔을 주거니 받거니 하며 점점 거나하게 취해갔다. 하지만 한편에 서서 이들을 물끄러미 바라보는 수운의 얼굴은 그늘이 드리워져 있었다.

"지금 이들에게 있어 술은 독과 같은 것인데……."

"난 꼭 그렇지만은 않다고 보오."

등 뒤에서 들려온 음성에 수운의 어깨가 살짝 떨렸다.

"지난 수년간의 혈전으로 저들은 지금 많이 지쳐 있소. 아버님의 뜻은 그런 수하들에게 재충전의 시간을 주기 위함일 게요."

수운의 곁으로 다가온 풍랑은 그녀의 시선을 따라 무인들에게로 눈길을 던졌다.

이윽고 수운이 부드러운 목소리로 입을 열었다.

"일단 들어가서 말씀 나누죠."

수운은 풍랑의 대답도 기다리지 않고 막사 안으로 몸을 돌렸고, 풍랑도 굳은 안색으로 그녀의 뒤를 따라 안으로 들어섰다.

'휴우! 역시 있어.'

안으로 들어선 수운은 일월성신경을 끌어올려 주변 기척을 감지했다.

수운은 자신의 막사 주변에 있는 정체불명의 감시자들을 느끼고 속으로 짧은 한숨을 토했다. 하지만 자신의 곁에 있는 풍랑은 감시자들이 있다는 사실을 전혀 모르고 있었다. 따라서 주변에 있는 자들은 적어도 풍랑과 동수를 이루거나 그 이상의 실력을 지니고 있을 것이다.

"지금 제가 도움을 청할 수 있는 사람은 당신밖에 없어요."

수운이 힘겹게 말했다.

"도움이라니, 그게 무슨 말이오?"

풍랑은 수운의 간절한 염원이 담긴 시선을 받으며 그녀의 곁으로 바싹 다가갔다.

"무의천마의 소식을 알아봐 주세요."

"무의천마라면 천독혈시들을 없앴다는 그를 말하는 거요?"

"네, 그래요."

수운이 고개를 끄덕이자 풍랑의 얼굴에 당혹스러움이 스쳤다.

"그렇지 않아도 무의천마라는 자 때문에 난리도 아니오. 그가 천하를 노리고 있었다는 사실이 알려지면서 지금 온 천하가 떠들썩하다오."

"뭐라고요? 아니, 어떻게? 무의천마는 마도를 구한 사람이잖아요?"

수운이 소스라치게 놀라자 풍랑이 의아한 눈길로 그녀를 잠시 바라보다가 다시 말을 이어갔다.

"무의천마는 얼마 전 강서에서 명왕궁의 수장들, 제갈천우 대협과 소천평 단주까지 피아를 가리지 않고 닥치는 대로 죽이고 도주했소."

"아아!"

수운은 그제야 일련의 상황을 짐작할 수 있었다.

'도대체 당신이라는 사람은 왜 그렇게 무모한 건가요?'

수운은 한 손을 지그시 이마에 얹고 아미를 찡그렸다. 설은 한 사람이라도 더 구하기 위해 발버둥 치고 있는 것이다. 중원과 세외를 떠나 흘릴 피를 최소한으로 줄이기 위해…….

설의 성격으로 보건대 어쩔 수 없이 죽인 자들은 있을 테지만 아무나 해치지는 않았을 것이다. 하지만 그 죽인 이들은 한 단체에서 중요한 위치에 있는 자들임은 보지 않아도 뻔한 일.

'중원, 세외 할 것 없이 천하를 모두 적으로 만들었어!'

수운은 설이 얼마나 위급한 지경에 놓여 있을지 보지 않아도 알 수 있었다. 이에 풍랑은 그녀의 안색을 살피며 조심스레 입을 열었다.

"제갈 대협과 소 단주는 물론이고, 여의신궁주와 같은 절대고수까지 죽인 것으로 보아 엄청난 무공을 소유하고 있는 것은 사실인 듯 보이오. 지금은 제마대와 천룡성부가 그의 뒤를 쫓고 있소."

"천룡성부라면 황룡단이 뒤쫓고 있다는 건가요?"

"아니오. 아버님께서는 천룡성부의 숨은 힘을 발동시키셨소."

"숨은 힘이라면……."

풍랑의 말을 들은 수운의 안색이 대번에 창백해졌다. 천룡성부의 숨은 힘이 그곳에 속한 건곤지기를 지닌 자들임을 직감했기 때문이다.

"천룡성부에는 나조차 정확히 파악하지 못한 전력이 있소. 조부님 대부터 있던 전력이라는 것 외에는 나도 잘 알지 못하지."

"그렇다면 더욱 막아야 해요. 어떻게 방법이 없을까요?"

"지금 무의천마를 돕자는 말이오?"

수운은 풍랑의 휘둥그레진 눈을 보며 고개를 끄덕였다.

"그는 당신이 알고 있는 그런 악한 자가 아니에요. 아니, 현재 천하를 구할 수 있는 사람은 오직 무의천마뿐이지요. 만일 그분에게 일이 생긴다면… 더 이상 희망은 없어요."

수운은 두 손으로 얼굴을 가리며 그대로 주저앉았다. 이를 보고 잠시 주저하던 풍랑은 이내 조심스레 그녀의 어깨에 손을 얹었다.

“그럼 내가 아버님께 한번 얘기해 보겠소.”

“아니! 그건 안 돼요!”

수운의 날카로운 외침에 풍랑의 얼굴이 당황으로 일그러졌다.

“그럼 어떻게 했으면 좋겠소?”

“지금은 방법이 없네요. 모든 걸 운명에 맡기는 수밖에…….”

수운은 애써 감정을 추스르며 자리에서 일어났다.

“죄송하지만 오늘은 이만 가주실래요. 지금은 혼자 있고 싶군요.”

“그러지. 그럼 쉬시오.”

풍랑이 고개를 끄덕이며 천천히 몸을 돌릴 때였다.

“저를 이곳에서 벗어나게 해주세요.”

풍랑은 자신의 머리 속을 울리는 수운의 심령어에 전신을 움찔하며 고개를 휙 돌렸다.

“돌아보지 마세요! 지금 이곳엔 우리를 감시하는 눈이 있어요.”

그녀의 말에 움직임을 멈춘 풍랑은 공력을 일으켜 주변을 살폈다. 하지만 아무런 기척도 느껴지지 않았다.

‘도대체 당신에게 무슨 일이 일어나고 있는 거지?’

풍랑은 수운이 결코 허튼소리를 내뱉을 여인이 아님을 알기에 점점 의혹이 일었다.

‘가만! 그러고 보니 전음이 아니었어. 그렇다면…….’

풍랑은 불현듯 수운의 심령어가 이전에도 겪었던 것임을 깨달았다.

‘천룡통천후? 아니야. 이것은 그가 시전했던 그 힘이다!’

풍랑은 제일백룡대에 속해 염화문성을 구하기 위해 떠났던 설의 얼굴을 떠올리며 침음성을 삼켰다. 하지만 미처 생각을 정리하기도 전에 풍랑의 머리 속으로 다시 수운의 심령어가 전해져 왔다.

“지금 주변에 있는 자들의 이목을 속일 수 있는 방법은 하나뿐이 없어요. 당신에게 이런 부탁을 해서 죄송하지만 지금 저를 도울 수 있는 사람은 당신뿐이랍니다. 그러니…….”

수운은 빠르게 심령어를 보냈고, 그녀의 말을 듣는 풍랑의 얼굴은 점점 하얗게 탈색되어 갔다.

“그럼 내일 다시 오겠소.”

“살펴가세요.”

수운은 풍랑의 등에 대고 짧게 고개를 숙여 보인 후 몸을 돌렸다.

‘고마워요. 당신에게는 고맙다는 말뿐이 할 말이 없네요.’

동부. 그곳은 소오대산 곳곳에 진지를 구축하고 있는 무림맹에서도 극히 소수만이 아는 곳이었다. 사방 벽면에 잔뜩 낀 이끼가 사람의 손길이 오래도록 닿지 않았음을 대변해 주고 있는 그 동부는 얼마 전부터 겸추의 거처로 이용되고 있었다.

“오늘은 마치 청해에 있는 것 같군.”

뒷짐을 진 채 밖으로 시선을 던지던 겸추가 피식 웃으며 말했다.

눈이 내리고 있었다. 땅에 닿기도 전에 녹아 없어지는 진눈깨비였지만 겸추는 간만에 보는 눈이 그렇게 반가울 수가 없었다.

순간, 웃음을 머금던 겸추의 눈이 빛을 발했다.

스르륵!

“제갈가주가 오고 있습니다.”

겸추 앞에 연기처럼 나타난 혈룡대주가 오체복지한 채 그의 다음 지시를 기다렸다.

“제갈가주가 오고 있다고? 음, 알았다! 그럼 이제 너도 출발해라.”

혈룡대주가 허리를 숙인 후 다시 연기처럼 사라지자 겸추는 동부 밖으로 시선을 고정한 채 고개를 갸웃거렸다.

"맹주님을 뵈러 왔습니다."

제갈망의 외침에 겸추가 급히 걸음을 옮겨 밖으로 모습을 드러냈다.

"아니, 제갈가주 아니시오? 가주께서 어찌 이 누추한 곳까지… 이렇게 아니라 일단 안으로 드시지요."

"그럼 실례하겠습니다."

제갈망은 피식 웃으며 겸추의 뒤를 따라 동부로 들어왔다.

"어인 일로 걸음하셨는지요?"

"다름이 아니라……."

순간 겸추를 보며 말끝을 흐리던 제갈망이 눈을 빛냈다.

"무의천마를 죽이기 위해 몇이나 보냈느냐?"

"……."

제갈망의 어투가 금세 바뀌자 겸추는 일순 입을 열지 못했다.

'으음, 사부님이셨군. 역시 곁에서 모두 지켜보고 계셨어.'

이제야 조화천주가 제갈망임을 깨달은 겸추는 당황한 눈초리로 그의 얼굴을 빤히 쳐다봤다.

"몇이나 보냈냐고 물었다!"

제갈망의 음성에 서린 은은한 노기에 겸추가 어깨를 흠칫 떨었다.

"참룡대와 흑룡대까지 모두 보냈습니다. 그리고 방금 전 혈룡대도 출발시켰습니다."

이전까지 자신감이 충만했던 겸추가 기어들어 가는 목소리로 답했다. 조화천주의 몸에서 흘러나오는 기운에 한없는 경외감과 두려움이 밀려왔기 때문이다.

"쯧쯧쯧! 팔선 중 둘을 한 번에 저 세상으로 보낸 자다. 너는 그 녀석들만으로 그를 잡는 것이 가능하리라 보는 것이냐?"

겸추의 얼굴을 바라보던 제갈망, 아니, 조화천주는 일순 안색을 찌푸리며 그에게 핀잔을 주었다.

"물론 신독을 죽이고 팔선 중 둘을 없앤 자인 것은 분명합니다만, 아직 건곤지기를 회복하지 못했으니 그 정도로도 충분할 것입니다."

입을 여는 겸추의 얼굴은 무척 씁쓸해 보였다.

그는 조화천주의 저런 말투와 시선이 야속했다. 그의 시선에서 '천혁이었다면 너처럼 안 했을 것이다' 라는 마음이 느껴졌기 때문이다. 하지만 겸추가 씁쓸한 가장 큰 이유는 사부의 시선보다 세월이 흘러도 갈천혁에 대한 열등감에서 벗어나지 못하는 자신의 모습에 있었다.

후우웅!

겸추가 고개를 떨어뜨리고 착잡한 표정을 짓고 있는 동안, 조화천주의 모습이 제갈망에서 중년 서생의 모습으로 변하기 시작했다.

"너는 천혁이를 의식하는 마음에서 벗어나는 것이 급선무다."

"알고 있습니다."

조화천주가 지그시 바라보며 입을 열자 겸추는 깊은 한숨을 내쉬며 고개를 끄덕였다.

"우선 무의천마라는 자를 처리한 후 사부님의 심려를 풀어드리겠습니다. 그러니 안심하셔도 됩니다."

"으음, 알겠다. 하지만 무의천마는 결코 가벼이 볼 자가 아니니 이 점을 명심해야 한다."

"명왕궁과 무의천마는 해가 바뀌기 전 이 땅에서 사라질 겁니다."

"후후후! 그래, 그럼 어디 한번 네가 천혁이를 넘어설 수 있는지 지켜보마.”

풀썩!

말을 마친 조화천주의 신형이 땅으로 푹 꺼져 들어갔다.

“사부님의 진정한 전인이 누구인지는 조만간에 판가름날 것입니다!”

조화천주가 사라진 곳을 물끄러미 바라보며 하얀 이를 드러내 보이던 겸추가 이내 눈살을 찌푸리며 고개를 돌렸다.

“너희들은 또 무슨 일이냐?”

스스슷!

“부주께서 찾으신다는 말씀을 듣고 달려왔습니다.”

겸추의 앞에 나타난 이들이 허리를 꺾음과 동시에 그들 사이에서 한 수하가 급히 앞으로 튀어나왔다. 흑의 무복을 입은 삼 인의 무사. 그들은 겸추의 지시로 수운을 지키고 있던 흑룡대원들이었다.

“누가 감히 그런 헛소리를 지껄였단 말이냐?”

“그것이… 소부주께서…….”

퍼어억!

“크윽!”

입을 열던 수하 하나가 동부 밖으로 날아가 곤두박질쳤다.

“풍랑이 너희들을 어찌 알고 그런 말을 했단 말이냐!!”

파앗!

겸추의 노호성을 듣고 그제야 사태 파악이 된 흑룡대 삼 인이 안색을 굳히며 지면을 박차고 날아올랐다.

“돌아오너라! 갈 것 없다!”

겸추의 부름에 삼 인의 신형이 다시 제자리로 이동했다. 마치 원래 그 자리에 있었던 사람들처럼 보일 정도로 쾌속한 몸놀림이었다.

"이미 이곳을 벗어난 지 오래일 터. 시야에서 벗어난 이상, 너희들 능력으로는 찾아내지 못할 것이다. 그 아이의 능력을 과소평가했군."

겸추는 아쉬운 표정으로 눈을 지그시 감고 생각에 잠겼다. 흑룡대원들이 수운을 감시한다는 것을 아는 사람은 자신뿐이 없었다. 따라서 그들의 존재를 전혀 모르고 있었을 풍랑은 분명 수운의 부탁을 받고 일을 저질렀을 것이다.

'으음, 벌써 일월성신경이 극성에 이르렀다는 말인가? 그렇지 않다면 도주할 생각은 꿈도 못 꿨을 터. 큰 실수를 했어!'

겸추는 내심 후회가 밀려왔다. 수운이 일월성신경을 익히고 있다는 것은 벌써부터 눈치채고 있었지만 그녀가 아무리 뛰어나다 해도 결코 팔 단계는 벗어날 수 없다는 판단 착오로 인한 결과였다. 하지만 다른 한편으로는 기분이 몹시 유쾌했다.

'그래, 적어도 그 정도는 되어야 내 옆에 설 자격이 있지.'

수운의 얼굴이 떠오른 겸추는 피식 웃음을 흘리며 고개를 돌렸다. 그의 눈에 잔뜩 목을 움츠리고 있는 수하들이 들어왔다.

"가거라! 너희도 무의천마를 추격하고 있는 흑룡대에 합류해라!"

"존명!!"

겸추의 명을 받은 삼 인이 쿵 소리가 나도록 땅에 이마를 부딪쳤다.

"오냐, 내 너에게 잠시나마 자유를 만끽하게 해주겠다. 후후후!"

겸추는 순식간에 시야에서 사라지는 흑룡대원들을 보며 의미심장한 웃음을 흘렸다.

"잠시 쉬어가자."

설은 비천서의 지친 기색을 느끼고 멈춰 섰다.

“아니에요. 좀 더 가서 쉬는 게 나을 것 같아요.”

“아니다. 너도 숨 좀 돌려야지.”

비천서가 머리를 긁적이자 설은 주변을 빙 둘러보다가 피식 웃음을 머금었다. 전면에 뾰족이 솟아 있는 세 개의 봉우리를 보며 이곳이 어디인지를 알아챘기 때문이다.

“고생했구나. 벌써 숭산이라니.”

설은 자신을 따라오며 고생이 이만저만이 아니었을 비천서에게 내심 미안한 마음이 일었다. 하지만 비천서는 다른 근심에 빠져 있었다. 불과 십여 장 떨어진 곳에 한 사내가 바위에 엉덩이를 턱 걸치고 앉아 있었기 때문이다. 하지만 사내는 그저 자신들을 지켜보기만 할 뿐 이렇다 할 행동을 취하지 않고 있었다.

“저어, 사부님.”

“걱정하지 않아도 된다. 저자에게는 살기가 없구나.”

그때였다.

파앙!

“헉!”

비천서가 흠칫 고개를 돌리며 침음성을 삼켰다. 막대한 기운이 발밑을 스치고 지나갔기 때문이다.

‘호, 혹시 건곤지기?’

비천서는 잿빛으로 굳어가는 지면을 보고 주춤주춤 뒤로 물러섰다.

쿵!

사내가 발을 내디디자 그의 주변 지축이 크게 흔들렸다.

슈우우웅!

그의 발끝에서 시작된 막대한 암경이 자신들을 엄습해 오자 크게 당황한 비천서가 다급히 설을 끌어안고 몸을 날렸다. 하지만 지척에 이르렀던 암경은 어느새 씻은 듯이 사라지고 없었다.

"훌륭한 건곤지기요."

설이 입을 열었지만 사내는 빤한 눈으로 쳐다볼 뿐 아무런 대답을 하지 않았다.

"말씀은 많이 들었습니다만 이제야 만나는군요."

"나를 알고 있나?"

설이 입을 열고 잠시 후, 사내가 천천히 몸을 일으키며 물었다. 이에 고개를 끄덕인 설의 눈에 소매 한쪽을 펄럭이고 있는 건장한 체구의 사내가 들어왔다.

"명왕궁주가 아니라면 누가 그런 신위를 보일 수 있겠소?"

설이 빙긋이 웃으며 입을 열자 갈천혁의 눈에 이채가 서렸다.

'하늘은 어찌하여 중원에만 이런 인물들을 내려 보낸단 말인가?'

명왕궁주는 이제껏 느껴보지 못한 엄청난 긴장과 흥분에 잠시 입을 열지 못했다. 그만큼 자신의 앞에 선 설의 기도는 어마어마했다.

'이 친구가 무의천마군. 그의 아우로 부족함이 없어. 아니, 넘친다!'

갈천혁은 설의 능력이 자신의 눈으로도 가늠되지 않음에 크게 놀랐고, 그런 능력을 지닌 자의 것으로 보기에는 믿기지 않는 설의 순수한 눈빛에 더욱 크게 놀랐다. 하지만 굳이 그런 속내를 드러낼 생각은 없었다.

"몸이 많이 상한 것 같은데… 그런 몸으로 건곤발출에 이른 천룡성부 놈들을 상대하겠단 말인가?"

"그저 최선을 다하면 그뿐이오."

갈천혁이 자신의 뒤편을 바라보며 눈썹을 찡그리자 설이 피식 웃으
며 대답했다.

"역시 그 친구와 많이 닮았어. 하지만 다르군."

갈천혁이 싱긋 웃으며 앞으로 걸어나왔다.

"다, 당신!!"

찰나지간 설의 눈이 크게 흔들렸다. 곁으로 다가오는 갈천혁의 어깨
에 걸뜨려진 한 자루 검을 발견한 까닭이다.

아니, 그것은 사람의 팔이었다. 성큼성큼 다가오고 있는 갈천혁의
어깨에는 분명 사람의 팔이 매달려 있었다. 어찌 보면 괴기스러운 모
습이었지만 설은 그렇게 느껴지지 않았다. 팔의 임자가 누구인지를 직
감했기 때문이다.

'봤군!'

갈천혁은 설이 극심한 충격으로 전신을 부들부들 떨자 씁쓸한 표정
으로 다가오는 속도를 늦추었다.

잠시 후 설의 앞에 다다른 갈천혁이 손을 쑥 내밀었다.

"받게. 그 친구가 남긴 마지막 선물이라네."

"그, 그게 무슨 말이지?"

설은 갈천혁이 건넨 소혼의 팔을 엉겁결에 받아 들며 떨리는 음성으
로 물었다.

"그게 무슨 말이냐고 물었어!"

설이 버럭 소리를 지르자 주변 나무들이 파르르 떨리며 나뭇잎들이
우수수 떨어져 내렸다.

"……"

갈천혁은 아무런 말도 할 수 없었다. 벼락에라도 맞은 듯 부르르 몸

을 떠는 설은 자신이 한마디만 더 해도 큰 피해를 입을 상태임을 짐작하고 있었기 때문이다.

"형님이… 형님이 이렇게 가셨을 리 없어. 잘못 알았을 거야. 이건 아니야. 이건… 아니라고!!!"

설은 세차게 고개를 저으며 두 주먹을 움켜쥐었다. 워낙 세게 쥔 탓인지 손톱이 파고들어 간 그의 양 손바닥에서 핏물이 뚝뚝 흘렀다.

"진정하게. 그 친구는……."

갈천혁이 어깨에 손을 얹으려 하자 설은 그의 손을 거세게 뿌리치며 이를 부드득 갈았다.

"당신이 죽였군. 느껴져! 지금부터 뒤도 돌아보지 말고 튀어라! 될 수 있는 한 멀리 도망치는 게 좋을 거야. 잡히는 날에는 사는 것 자체를 고통으로 만들어줄 테니까!"

설은 갈천혁을 노려본 후 곧바로 몸을 돌렸다. 그의 전면으로 일단의 무리들이 달려오고 있었기 때문이다. 어림잡아도 수백은 족히 넘는 이들은 천룡성부에서 파견한 참룡대였다.

설은 당장이라도 갈천혁을 요절내고 싶었지만 이성을 유지하기 위해 애쓰며 이를 악물었다.

'지금 이자는 나와 다툴 의사가 없다. 그러니 지금은 참아야 해! 그래야 모두 죽일 수 있다. 그래야……!'

하지만 전면에서 달려오고 있는 저들은 다르다. 처음부터 자신의 목숨을 노리고 온 자들. 갈천혁과 먼저 싸우면 저들은 자신만을 공격할 것이 뻔했다. 그렇다면 우선은 저들을 처리하는 것이 먼저였다.

"무의천마다!"

"잡아라!"

한 손에는 장창을, 다른 한 손에는 대부를 휘두르며 달려오는 그들의 모습은 일견하기에도 일사불란하고 질서 정연했다. 고도의 훈련을 받은 자들이 틀림없었다.

"참룡대를 혼자 상대하는 것은 무리네. 우리의 은원은 저들을 처리한 후에 정리하세."

갈천혁은 추격자들이 참룡대임을 알아보고 앞으로 발을 내디뎠다.

"물러서라 했다!"

설은 이글이글 타오르는 눈으로 갈천혁을 노려보다가 이내 비천서를 향해 고개를 휙 돌렸다.

"천서는 즉시 이곳을 벗어나 남궁 낭자에게 연락을 취해라. 그리고 명왕궁과 천룡성부가 관련된 천지겁의 전모를 세상에 알리도록 해라."

"……."

비천서는 당황한 표정으로 설과 갈천혁을 번갈아 쳐다봤다.

"저자는 내 손에 죽을 인간이니 신경 쓸 필요 없다!"

"사부님, 하지만……."

"나를 못 믿는 것이냐? 어서 가라, 어서!"

"사부님……."

"가라 하지 않느냐!!"

파앗!

설은 비천서의 멱살을 잡아 있는 힘껏 집어 던졌다. 이에 수십 장을 날아가던 비천서가 허공에서 신형을 고쳐 잡으며 지면에 내려앉았다.

"사부님!!"

비천서가 울먹이며 고개를 돌렸지만 설은 자신을 보고 있지 않았다.

이에 비천서는 더는 망설일 수 없었다. 하늘처럼 여기는 사부의 명을 거역할 수 없었기 때문이다. 결국 그는 몸을 휙 돌리고 전력을 다해 자리를 벗어나기 시작했다. 순식간에 수십 장을 이동한 비천서는 뒤돌아보고 싶은 것을 애써 참으며 입술을 질끈 깨물었다.

'도망치는 것이 아닙니다. 이 제자, 사부님을 믿습니다. 그러니 부디 제 믿음을 저버리지 말아주십시오!'

비천서는 눈물을 삼키며 전력을 다해 앞으로 쏘아져 갔다.

힐끗 고개를 돌려 비천서의 도주를 확인한 설은 이내 두 눈을 질끈 감고 호흡을 가다듬었다.

'최대한 아껴 써야 한다. 그래야 저자를 죽일 수 있다!'

설은 전신에 스며 있는 건곤지기를 긁어모으기 위해 사력을 다하며 지금 갈천혁은 더 이상 이 자리에 없는 사람이라 되뇌고 또 되뇌었다.

'마음을 둘로 나누고 있군!'

갈천혁은 이미 설이 자신처럼 마음을 둘로 나누는 경지에 이르렀다는 것을 눈치채고 천천히 뒤로 물러섰다.

'무공은 그 친구를 당하지 못하고 깨달음은 아우를 넘지 못하는군.'

참룡대가 목전에 이른 순간, 갈천혁은 갑자기 눈을 번쩍 뜨고 앞으로 달려나가는 설을 보며 탄성을 내뱉었다.

설에게서 흘러나오는 건곤지기. 그것은 이제껏 갈천혁이 한 번도 경험하지 못한 독특한 기운이었다. 정신을 집중하지 않으면 느낄 수 없을 정도로 극히 미약한 것이었지만 길고 가늘게 이어지는 기운. 그의 건곤지기에는 세상 그 어느 것보다 날카로운 예기가 실려 있었다.

터억!

설을 발견하고 속으로 쾌재를 부르짖던 한 참룡대원의 얼굴이 급격히 굳어졌다. 어느새 설에게 멱살을 잡힌 것이다.

‘보지 못했어!’

우지끈!

설이 힘껏 집어 던지자 좌측에 서 있던 나무에 날아가 부딪친 참룡대원은 당황한 얼굴로 벌떡 일어났다.

스스슷!

하지만 일어나려던 그의 행동은 그저 바람일 뿐이었다. 이미 설의 건곤지기에 당해 몸이 굳어가고 있었기 때문이다.

“윽!”

그에게서 터져 나온 단말마의 비명성에 참룡대원들의 두 눈이 경악으로 커졌다.

“처, 천마기! 참룡대진을 펼쳐라! 참룡대진이다!”

참룡대주의 놀란 외침을 들은 대원들이 순식간에 설을 에워싸기 시작했다. 설을 중심으로 삽시간에 구축된 포위망. 사백 명의 참룡대원들은 마치 한 사람의 움직임처럼 일사불란했고, 양옆에 빽빽이 들어찬 나무들 때문에 비좁게만 보이던 산길은 참룡대원들의 발길이 스치자 순식간에 평지로 화해갔다. 하지만 설은 무심한 표정으로 그들을 바라볼 뿐 첫 출수 이후로 어떠한 동작도 취하지 않았다.

‘늦다! 진이 완전히 갖춰지기 전에 선공을 가했어야 하는데.’

먼발치에서 사태를 주시하던 갈천혁이 설레설레 고개를 저으며 앞으로 한 발을 내디뎠다. 설을 도와야겠다는 생각 때문이었다. 하지만 일수유가 지나며 갈천혁은 움직이지 못했다.

드디어 설이 움직이기 시작했기 때문이다.

“유성신권(儒聖神拳) 대벽력(大霹靂)!”

부우웅!

설의 주먹이 배로 커지며 주위로 뇌성이 울려 퍼졌다.

퍼어억!

"으윽!"

설의 전면에 서 있던 사 인이 피떡이 되어 날아갔다.

"이젠 누구도 봐주지 않아! 천룡천마후(天龍天魔吼)!"

"크악!"

"으아악!"

설이 기합성을 토하자 사방에서 처절한 절규와 고통에 찬 비명성이 터졌고, 순식간에 수십 인이 오공에서 피를 쏟으며 나자빠졌다.

"어떻게 천룡통천후를!!"

싸움을 지켜보던 갈천혁의 두 눈이 크게 흔들렸다. 자신을 포함해 조화천에서도 극소수만이 익히고 있는 건곤의 무공을 설이 펼치고 있었기 때문이다. 하지만 설의 눈을 본 그의 놀란 눈은 이내 경악으로 바뀌어가고 있었다. 파란 빛을 뿜고 있는 눈동자.

"설마 천마기와 천룡통천기를 동시에 시전했다는 말인가?"

갈천혁은 설의 외침을 떠올리며 몸을 부르르 떨었다.

천룡천마후. 그것은 천룡통천후와 천마기를 조합한 무공의 이름임이 분명했다. 갈천혁은 세차게 고개를 저으며 설을 뚫어져라 응시했다.

"으음, 여래신공과 순양무극공까지! 아니다! 비슷하지만 아니야!"

갈천혁은 설의 몸에서 쉴 새 없이 쏟아져 나오는 마무십삼절을 보며 침음성을 토했다.

갈천혁이 경악과 불신의 감정이 뒤섞인 눈으로 바라보고 있는 사이, 참룡대는 설이 펼친 금강절과 수류절에 의해 시신조차 남기지 못하고 무참히 쓰러져 갔다.

*   *   *

밀실 안은 적막에 휩싸여 있었다.

긴 탁자에 머리를 파묻은 남궁희수는 고뇌를 거듭했다.

"어쩌면 이 일로 비마각이 사라질 수도 있어. 하지만······."

잠시 주저하던 남궁희수는 입술을 질끈 깨물며 자리에서 일어났다.

그렇게 한참을 서성이던 남궁희수는 움직임을 뚝 멈춘 채 점점 숙연한 표정으로 변해갔다.

"그의 부탁이야. 그리고 천하를 위해서라도 진실은 밝혀져야 해!"

다시 자리에 앉은 그녀는 빠르게 붓을 놀리기 시작했다. 그녀의 결심에 천하가 경동한 것은 그로부터 보름이 채 못 돼서였다.

◆ 第三章 ◆

뿌린 대로 거둔다

보름 후, 명왕궁은 산서 오대산에 집결했고, 그곳에서 불과 오백 리 떨어진 소오대산에 진지를 구축한 무림맹은 서로를 탐색하며 숨을 죽이고 있었다.

온 천하가 경동할 만한 소문이 난 것도 그 즈음이었다. 명왕궁과 천룡성부의 뒤에 조화천이라는 배후 세력이 있다는 천지겁의 전모가 적힌 무림통록이 중원 전역에 퍼진 것이다. 하지만 이 무림통록으로 인한 술렁임은 그리 오래가지 못했다. 천룡성부와 명왕궁이 서로 간에 수많은 사상자를 내고 있는 와중에 이 두 세력이 같은 곳이라는 소문은 개방과 하오문에 의해 말도 되지 않는 얘기로 치부됐기 때문이다.

더욱이 이 둘의 음모를 파헤치고 이를 막기 위해 고군분투하는 사람이 무의천마라는 것은 그가 단신으로 천하 전체와 맞서 싸운다는 의미였기에 도저히 수긍할 만한 얘기가 아니었다. 하지만 세인들이 믿는 것도 있었다. 그것은 바로 천지겁을 통해 어부지리를 취하려는 마도의 야욕과 그 뒤에 무의천마가 있다는 소문이었다.

"제기랄!"

무림통록을 읽어 내려가던 구합려는 인상을 구기며 자리에서 벌떡 일어났다. 오색 실로 수놓은 금의를 입고 있는 그의 모습은 더 이상 예전의 구합려가 아니었다. 여전히 통통하고 작달막한 체구였지만 그에게서는 이전엔 볼 수 없었던 자못 근엄한 분위기가 흐르고 있었다.

설에게 배운 토흡절에 어느 정도 성취가 있었기 때문이다.

"은혜를 모르면 짐승에 지나지 않는다!"

구합려는 가슴을 쫙 펴고 심호흡을 했다. 무림통록에 따르면 지금 설은 천룡성부의 추격을 받으며 절체절명의 위기에 놓여 있었다.

"아버님께는 뭐라 해야 할지… 하지만 이대로 두고 볼 수만은 없어!"

삐이걱!

방을 나서는 구합려의 얼굴에 단호함이 스치고 지나갔다.

*   *   *

삼 장 높이의 천장에 거대한 아수라상이 양각된 단층 건물. 이곳은 천마교의 전각들 중에서도 가장 중요한 장소로 천마대전(天魔大殿)이라 불리는 곳으로 천마교주와 간부진들이 교내외의 대소사를 논의하는 장소였다. 그 최상단에는 거대한 태사의가 놓여 있었고 그 앞으로 마도의 네 고수가 시립해 있다.

"이제 결정을 내리셔야 합니다."

"태상교주님의 위급함을 더 이상 좌시할 수 없습니다!"

호연삼이 수염을 쓸어내리며 입을 열자 뒤를 이어 흑사천주가 큰 목소리로 외쳤다.

"휴우, 사부님의 명을 거역할 수는 없습니다!"

태사의에 앉아 있던 사미는 한숨을 내쉬며 살며시 고개를 저었다.

당장이라도 자리를 박차고 설에게 달려가고 싶은 심정은 그녀가 더욱 간절했으나, 그렇다고 조화천이 전면에 나설 때까지는 결코 모습을 드러내지 말라던 설의 당부를 거역할 수도 없었다.

'사부님께서는 조화천을 막을 마지막 보루로 천마교를 남겨놓으신 거야. 하지만 그렇다고 어찌 사부님의 위기를 두고 본단 말인가?'

사미는 천천히 마도의 네 고수들을 향해 시선을 돌렸다. 고금을 통틀어 저들과 같은 경지에 도달한 마인들이 과연 몇이나 되는지. 설의 천마기를 통해 새롭게 거듭난 네 노인의 눈은 사미조차 마주 보기 힘들 정도로 시퍼런 청광을 뿜어내고 있었다.

"그럼 저희라도 보내주십시오."

사종달이 앞으로 한 걸음 나오며 사미의 눈을 뚫어져라 응시했다. 이에 사미는 그의 눈길을 슬쩍 피하며 한 손을 들어 올렸다.

"잠시만… 제게 잠시만 생각할 시간을 주십시오."

"……."

사종달 등은 자신들이 사미를 너무 몰아붙이는 것 같다는 생각에 일순 입을 다물었다. 설을 걱정하는 그녀의 마음은 자신들보다 더하면 더했지 결코 못하지는 않다는 것을 알고 있었기 때문이다.

이윽고 수심이 그득한 눈으로 고뇌하던 사미가 고개를 들어 올렸다.

"좋습니다. 사부님을 돕기로 하지요."

"오오!"

“옳으신 결정입니다.”

“으음, 그럼 선봉은 어디에 맡기실 생각이신지…….”

흑사천주가 조심스레 묻자 사미가 힘껏 고개를 저으며 입을 열었다.

“아니요. 아무도 움직이지 않습니다. 돕는 것은 저로 족합니다.”

“아니, 그럴 수는 없습니다!”

마부주가 펄쩍 뛰며 반발하자 사미가 한 손을 들어 그를 제지했다.

“태상교주님의 명을 거역할 수는 없는 일입니다. 그래서 저도 천마교주의 자격이 아닌 기무설 사부님의 제자로서 나서려는 것입니다.”

“으음!”

사미의 얼굴을 응시하던 마도 거마들의 안색이 급격히 굳어졌다.

천마의 적통을 이은 태상교주의 명은 곧 하늘의 뜻과도 같다는 천마교의 최상위 교법으로, 천마교로 일통된 뒤에 새로 만들어진 법이었다. 이를 어긴다는 것은 그들 스스로가 천마교를 부정한다는 의미.

그런 일은 결코 일어나서는 안 될 일이었다. 만일 태상교주의 명을 거역하는 자가 있다면 설령 자신의 친 혈육이라 해도 단칼에 베어버릴 인간들이 바로 그들이었다.

잠시 입을 다물고 있던 사미가 사종달에게 고개를 돌렸다.

“제가 자리를 비우는 동안 천마교를 부탁드릴게요.”

“알겠습니다.”

사미는 마지못해 대답하는 사종달을 보며 피식 웃다가 다른 이들에게로 시선을 돌렸다.

“자, 그럼 이만 마칠까요?”

마도 거마들은 사미의 햇살처럼 눈부신 미소를 보며 속으로 침음성을 삼켰다. 시간이 가면 갈수록 더욱 부드러워지고 환해지는 그녀의 분위기가 낯설게 느껴졌기 때문이다. 하지만 낯선 느낌이라고 해서 그것이 꼭 나쁘다는 의미는 아니었다. 그녀의 그러한 변화가 설의 가르침 때문임을 어렴풋이 짐작하고 있었기 때문이다.

＊　　　＊　　　＊

사미와 구합려가 다시 무림으로 나온 무렵.

산서성 북동부에 위치한 오대산은 망해봉, 취암봉, 금수봉, 염두봉, 계월봉의 다섯 봉우리로 이어져 있는 산으로 헤아릴 수 없을 정도로 많은 사찰이 있는 곳으로도 유명했다. 하지만 명왕궁이 새롭게 주둔지로 삼은 작금에 이르러서는 불신자들은커녕 승려들조차 찾아보기 힘든 지경이었다.

탁! 탁! 탁!

"모든 보살은 마땅히 이와 같이 번뇌의 마음을 항복시킬 것이니라[諸菩薩摩訶薩 應如是降伏其心]."

금강경을 암송하는 노승의 목소리가 잔잔히 울려 퍼졌다. 그 음성의 진원지는 대불암(大佛庵)이라는 작은 암자로 워낙 깊고 은밀한 곳에 위치한 까닭에 아직 명왕궁의 발길이 닿지 않은 곳이었다.

"수보리야! 보살이 나라는 생각, 남이라는 생각, 중생이라는 생각, 오래 산다는 생각이 있으면 이는 곧 보살이 아니기 때문이니라[須菩提! 須菩提, 有我相人相, 衆生相, 壽者相, 即非菩薩]."

탁! 탁! 탁! 탁!

금강경 구절을 유심히 듣던 설이 침중한 안색으로 고개를 숙였다.

"저건 마치 내게 하는 말 같구나! 과연 내가 중생을 구제할 자격이 있을까? 조화천을 막는 것이 최선일까?"

그는 수많은 사람들이 자신을 찾기 위해 백방으로 수소문하고 있다는 사실을 전혀 모르고 있었다. 하지만 비마각의 정보력을 총동원한 남궁회수도, 천마교의 마도인들도, 설을 찾지 못하고 있는 이유는 그가 명왕궁의 본진이 있는 오대산에 있었기 때문이다.

"어쩌면 저분은 해답을 알고 있을지도 모르겠구나!"

설은 천천히 자리에서 일어나 대불암 쪽으로 걸음을 옮겼다.

"여쭙고 싶은 것이 있어 이렇게 무례를 무릅쓰고 찾아왔습니다."

"말씀하시지요."

설이 입을 열자 금강경을 암송하던 노승은 마치 기다렸다는 듯 빙긋이 웃으며 고개를 돌렸다.

노승의 음성을 들은 설은 말할 수 없는 편한 기분을 느꼈다. 그래서인지 이제껏 한마디도 나누지 않은 그가 무척 친근하게 느껴졌다.

"산을 오르는 사내가 있습니다. 그는 산을 오르던 중 그 산에 불을 지르려는 사람들을 보았습니다. 그들은 사내에게 말합니다. 산에 불을 지르는 이유는 자칫 있을지 모르는 거대한 산불을 미연에 방지하고자 하는 뜻이라고… 사내는 그들을 막아야 합니까. 아니면 가던 길을 그냥 가야 합니까?"

설은 두 눈을 반짝이며 노승을 응시했다.

"선재, 선재! 죄송하지만 모르겠군요."

"무엇을 모르신다는 말씀입니까?"

설은 노승의 대답에 실망의 기색을 감추지 못했다.

"글쎄요. 그것도 모르겠습니다. 아미타불."

노승은 빙그레 웃으며 다시 고개를 돌려 불경을 암송하기 시작했다.

설은 허탈한 표정으로 노승의 등을 물끄러미 바라봤다.

"말씀 감사했습니다."

한동안 노승에게서 시선을 떼지 못하던 설이 공손히 허리를 숙인 후 몸을 돌릴 때였다.

"모든 만물에는 의미가 있습니다. 그래서 사물이 그 스스로의 존재 의미를 깨닫게 되면 생기가 돌지요. 바꿔 말하면 설령 한 줌 바람일지라도 불고 있다는 그 자체만으로 살아 있다는 뜻입니다. 따라서 거대한 산불로 산이 모두 불타더라도 그 산이 죽었다 말할 수 없는 것입니다. 그럼 산불을 방지하기 위해 미리 산을 태운다는 것은 옳지 않은 일이지요."

"하지만… 말씀대로라면 산불을 지르는 자들을 막는 것도 옳다고 보기 어렵지 않습니까?"

잠자코 말을 듣던 설이 조심스레 되묻자 노승이 빙긋이 웃으며 다시 말을 이어갔다.

"무에서 유가 됩니다. 하나에서 둘이 나오고 다시 둘에서 넷이 나옵니다. 하지만 넷은 결국 하나에서 시작됩니다. 그리고 유는 다시 무가 되지요."

"……"

설은 노승의 말에 잠시 입을 다물었다. 손에 잡힐 것 같으면서도 잡히지 않는 뭔가가 머리를 짓누르고 있는 느낌이 들었다. 이를 본 노승이 두 눈을 지그시 감으며 조그만 목소리로 입을 열었다.

"의미가 있고 없음이 중요한 것이 아닙니다. 생기가 있고 없음도 중요하지 않습니다. 득오(得悟)입니다. 산불을 지르려는 자들은 그 산의 의미를 판단하려는 자이고 나그네는… 산 스스로가 의미를 깨달을 수 있도록 지키려는 자입니다. 고로 그들을 막을 자격이 있고 없고의 문제가 아닙니다. 그저 막는 것이 순리일 뿐입니다."

쿵!

노승이 마지막에 뱉은 말에 설은 눈앞이 환해짐을 느꼈다.

'그렇군. 조화천의 의도가 중요한 게 아니야. 내 의지가 중요한 것도 아니고… 중요한 것은 세상을 살아가는 사람들의 선택권을 빼앗을 권리가 그들이나 내게 없다는 것. 잠시 그걸 잊고 있었군.'

고개를 끄덕이던 설이 이내 노승에게 허리를 숙이며 입을 열었다.

"말씀 감사합니다. 성불하십시오."

"빈승의 말에 귀나 더럽히지 않으셨으면 다행입니다. 아미타불!"

노승이 합장을 하며 고개를 숙이자 설도 마주 합장을 취하며 천천히 몸을 돌렸다.

느릿느릿 걸음을 옮기는 설의 모습은 한없이 편안해 보였다. 이전과 다른 점이 있다면 그의 등에 하얀 천으로 둘둘 말아놓은 검이 매달려 있다는 것이었다.

잠시 후 설의 뒷모습을 물끄러미 바라보던 노승의 얼굴이 인자한 미소가 인상적인 오십대 중반 문사의 모습으로 변해갔다.

'어찌 인세에서 헤매고 있는 거냐. 네가 있을 곳은 이곳이 아닌데.'

중년 문사가 씁쓸한 어조로 중얼거렸다.

갈천혁이 천뇌와 머리를 맞대고 대화에 한창인 무렵이었다.

"궁주님, 무의천마가 궁주님을 뵙겠다며 찾아왔습니다."

"그래?"

밖에서 들려온 다급한 음성에 갈천혁이 자리에서 벌떡 일어났다.

밖으로 나온 갈천혁은 작은 둔덕에 우두커니 서 있는 설을 발견하고 곧장 걸음을 옮겼다.

"하하하! 여기까지 어쩐 일이신가?"

"작별 인사를 하러 왔다!"

"작별 인사라니? 난 복수를 하기 위해 왔는 줄 알았는데 뜻밖이군."

갈천혁이 어깨를 으쓱하며 한 걸음 더 다가오자 설이 씁쓸한 미소를 흘리며 고개를 가로저었다.

"물론 지금 당장이라도 당신을 죽이고 싶어. 하지만 그렇게 하면 여기서 살아나갈 자신이 없다. 당신을 죽이자면 모든 건곤지기를 쏟아부어야 할 거고 그런 나를 당신 수하들이 그대로 놔둘 리 없지 않겠어? 나는 지금 오대산 주변을 맴돌고 있는 인간들로도 벅차거든."

"하하하! 솔직해서 좋군. 그래, 도망칠 자신은 있고?"

"그래서 찾아왔다."

"언젠가는 검을 들이밀 사람을 내가 살려줄 것 같은가?"

"물론!"

설은 빙긋이 웃으며 고개를 끄덕였다. 무려 사백 명에 육박하는 참룡대와 단신으로 붙었던 설은 참룡대주라는 자의 머리를 박살 냄과 동시에 싸움을 끝냈다. 하지만 설은 도저히 갈천혁과 상대할 힘이 남아 있지 않았다. 이에 갈천혁의 뒤를 따라 오대산까지 오게 된 것이다.

설을 추격하던 무리들도 그가 오대산에 들어가 나오지 않자 산 주변만 맴돌 뿐 공격을 감행하지 않았다. 이후 흑룡대는 오대산 주변에 자리를 잡고 설이 내려오기만 기다렸고, 설은 그들의 눈을 피해 산 곳곳을 누비며 건곤지기를 회복했다.

"어떻게 도와주면 되겠나?"

"방해만 하지 마. 그거면 된다."

"알겠네. 그럼 조심해서 내려가게."

갈천혁은 흔쾌히 고개를 끄덕이며 몸을 돌렸다.

"조만간 다시 보게 될 테니 목이나 잘 닦고 기다려!"

갈천혁은 자신의 등에 대고 소리치는 설의 목소리를 들으며 씁쓸한 웃음을 머금었다.

"왔군!"

터벅터벅 산을 내려오던 설은 천천히 고개를 들고 사방에서 조여오는 기운을 느끼며 천천히 순양무극공을 암송했다. 순양무극공이나 여래신공과 같은 신공들은 마무십삼절에 비해 건곤지기의 소모 속도가 현저히 느렸다. 지금 설은 될 수 있는 한 건곤지기를 적게 소모하며 최대의 효과를 낼 수 있는 무공을 선택한 것이다.

"위력 면에서는 떨어지지만 저들을 상대하는 데는 전혀 문제없다!"

설은 중얼거리며 태극권의 기수식을 전개했다.

피융!

짧은 파공성과 함께 날아든 검. 설은 그 검이 예전 천룡성부에서 봤던 흑룡대의 것임을 알아보고 두 눈을 빛냈다.

"맞았다!"

일검을 날렸던 흑룡대 무인이 확신에 찬 어조로 소리 지른 순간, 설의 몸이 흐릿하게 변하며 옆으로 이동했다.

퍽!

흑의 무복을 걸친 두 사내가 설의 장력에 맞고 나가떨어졌다. 물론 처음 검을 날렸던 사내도 온전한 모습은 아니었다. 설이 펼친 태극권에 머리가 터진 것이다.

'스물넷! 참룡대보다 강하군!'

설은 주변에 있는 흑룡대가 건곤발출의 경지에 이르렀음을 간파했다. 천룡성부에서 소혼과 자신을 핍박하던 때와는 차원이 다른 힘이었다. 그때는 실력을 감췄던 것이 분명했다.

"스물하나!"

퍼퍽!

설의 외침과 동시에 세 명의 흑룡대가 허공에서 터져 나갔다. 이번에는 그의 면장에 당한 것이었다.

"열여덟……!"

"열다섯!"

"열!"

점점 설이 숫자를 세는 속도가 빨라졌다. 그의 손에서 청아자와 무적선사에게서 배운 무당과 소림의 절기들이 쏟아져 나왔고, 흑룡대는 이를 고스란히 맞으며 픽픽 쓰러져 갔다. 하지만 그들은 쓰러지면서도 이렇게 허무하게 당하고 있는 이유를 전혀 이해하지 못하는 눈빛이었다.

"하나!"

우두둑!

설의 외침과 동시에 마지막으로 남아 있던 흑룡대원의 목이 뒤로 확 젖혀졌다. 장내에 남아 있는 사람이 자신뿐임을 확인한 설이 두 손으로 지그시 시선을 가져갔다.

"악귀가 따로 없군!"

설은 자신이 요 몇 달 사이에 많은 인명을 살상했다는 사실에 씁쓸해졌다. 하지만 그렇다고 이런 상황을 피할 생각은 추호도 없었다.

"뿌린 대로 거두는 법이니 이 죄는 나중에 받지."

안타까운 눈빛으로 흑룡대의 주검을 바라보던 설은 이내 몸을 돌렸다.

*　　　*　　　*

약 장로는 성문세가 출신이 아니었다. 어려서부터 의술에 뛰어난 자질을 보였던 그는 머리가 반백이 될 때까지 천하 방방곡곡을 돌며 의술을 공부했고, 수많은 의서를 읽고 섭렵한 그는 그렇게 각고의 노력을 통해 얻은 의술에 한계를 느꼈다. 아무리 뛰어난 의술을 지닌 자도 인간의 수명을 연장시킬 순 없다는 사실을 깨달았기 때문이다.

불로불사. 약 장로는 그 요원한 경지에 도달하기 위해 다시 천하를 주유하며 일평생을 바쳤다. 그러던 차에 염화문성을 만났고 그의 학식과 인품에 반해 성문세가의 식객으로 머물게 된 것이 오늘에 이른 것이다. 하지만 성문세가의 어느 누구도 그를 손님으로 대하지 않았다. 오히려 성문세가주 다음으로 그를 큰어른으로 공경했다.

이후 약 장로는 세가에 머물며 천하에 고친 자가 없다는 수운의 구음신맥을 치료했고 고려 곳곳의 희귀한 질병이나 난치병을 지닌 환자들을 치료하며 성수신의라는 별호를 얻었다. 하지만 약 장로가 환자의 치료와 의술 수업에만 힘쓴 것은 아니었다.

그가 성문세가를 떠나지 못하는 이유가 따로 있었으니 그것은 바로 성문세가에서 전해 내려오는 비전, 일월성신경 때문이었다.

신의 경지에 이를 수 있다는 전설의 무공. 그러나 약 장로는 일월성신경을 익힐 수 없었다. 아니, 성문세가주가 직접 그에게 구결을 전수해 주었지만 한사코 거절하며 익히지 않았다. 일월성신경이 온전한 구결이 아니었기 때문이다. 그런데 지금, 수운과 함께 무림맹을 떠난 지 보름이 지난 오늘 약 장로는 뜻밖의 기연을 만났다. 수운이 자신에게 들려준 일월성신경이 스물여덟 자의 완벽한 구결이었기 때문이다. 되뇌고 또 되뇌어봐도 그것은 분명 완벽한 일월성신경이었다.

"허허허! 묘하군, 묘해! 진리가 바로 여기 숨어 있었어!"

다 쓰러져 가는 관제묘 앞. 회한에 찬 눈빛으로 하늘을 바라보며 중얼거리던 약 장로가 천천히 고개를 돌렸다. 무너져 내린 석상에 기대서 있던 수운이 자신을 물끄러미 쳐다보고 있었다.

"소가주는 노부에게 평생에 걸쳐도 갚지 못할 은혜를 베푸셨습니다."

"제게 햇살을 느낄 수 있게 해주신 약 장로님의 은혜에 비하면 아무것도 아니죠. 그리고 감사는 제가 아니라 설, 그에게 하셔야 해요."

수운은 곁으로 다가온 약 장로를 보며 살포시 미소 지었다. 그녀가 걸치고 있는 순백의 경장보다 더욱 하얀 미소였다.

"그래, 지금 그 친구를 만나러 가실 생각입니까?"

"아니요. 저는 그가 어디 있는지 알지 못해요."

"그럼 어디로?"

약 장로는 고개를 가로젓는 수운을 보며 다시 물었다.

"비마각에 가려고요. 하지만 그전에 해결해야 할 일이 있어요."

"흠, 할 일이라. 혹시 그 일이 노부와 관련된 겁니까?"

"네. 약 장로님은 하실 일이 있잖아요. 그래서 이젠 보내 드리려고요."

"으음! 알고 계셨습니까?"

이제껏 기분 좋은 웃음을 흘리던 약 장로의 안색이 대번에 굳어졌다.

"네, 조금은요."

수운이 고개를 끄덕이자 약 장로는 입을 굳게 다물고 그녀의 얼굴을 물끄러미 쳐다봤다. 앞에 앉아 있는 수운은 어려서부터 자신을 친할아버지처럼 대하며 따르던 여인이었다. 물론 약 장로 역시 그녀를 애지중지 보살폈다. 하지만 염화문성이 죽고 없는 지금, 자신마저 떠난다면 그녀에게는 더 이상 아무도 없었다. 아무도…….

그렇다고 무작정 그녀 곁에만 머물 수도 없는 노릇이었다.

그에게는 수운 말대로 죽기 전에 꼭 해야 할 일이 있었기 때문이다.

"건곤지인이라는 말… 들어보셨을 겁니다."

약 장로는 힘겹게 입술을 떼며 수운의 표정을 살폈다. 하지만 그녀는 여전히 담담한 눈빛으로 자신을 바라볼 뿐 아무 말을 하지 않았다.

"건곤지인은 인간의 한계를 뛰어넘어 입신에 이른 자들을 일컫는 말이지요. 물론 지금도 세상에는 극소수의 사람들이 그 건곤지인이 되기 위한 수련을 하고 있습니다."

"약 장로님처럼요?"

"……"

약 장로는 입을 다무는 것으로 그녀의 물음에 대한 답을 대신했다. 비록 의도적이었든 아니었든 간에 결과적으로는 앞에 서 있는 수운과 그녀의 부친인 염화문성, 그리고 자신을 알고 있는 모든 이들을 속인 셈이었기에 차마 그렇다는 말을 입으로 뱉을 수 없었다.

"언제 아셨습니까?"

"얼마 안 됐어요. 일월성신경이 극성에 이른 게 반년 전이었으니 아마 약 장로님의 건곤지기를 느낀 것도 그때쯤이었을 거예요."

"그런데도 제게 일월성신경을 알려준 것입니까?"

"그게 무슨 상관이죠? 제게 있어 약 장로님은 약 장로님일 뿐인걸요."

"그렇게 생각하고 계시다면 다행입니다만."

약 장로는 고개를 끄덕이며 다시 말을 이어갔다.

"어쩌면 알고 계실지도 모르지만 말씀드리지요. 조화천이라는 곳이 있습니다. 장생불사의 힘을 연구하며 천하를 주유하다가 인연을 맺은 곳이지요. 저는 그곳에서 인사(人師)라는 직책을 맡고 있지요."

"그러셨군요."

이제껏 표정 변화가 없던 수운의 얼굴에 찰나지간 안타까움이 스치고 지나갔다. 약 장로도 이를 눈치챘지만 이내 애써 모른 척하며 다시 말을 이었다.

"노부는 본래 무당 출신이었습니다. 굳이 배분을 따지자면 설이가 사부로 모신 청아자는 제게 사질이지요. 설이 죽인 신독이라는 소림 친구와는 같은 배분입니다. 하지만 길이 달랐지요. 그는 건곤지체를 이루는 방법으로 독술을 택했고, 저는… 의술을 택했습니다. 그래서 건곤지체를 이루는 시기는 제가 조금 늦었지요."

"저어, 묻고 싶은 게 있어요."

"말씀하십시오."

수운은 잠시 주저하다가 이내 고개를 들고 약 장로의 눈을 응시했다.

"약 장로님이 조화천에 몸을 담고 계시다는 말씀은 약 장로님도 다른 조화천 사람들처럼 설을 없애는 데 가담하실 수도 있다는 뜻인가요?"

"으음, 그 때문에 많은 고민을 했습니다. 하지만 제 손으로 설이를 죽일 수야 없지요. 어차피 조화천에 들어간 이유도 불로불사를 이루기 위함이지 천하를 좌지우지하기 위함이 아니었으니까. 그래서 저는 조화천에서 몸을 빼고 곧바로 건곤비에 오를 생각입니다."

"건곤비요?"

수운의 놀란 물음에 약 장로는 빙긋이 웃으며 고개를 끄덕였다.

"그렇습니다. 본래는 명왕궁 측에 손을 빌려줄 생각이었지만 지금은 소가주가 전해준 일월성신경을 통해 건곤비에 들어갈 수 있는 방법을 깨달았으니 더 이상 세상사에 연연할 필요가 없지요."

"그러셨군요."

수운은 내심 다행이라 생각하며 고개를 끄덕였다. 자신과 염화문성, 그리고 설까지 속인 능력을 지닌 약 장로였다.

수운은 그가 조화천에 힘을 보태지 않는 것만으로도 큰 적이 없어진 셈이라는 생각이 들었다. 하지만 다른 한편으로는 이로 인해 약 장로가 조화천을 적으로 돌리는 결과를 초래한 것이라는 생각에 그가 걱정되기도 했다.

"허허허! 내 비록 무공 수련을 멈춘 지 오래됐으나 쉽게 당할 정도는 아니니 염려 놓으십시오."

수운의 근심을 눈치챈 약 장로는 피식 웃으며 한 손을 내저었다. 비록 그녀에게 자신의 진정한 실력을 보여준 적이 없지만 약 장로는 누가 뭐래도 조화천의 난다 긴다 하는 건곤지인들 중에서도 극상에 위치한 인물. 약 장로는 오히려 수운이 걱정되었다.

"그럼 소가주를 비마각까지 모시고 난 후 떠나도록 하겠습니다."

"아니요. 그러실 필요 없어요. 이미 다 왔는걸요."

"그렇다면 여기가!"

약 장로는 어이없는 표정으로 주위를 빙 둘러봤다. 그들은 현재 산서성의 성도인 병주(幷州)에서 채 십 리도 떨어지지 않은 곳에 있었다.

"무림맹을 벗어날 때 이미 연락을 취해놓았어요. 조금 있으면 남궁 각주가 이곳으로 올 거예요."

"그러셨군요."

약 장로는 고개를 끄덕이며 희미하게 웃었다. 수운은 역시 주도면밀했다. 만일 그녀와의 대화 중에 자신이 조금이라도 이상한 기미를 보였다면 이곳 관제묘가 비마각과 연락을 취하는 장소라는 것은 꿈에도 몰랐으리라.

'흠, 하지만 내가 만일 소가주를 해치려고 했다면 어쩌시려고……'

불현듯 떠오른 생각에 수운을 슬쩍 흘겨보던 약 장로는 굳이 위험을 감수하면서까지 자신과 대화를 나눈 수운의 행동이 자신에 대한 정 때문임을 깨닫고 속으로 깊은 한숨을 내쉬었다.

"나중에 다시 뵐 수 있을까요?"

"……."

"저는 그렇게 믿을래요. 이런 식으로 쉽게 헤어지는 건 싫어요."

"부디 몸조심하십시오. 너무 햇볕을 쬐지 않는 것도 해롭지만 많이 쬐는 것도 해롭습니다. 식사는 꼭 제때 하시고……."

"호호호! 그만 하세요. 약 장로님도 참. 제가 뭐 어린앤가요?"

약 장로는 수운을 보며 피식 웃다가 다시 입을 열었다.

“정작 필요할 때는 도움이 되지 못하는군요.”

수운을 물끄러미 바라보던 약 장로가 슬며시 몸을 돌렸다.

“우리 내일 볼 사람처럼 헤어져요. 그래야 덜 서운할 것 같아요.”

뒤에서 들린 수운의 음성에 약 장로가 다시 고개를 돌렸다.

“소가주, 오늘은 너무 무리하지 마시고 푹 쉬십시오.”

“약 장로님도요. 그렇게 맨날 날밤 새시면서 연구에 몰두하시면 건강에 좋지 않잖아요.”

“허허허! 알겠습니다. 그럼.”

약 장로는 이내 몸을 돌렸다. 남들보다 오래 살며 눈물 한 방울 흘려본 적이 없던 그였지만 오늘만큼은 자꾸 눈시울이 붉어져 왔다. 하지만 수운에게 보이는 마지막 모습이 그런 식으로 비춰지는 것은 싫었다.

“몸조심해야 한다.”

약 장로는 처음으로 수운에게 존칭을 생략했다.

비마각 수하들을 이끌고 관제묘로 향하는 남궁희수의 마음은 무척 심란했다. 설은 여전히 행방이 묘연했고 천하의 돌아가는 정세는 점점 심상치 않았다. 천마교주 사미가 출도했고, 소혼의 부음을 접한 설혼문은 중원 진출을 결정하고 출정 준비를 하고 있다는 보고를 받았다.

게다가 서로 대치 중인 명왕궁과 무림맹의 움직임을 보건대 조만간 부딪쳐도 크게 부딪칠 것이다.

‘총군사님마저 무림맹에서 나오셨다니.’

남궁희수는 살짝 눈썹을 찌푸리며 고개를 들어 올렸다. 관제묘 앞에 다소곳이 앉아 있는 수운이 눈에 들어오자 그녀의 걸음이 빨라지기 시작했다.

“오랜만이네요.”

“괜찮으세요? 다치신 데는 없고요?”

두 여인은 서로의 손을 맞잡고 안부를 물었다.

“잘 지냈어요?”

“네. 하지만 상의드릴 일이 너무 많아요.”

“나도 그래요.”

수운은 엷은 미소를 지으며 남궁희수의 얼굴을 바라봤다. 가녀린 몸 그 어디에서도 그녀가 천하 모든 정보를 수집하고 관리한다는 비마각주의 모습은 찾아보기 힘들었다. 하지만 남궁희수는 누가 뭐래도 분명 비마각주였다. 뿐만 아니라 그녀는 전대 비마각주보다 더욱 훌륭하게 비마각을 이끌어 한낱 정보 상인들의 모임에 불과했던 단체를 개방, 하오문과 더불어 전혀 손색이 없는 위치로 끌어올린 수장이었다.

“너희들은 잠시 물러 있어라!”

“알겠습니다.”

남궁희수의 명을 받은 수하들이 허리를 숙인 후 곧바로 사방으로 산개하며 은신했다. 곁에서 그들의 몸놀림을 지켜보던 수운은 그들이 펼치는 신법이 초일류 급임을 알아볼 수 있었다.

“비마각보다는 이곳이 더 안전할 것 같아서요.”

남궁희수가 씁쓸한 미소를 보이며 입을 열자 수운의 얼굴에 그늘이 드리워졌다. 그녀의 말로 비마각에도 간세가 있음을 짐작한 것이다. 하지만 이 혼란한 상황에서 비마각만 온전할 리도 없었다.

“그래, 상의해야 할 일이 뭐죠?”

“그게…….”

남궁희수는 무슨 이야기부터 꺼내야 할지 몰라 잠시 주저하며 입을 열지 못했다.

"혹시 광검존 맹주가 어찌 되셨는지 아세요?"

"얼마 전에 명왕궁주 손에 돌아가셨어요."

"그랬군요."

수운의 안색이 어두워졌다. 소혼은 자신에게도 강한 인상을 남긴 사내였다. 모든 이들의 고정관념을 과감히 깼던 사내였고, 천하를 눈이 아닌 가슴으로 바라보며 좁다 여기던 사내였다. 그런 천하제일의 고수가 죽은 것이다.

"대부분의 사람들은 이 사실을 모르고 있어요. 그런 분이 돌아가신 건 안타까운 일이지만 저도 아직은 알릴 수 없었고요."

"남궁 각주의 상황은 충분히 이해가 되요."

남궁희수는 고개를 끄덕이며 천천히 입을 열었다. 그녀는 수운에게 소혼의 죽음에 분노한 설혼문이 중원 진출을 결정했다는 사실과 천마교주가 된 사미가 침묵을 깨고 드디어 설을 구하기 위해 나섰다는 얘기, 그리고 명왕궁과 무림맹의 전투가 초읽기에 들어갔다는 말들을 쏟아내기 시작했다.

"그 사람이 무당 출신인 것 같다고요?"

남궁희수가 막 새롭게 출현한 신진고수에 대한 얘기를 마치자 수운이 곧바로 끼어들며 입을 열었다.

"네. 구합려라고 무당의 사대제자 출신이라고 해요. 왜 일전에 제일백룡대 일원으로 고려에 갔다가 미쳐 돌아왔다는……."

"그가 어떻게 하루아침에 고수가 될 수 있었을까요?"

"제 생각으로는 기무설 대협과 연관이 있는 것 같아요."

"그와 관련이 있다고요?"

"네. 예전에 기 대협이 양양성에서 은하전장의 장주와 인연을 맺은 적이 있거든요. 끝까지 보지는 못해서 자세히는 모르지만 아무래도 그때 구합려라는 사람에게 뭔가 기연을 선사하지 않았을까 해요."

남궁희수는 스스로가 생각해 봐도 자신의 말이 앞뒤가 맞지 않는다는 생각이 들었다. 아무리 대단한 기연이라고 해도 불과 몇 달 만에 평범한 사내를 그런 고수로 탈바꿈시킬 수는 없었다.

하지만 구합려는 지금 호북에서 하북까지 이동하며 천룡성부와 무림맹의 무수한 고수들을 박살 내고 있었다. 무림맹이 공적으로 선포한 무의천마를 돕기 위해서였다. 다행인 것은 구합려가 비록 무림맹과 충돌하고 있긴 하지만 인명을 해치지는 않는단 것이었다.

"그랬군요. 역시 그의 도움이 있었어요. 하긴 설이 아니라면 그런 일을 할 수 있는 사람은 없죠."

"그럼 총군사님도 그분을 알고 계신 거예요?"

수운이 고개를 끄덕이자 남궁희수가 놀란 눈으로 물었다.

"네. 실은……."

잠시 망설이던 수운은 천천히 입을 열었다. 더 이상은 감추고 싶지 않았다. 무림맹의 공적으로 선포된 설을 자신마저 외면할 수는 없었다. 설령 천하의 모든 사람이 자신을 손가락질하더라도 이제는 그와의 관계를 숨기지 않으리라. 하지만 수운의 입에서 나오는 말을 듣는 남궁희수는 나락으로 떨어지는 기분이었다.

자신이 사모하는 사내와 한 여인의 사연이었지만, 그저 멍한 표정으로 수운의 말에 귀 기울일 뿐 다른 어떤 행동도 할 수 없었다.

소오대산에서 가장 험한 산세를 지닌 곳으로 유명한 사령(死嶺)은골짜기 사이로 흐르는 급류와 좌우 측면의 천 길 벼랑으로 인해 좀처럼 사람의 발길을 허락치 않는 곳이었다.

풍랑은 그 사령의 정상 위에 서서 굽이치는 물살을 바라보았다.

"잘한 일인지 모르겠구나."

자조 섞인 음성으로 중얼거린 풍랑은 지금 깊이 후회하고 있었다. 수운의 말만 믿고 그녀를 돕기 위해 부친을 속인 것이 못내 마음에 걸렸다. 아니, 이제야 좀 더 가까워졌다 여긴 순간에 그녀를 떠나보낸 것이 무척 아쉬웠다.

"못난 놈!"

뒤에서 들려온 귀에 익은 음성에 힐끗 고개를 돌린 풍랑은 성난 눈으로 자신을 노려보고 있는 겸추를 보자 급히 머리를 숙였다.

"아버님."

"흥! 날 아비라 생각하고 있긴 하는 것이냐?"

"……."

"도대체 그녀에게 무슨 얘기를 들은 것이냐? 어찌 내게 일언반구도 없이 그런 무모한 짓을 저질렀냐는 말이다!"

"무의천마는 무림맹에서 공적으로 삼을 인물이 아니라 오히려 은인으로 대해도 모자랄 사람이라 들었습니다."

"그래서, 그 말만 믿고 나를 속인 것이냐?"

겸추는 여전히 노기가 가시지 않는지 수염까지 부들부들 떨렸다. 하지만 풍랑은 담담한 얼굴로 그를 응시했다.

"솔직히 그녀의 부탁을 들어줄 생각은 반반이었습니다. 확인해 보고 싶었지요. 천룡성부에 제가 모르는 자들이 있다는 것도, 또한 그들이 저도 모르는 사이에 제 안사람을 정말 감시하고 있었는지도……."

"으음!"

겸추가 침음성을 삼키며 입을 다물자 풍랑이 재차 말을 이어갔다.

"아버님께서는 저를 아들로 생각하고 계시긴 한 겁니까? 도대체 천룡성부에는 제가 모르는 자들이 왜 그렇게 많은 겁니까?"

"말 다 했느냐?"

"하나 더 있습니다. 지금 무림맹을 보면 제가 보기에도 이상한 점이 한두 군데가 아닙니다. 특히 무의천마라는 자는 더욱 그렇지요. 그가 제갈천우 대협과 소천평 단주를 죽였다는 증거도 전혀 없지 않습니까?"

풍랑의 입에서 무의천마라는 말이 튀어나오자 겸추가 눈을 빛냈다.

"네 말이 맞다. 무의천마가 죽였다는 증거는 어디에도 없지. 명왕궁의 괴수들을 죽였으니 오히려 상을 줘도 모자랄 판이지. 하지만!"

겸추는 풍랑의 눈을 뚫어져라 응시하다가 천천히 입을 열었다.

"너는 무의천마가 누군지 알고나 그런 말을 하는 거냐?"

"그가… 누구입니까?"

"그는 기무설이다! 아니, 네 연적이라고 해야 맞겠지."

풍랑의 어깨가 흠칫 떨렸다.

'결국 그랬었군. 그가 살아 있었어!'

풍랑은 전신을 부르르 떨며 주먹을 와락 움켜쥐었다.

"이제 네가 답할 차례다. 내가 왜 그를 공적으로 만들었겠느냐?"

겸추의 말이 귓전을 파고들었지만 풍랑은 전혀 들리지 않았다. 그는 지금 수운에 대한 배신감과 설에 대한 분노를 감당하기도 벅찼다.

'내 그토록 진심을 다했건만 그놈에게 가기 위해 날 속였단 말이지.'

겸추는 풍랑의 입술에 맺히는 핏방울을 보며 길게 탄식했다.

"못난 놈! 어찌 이 아비의 뜻을 이토록 모르고 있었단 말이냐."

"죄송합니다. 소자가 어리석었습니다."

풍랑은 겸추의 발 아래 무릎을 굽히고 머리를 조아렸다.

"녀석, 수운이 그리도 좋으냐?"

"저는… 저는 그녀 없이는 살 수가 없습니다. 그를 반드시 죽이겠습니다!"

풍랑은 이를 부드득 갈며 자리에서 벌떡 일어났다.

"아니다. 그는 이제 너의 힘으로는 도저히 감당할 수 없는 경지에 올랐단다. 지금 그를 상대한다면 개죽음만 당할 뿐이지."

겸추는 설레설레 고개를 저으며 풍랑의 얼굴을 힐끗 쳐다봤다.

"천룡통천후로도… 상대가 안 됩니까?"

"당치 않은 소리! 천룡통천후에 견줄 수 있는 무공은 세상천지 어디에도 없다. 하지만 문제는 네 성취란다. 어느 정도나 진전이 있느냐?"

겸추의 물음에 잠시 주저하던 풍랑이 천천히 입을 열었다.

"소자 불민하여 아직 팔성에서 벗어나지 못했습니다."

"팔성이라……. 그렇다면 해볼 만한 것 같구나. 하지만!"

풍랑의 대답을 들은 겸추는 속으로 경악하고 있었다.

'세상이 미쳐 돌아가고 있군! 어찌 벌써 팔성에 이르렀단 말인가?'

겸추는 일순 풍랑에게 질투심이 솟구쳤다. 천룡통천후 팔성이라면 건곤지체를 이루기 직전의 단계. 일 갑자도 살지 못한 인간으로 건곤지체를 이룬 자들과 맞먹는 능력을 갖춘 자들은 무의천마와 광검존으로도 충분했다. 하지만 겸추는 그런 내심을 애써 감추며 입을 열었다.

"하지만 무의천마 그놈을 죽이기 전에 먼저 해야 할 일이 있다. 네가 무의천마를 죽이려는 이유는 그녀 때문이니 말이다."

"소자, 무슨 말씀을 하시는지 잘 알아듣지 못하겠습니다. 혹시 그녀가 그자에게 농락당하고 있다는 말씀이십니까?"

풍랑이 머리를 조아리며 겸추에게 되물었다. 이에 겸추는 간절한 염원이 담긴 그의 눈을 바라보며 고개를 설레설레 저었다.

"쯧쯧쯧, 그녀가 무림맹을 떠난 이유가 단지 한 사내를 좋아하는 여심이라고 보느냐? 수운을 잘못 알아도 한참 잘못 알았구나. 그녀는 자신의 안위보다 천하를 더 걱정하는 여걸. 무의천마가 천하를 위하는 영웅이라 생각하지 않았다면 결코 무림맹을 떠나지 않았을 것이다."

겸추의 말은 풍랑의 마음을 뒤흔들기에 충분했다. 마치 그의 마음속에 들어갔다 나온 사람처럼 겸추가 뱉은 말들은 풍랑의 가려운 곳을 긁어줬다. 하지만 그것은 겸추가 수운에게 바라는 생각이기도 했다.

"그럼 저는 어찌해야 좋겠습니까?"

"그녀를 얻기 위해 네가 해야 할 일은 명왕궁주를 없애는 것이다!"

풍랑은 명왕궁주를 치라는 말에 대경하여 침음성을 삼켰다.

'명왕궁주라면 광검존 맹주조차 어쩌지 못한 자. 아버님은 수운을 포기하라 하시는군.'

겸추는 참담한 표정이 된 풍랑을 보며 씁쓸한 웃음을 흘렸다.

"두려운가 보구나. 그리 생각하는 것도 무리는 아니다. 그럼 내가 한 말은 못 들은 것으로 하는 것이 좋겠다."

"아닙니다!"

몸을 돌리고 막 걸음을 옮기려던 겸추가 비릿한 웃음을 흘렸다. 하지만 안타깝게도 풍랑은 미처 그의 얼굴을 살필 수 없었다.

"하겠습니다! 설령 몸이 부서지더라도 그의 목을 가져오겠습니다!"

“어쩌면 불가능한 일일지도 모른다.”

“아닙니다. 누군가는 해야 할 일. 그렇다면 소자가 하겠습니다.”

풍랑은 고개를 가로저으며 단호한 눈빛으로 겸추와 눈을 맞췄다.

“그럼 지금 출발하겠습니다.”

“잠깐! 명왕궁주는 그렇게 무턱대고 처리할 수 있는 자가 아니란다.”

겸추는 막 몸을 움직이려던 풍랑을 제지하며 그의 팔을 붙잡았다.

풍랑은 겸추를 바라보며 그의 입이 열리기만 기다렸다.

“내 너에게 명왕궁주를 치라는 말을 한 데는 다 그만한 이유가 있어서였다. 어쩌면 그를 죽일 수 있는 사람은 오직 너뿐일지도 모르지.”

풍랑은 내심 의아한 생각이 들었으나 잠자코 겸추의 말을 경청했다.

“난 세상 누구보다 그를 잘 알고 있다. 그리고 그와 나, 그리고 너는 서로 깊은 관련이 있지.”

“아버님과 제가 명왕궁주와 관계가 있다고요?”

“그 얘기는 네가 명왕궁주의 목을 들고 온 후에 하는 것이 좋을 것 같구나. 그러니 너는 지금부터 내가 하는 말을 명심하도록 해라. 그래야 네가 천하를 구하고 한 영웅으로 칭송받을 것이요, 물론 수운, 그녀도 다시 돌아올 것이다. 반드시!”

겸추의 음성은 확신에 차 있었다. 이에 풍랑은 겸추가 단순히 자신에게 용기를 북돋아주기 위해 하는 말이 아님을 느꼈다.

“아버님이 하시는 말씀이라면 어떤 것이든 따를 각오가 되어 있습니다. 하명하십시오!”

“암! 그래야지.”

겸추는 크게 고개를 끄덕이며 풍랑의 어깨를 다독였다.

잠시 후 겸추가 자신의 귀에 대고 속삭이자 이를 들은 풍랑의 눈이 대번에 커졌다.

"첫 출수 때 제 이름으로 공격하라니, 그게 무슨 말씀이십니까?"

"너도 알다시피 너와 내가 익힌 천룡통천후는 내재된 기운을 일시에 음파로 변화시켜 공격하는 무공이다. 네가 시전하는 천룡통천후는 제 아무리 명왕궁주라 해도 결코 막을 수가 없을 것이다. 너는 단지 천룡통천후를 발휘하며 '나는 풍랑이다' 라고 외치기만 하면 된다."

"그게 답니까?"

"물론 그전에 그가 너의 정체를 알게 되면 모든 노력이 수포로 돌아간다. 그렇기 때문에 너는 지금부터 내가 일러주는 대로 이동해서 그에게 다가가야 하지. 다시 한 번 말하지만 천룡통천후로 명왕궁주의 뇌를 헤집기 전에는 결코 그와 말을 섞어서는 안 된다."

"명심… 하겠습니다."

풍랑은 여전히 의문이 풀리지 않았지만 겸추의 물음에 고개를 끄덕일 수밖에 없었다. 일단은 겸추의 말을 믿기로 했다. 오직 그 길만이 살길이라는 생각도 들었다. 자식을 사지로 내모는 부친은 없다. 풍랑은 겸추도 다른 아버지들과 마찬가지라고 생각하고 있었다.

"네가 명왕궁으로 가는 동안 나는 그들의 시선을 내 쪽으로 돌리도록 할 것이다. 그리되면 네가 잠입하는 것도 훨씬 수월해질 테니."

"그리하면 아버님이 너무 위험하십니다."

"자식이 죽음을 무릅쓰는데 어찌 아비가 가만히 있을 수 있단 말이냐? 그런 걱정은 하지 말고 너는 내 말대로만 행동하면 된다."

"아버님……."

풍랑은 겸추의 말을 듣고 가슴이 뭉클했다.

자신을 위해 목숨의 위험까지 감수하려는 겸추.

'이런 분을 의심하고 있었다니… 소자 면목이 없습니다.'

풍랑은 잠시나마 그를 의심했던 자신이 한심하게 느껴졌다. 하지만 그는 겸추가 속으로 어떤 생각을 지니고 있는지 전혀 모르고 있었다.

*   *   *

제갈세가는 여전히 건재했다. 저녁 식사를 차리느라 부산한 움직임을 보이고 있는 아낙들. 어제와 마찬가지로 세가 내부를 순찰하고 있는 경비무사들. 제갈세가 가솔들의 얼굴 그 어디에서도 천지겁에 대한 걱정이나 근심을 찾아볼 수 없었다. 그만큼 제갈세가의 진이 견고하고, 세가인들의 두뇌가 치밀하다는 반증이었다. 하지만 제갈세가에 남아 평안한 일상을 보내고 있는 그들도 모르고 있는 일이 있었다.

그 은밀한 일이 진행되고 있는 곳은 제갈세가의 지하 장원이었다.

"화기는 양의 근원이자 시초. 몸속의 화기는 백회에서 시작된다."

제갈명은 정좌를 하고 앉아 양손을 쭉 펼쳐 머리 위에서 교차했다.

"만물에 숨어 있는 양기를 흡수하니 이는 용천을 그 문으로 삼는다."

제갈명이 중얼거리며 양손을 내뻗는 순간, 그의 오공으로 잿빛 연기가 스며들기 시작했다. 그의 표정은 무척 진지하고 심각했다. 항상 그의 입가에 머물던 냉소적인 미소는 눈을 씻고 봐도 찾을 수 없었다.

그는 지금 자신이 이곳에 얼마나 있었는지, 밖에서 무슨 일이 벌어지고 있는지 전혀 알지 못했다. 제갈천우가 건네고 간 천룡통천후를 익히기에 여념이 없었기 때문이다.

천룡통천후는 양의 끝에 이르는 극양(極陽)을 넘어 능히 양을 이기는 극양(克陽)의 경지를 추구한다. 체내에 숨어 있는 양의 기운을 자유자재로 구사할 수 있는 화기(火氣)의 경지가 일성이었고, 대기 중에 숨은 양의 기운을 흡수하는 양기(陽氣)가 이성의 경지다.

지금 제갈명은 몸속의 양기와 대기 중의 양기를 하나로 만드는 정양기(正陽氣), 즉 삼성의 성취를 보이고 있었다.

"아직 멀었군. 생각보다 어려운걸."

제갈명은 천룡통천후를 거둬들이고 씁쓸한 표정으로 중얼거렸다. 식음까지 전폐하고 수련에 몰두한 지 꽤 오랜 시간이 흘렀다. 이 정도 노력이라면 적어도 그동안 축적한 양기를 건곤지기로 변화시켜 날릴 수 있는 일양기(一陽氣)의 성취 정도는 보일 줄 알았다.

하지만 일양기는커녕 정양기를 수련하며 합친 양기들을 중단전으로 모아야 하는 중양기(中陽氣)도 이루지 못한 상태. 이에 제갈명은 자신의 능력이 한계에 부딪쳤음을 깨닫고 내심 쓴 입맛을 다셨다.

"하지만 이 정도에 포기할 내가 아니지! 무신의 경지에 이를 수 있는 무공이 이렇게 쉬울 리가 있겠어?"

제갈명이 입술을 질끈 깨물며 다시 천룡통천후를 일으킬 때였다.

"후후후! 물론 네 말마따나 천룡통천후가 쉬운 무공은 아니다만 그보다는 네 수련 방법이 틀려도 한참을 틀렸단다."

"누구냐!"

제갈명은 고개를 홱 돌린 순간 두 눈이 당황으로 일그러졌다.

"아, 아버님!"

뒷짐을 진 채 제갈명을 지그시 바라보고 있는 이는 제갈가주 제갈망이었다. 느릿느릿 다가온 제갈망은 제갈명을 쳐다보며 피식 웃다가 이으고 천천히 입을 열었다.

"조화천주의 기운과 영혼을 받으려면 적어도 십일성 태양기(太陽氣)는 되어야 한단다. 그렇지 않으면 네 몸은 천주의 힘을 감당치 못하고 형체도 없이 사라지고 말지."

"헉! 어떻게 조화천주를 알고 계신 겁니까?"

"하하하! 녀석, 아비를 너무 우습게 봤구나. 하긴 그럴 만도 하지."

"저는 그런 뜻이 아니고……."

제갈망은 피식 웃으며 고개를 끄덕였지만 듣는 제갈명은 얼굴이 확 달아올랐다. 하지만 제갈명은 제갈망이 자신을 꾸짖을 생각이 없다는 것을 눈치채고 내심 안도의 한숨을 내쉬었다.

"천룡통천후의 화기는 인간의 감정으로 치면 분노에 해당한다. 따라서 이를 익히는 데 분노와 원한, 고통의 감정들이 수반된다면 금상첨화지. 한두 달만 그렇게 수련하면 태양기까지는 무리가 없을 것이다."

"두, 두 달이오?"

"녀석, 아비가 하는 말이다. 믿어라!"

제갈명이 믿기지 않는 눈빛으로 자신을 쳐다보자 제갈망이 입꼬리를 말아 올리며 고개를 끄덕였다.

"그런데 어떻게 아버지께서 천룡통천후를 알고 계시지요?"

"왜, 제갈천우 그 녀석은 알아도 되고 나는 몰라야 한다는 법이라도 있더냐? 후후후!"

"그런 것은 아니지만……."

제갈명은 일순 당황하며 손을 내저었다.

"됐다. 너는 그저 아무 생각 하지 말고 수련에만 전념해라. 참! 분노와 고통의 감정을 수반해야 한다는 내 말이 꼭 자해를 하라는 뜻은 아니란다. 타인의 고통과 분노라면 오히려 더할 나위 없이 좋지. 내가 한 말 잊지 말아라."

말을 마친 제갈망은 이내 슬며시 몸을 돌리고 걸음을 옮겼다.

"천우가 죽었다는구나. 무의천마, 아니지. 너는 설담자라고 알고 있겠구나. 아무튼 너와는 악연이라는 그 녀석에게 당해 시신조차 남기지 못했단다. 몹쓸 녀석 같으니라고."

제갈망의 말에 제갈명의 신형이 크게 휘청거렸다.

"사, 사숙이 돌아가셨다고?"

제갈명은 자신이 눈물을 흘릴 수 있다는 것을 처음 알았다. 제갈천우는 그에게 있어 부모나 다름없는 존재. 그는 항상 자신을 꾸짖고 책망하던 제갈망과는 달리 언제나 자신을 최고로 여기며 아껴주던 숙부였다. 그가 죽은 것이다.

제갈명은 초점없는 눈동자로 멍하니 허공만 바라봤다. 그렇게 한참을 넋 나간 사람처럼 있던 제갈명이 나직한 목소리로 중얼거렸다.

"천룡통천후를 익히고 조화천주가 되기 위한 이유가 하나 더 늘었군. 그 새끼는 반드시 내 손으로 죽인다!"

제갈명의 눈에 불이 일었다. 하지만 그것도 잠시 제갈명은 이내 제 눈빛을 회복하고 비릿한 미소를 흘렸다.

"타인의 고통과 분노가 나를 강하게 만든다고 했지? 괜찮은데. 수련 방법이 썩 마음에 들어!"

휙!

말을 마친 제갈명의 신형이 흐릿하게 흔들렸다. 하지만 그것은 제갈명의 잔상일 뿐 이미 그는 지하 장원을 벗어나고 있었다.

　　　　　*　　　　　*　　　　　*

치이익!

설은 불에 덴 듯 화끈거리는 통증에 옆구리를 부여잡고 지면을 박차 날아올랐다. 옆구리를 길게 가르고 간 자상에 깊은 통증이 몰려왔지만 지금은 그런 고통을 느낄 여유조차 없었다.

파파파팡!

간발의 차로 자신의 발밑을 스치고 지나간 건곤지기들.

설은 자신의 주변을 둘러싸고 공격을 감행해 오는 이들이 이전에 마주쳤던 참룡대, 흑룡대와는 비교도 할 수 없는 강자들임을 절감했다.

설은 잠시 공격이 멈춘 틈을 이용해 숨을 고르며 빠르게 머리를 굴렸다. 이들 역시 오랜 싸움에 지친 모양이었다. 하지만 그들보다 더 힘들고 지친 이는 당연히 설이었다.

'건곤지인에 가까이 다가간 자들이 다섯이라. 소천평과 제갈천우, 그리고… 무적 사부님이 돌아가셨으니 이들이 나머지 오선이겠군.'

설은 이제야 이들이 누구인지를 짐작할 수 있었다. 반 시진에 걸친 혈투를 치르며 이제야 숨을 돌릴 여유를 찾은 것이다.

"무의천마. 그 실력만큼은 인정해 줄 수밖에 없군. 하지만 너는 이 자리를 결코 벗어날 수 없다."

곤방선은 평생 동안 싸움이라면 이골이 날 정도로 해본 백전노장이었지만 자신의 앞에 서 있는 설처럼 강한 자는 처음 상대해 봤다. 그래서 싸움 중에는 일체 입을 열지 않는다는 스스로의 불문율까지 깨고 설에게 말을 건넨 것이다. 하지만 설은 그의 말에 대답하지 않았다. 자칫 방심하다가 한 줌 고혼이 되는 것은 순식간이었기 때문이다. 그만큼 오선 하나하나가 내뿜고 있는 기도는 엄청났다.

"우리는 건곤지기를 몇 번 발출하고 으쓱거리는 명왕기사나 여의신 궁주 같은 녀석들과는 질적으로 다르다. 우리는……."

"참 말 많네!"

곤방선은 입을 열다 말고 눈썹을 꿈틀했다. 그는 단지 설을 진정한 적수로 인정하고 최대의 예의를 갖추려 했던 것뿐이었는데 그는 자신의 호의를 깡그리 무시하는 발언을 너무도 쉽게 내뱉은 것이다.

"난 조화천이 모두 몰려온다고 해도 눈 하나 깜짝 안 해! 난 살아야 하거든. 할 일이 아직 너무 많이 남아서 말이야. 자, 그럼 입 닥치고 다시 시작해 보자고!"

"이, 이! 그 말이 네 명을 재촉했다!"

곤방선은 설이 어깨에 메고 있던 장검을 꺼내는 모습을 바라보며 이를 부드득 갈았다.

한편 소혼의 팔, 아니, 그가 남긴 검을 가슴 중앙으로 들어 올린 설은 그 검을 보는 순간 마음이 저며 왔다.

'느껴져! 형은 이 검에 지녔던 모든 힘을 남겼어. 이질적이면서도 순수한 건곤지기… 이건 인간의 몸으로 얻은 건곤지기야!'

설은 천에 둘둘 말린 검을 그대로 움켜쥐고 양손을 열십 자로 모았다. 파천일검의 기수식이었다.

'형! 형이 남긴 검 이름이 뭔지 알아? 소혼검이야. 그 검으로 형이 못다 이룬 꿈, 내가 대신 이뤄줄 거야. 지켜봐 줘, 형!'

"간닷!"

드디어 오선과 설이 본격적으로 붙기 시작했다. 지금에 비하면 좀 전의 것은 탐색전에 불과할 정도로 싸움은 점점 치열한 격전이었다.

슈슈슉!

퍼퍼펑!

그들은 마치 다섯 마리 천룡이 한데 어우러져 춤을 추듯 설을 향해 짓쳐들어왔고, 그러다가도 찰나의 순간 하나로 모였던 건곤지기가 다섯으로 갈라지며 설의 전신을 거세게 조여왔다.

하지만 설의 표정은 담담하기 그지없었다. 싸움에 임하면서도 틈만 나면 혼자 중얼거리는 모습은 마치 누군가와 대화를 나누고 있는 것처럼 보일 정도였다.

"형, 생각보다 괜찮은데. 아주 마음에 들어!"

설은 검자루 대신 잡은 소혼의 손바닥이 자신의 손바닥과 맞물려 마치 악수를 하고 있는 듯한 느낌을 받았다. 이 세상 사람이 아닌 소혼이 마치 곁에서 자신과 함께 싸우는 느낌. 그래서인지 이제껏 익히기만 했지 좀처럼 검법을 펼친 적이 없던 설은 검을 휘두르면서도 전혀 어색한 기분이 들지 않았다.

"그렇다면!"

설은 소혼검을 하늘 높이 치켜들고 크게 원을 그렸다. 막 그의 전후좌우, 그리고 머리 위에서 오 인이 검과 함께 다가드는 순간이었다.

치치치칭!

"헉! 태극혜검!"

남방선과 북방선은 소혼검에 붙은 자신들의 검을 보며 대경했다.

파파팡!

하지만 남은 셋은 전혀 공세를 멈추지 않고 설을 향해 건곤지기를 날려댔다. 이에 당황한 둘은 서로를 바라보며 고개를 끄덕였다. 설의 손에 죽든 동료들의 손에 죽든 어차피 죽을 지경에 놓인 상황에서 마지막 선택을 한 것이다.

"분체멸폭(分體滅爆)!"

우지지직!

소혼검에 매달려 휩쓸려 다니던 이들이 동시에 외치자 다른 오선이 대번에 안색을 굳히고 뒤로 물러섰다. 이에 위기를 느낀 설도 급히 금강절과 목통절을 동시에 끌어올리며 전신을 보호했다.

콰콰콰쾅!

사방으로 육편이 튀었다.

"으아아악!"

미처 피하지 못하고 그 파편을 맞은 리방선이 처절한 비명성과 함께 녹아내렸다. 동료들이 온몸을 폭사해 날린 건곤지기에 당한 것이다.

잠시 넋이 나갔던 곤방선이 두 눈을 부릅떴다.

"크억! 네가 어찌…… 윽!"

손가락으로 설을 가리키며 입을 열던 곤방선은 말을 끝까지 이을 수가 없었다. 소리보다 빨리 날아든 검에 목이 달아났기 때문이다.

"이건 형이 남긴 검이거든. 그런데 생각보다 대단한 검이야. 나와 영성이 통하지를 않나, 건곤지기를 검기처럼 날릴 수 있지를 않나."

쿵!

설은 뒤로 넘어가는 곤방선에게서 시선을 떼고 감방선을 바라봤다. 애석하게도 그는 이미 전의를 상실한 채 그 자리에 굳어 있었다.

"내게는 더 이상 베풀 자비가 없다!"

순간 설이 계단 밟듯 허공으로 올라가며 들고 있던 검을 위에서 아래로 내리그었다.

휘이잉!

그것으로 끝이었다. 감방선은 한줄기 바람이 자신의 몸을 스치고 지나가는 착각을 느끼며 일순 눈앞이 환해지는 착각을 느꼈다.

'아름답다!'

설의 부드러운 손짓, 그 손에 쥐어진 검을 본 감방선은 지금 자신이 본 것이 천하에 다시없을 절세미라 느끼며 그렇게 쓰러졌다.

스스스슷!

한 줌 먼지가 되어 허공에 흩어지는 감방선을 본 설의 얼굴에 일순 안타까움이 스치고 지나갔다. 하지만 그것도 잠시, 설은 이내 입술을 질끈 깨물며 고개를 홱 돌렸다.

"이제 나오시지요."

설의 외침에 백제가 그의 앞으로 사뿐히 날아 내렸다.

"오랜만입니다."

"으음!"

설의 인사를 받은 백제는 침음성만 삼킬 뿐 잠시 입을 열지 못했다.

잠시 후 지그시 눈을 감고 있던 백제가 천천히 눈을 떴다.

"난 명왕궁주와 함께하기로 했다네. 하지만 천주께서는 그리 탐탁지 않게 여기고 계시지."

"조화천주가 당신이 명왕궁주와 함께하는 조건으로 저를 내걸었나 보군요."

"……."

백제가 차마 입을 열지 못하고 고개만 끄덕이자 설이 빙긋이 웃으며 앞으로 한 걸음을 내디뎠다.

"선배와 나는 같은 하늘 아래 살 수 없는 인연인가 보군요."

"미안하게 됐네."

백제는 얼굴에 미안한 표정을 감추지 못했다. 설에게는 큰 빚이 있는 그. 더욱이 지금은 그런 은인을 향해 공격을 해야 했다.

"이왕 할 거면 빨리 시작합시다."

"자네… 변했군."

백제는 설의 음성과 눈빛이 이전과 달라졌음을 눈치채고 살며시 고개를 가로저었다. 이전에는 한없이 순수하기만 하던 설에게서 그와는 전혀 어울리지 않는 감정이 느껴졌기 때문이다. 그것은 분노였다.

"그럼 먼저 시작하겠네."

백제가 입을 열며 먼저 설에게 양 권을 내질렀다.

부우웅!

범정산에서 죽은 신독의 공격이 예기와 쾌의 극에 올라 있다면 백제의 공격은 패도의 극에 이른 것이었다. 하지만 그의 공세를 막는 설의 동작은 마땅한 특징을 찾을 수 없었다. 이전과 바뀐 것이 있다면 들고 있던 검을 다시 어깨에 메고 있다는 것 정도.

'이 사람, 정말 날 죽일 작정인 모양이군!'

설은 속으로 침음성을 삼키며 그의 공격을 피하기만 할 뿐 이렇다 할 공격을 하지는 않았다.

"지금 날 봐주는 건가!"

백제가 눈썹을 찡그리며 버럭 소리를 지르자 설이 급히 손사래를 치며 입을 열었다.

"봐주다니 그게 무슨 말씀이십니까? 저는 지금 막기도 바쁜 걸요."

백제의 침음성을 끝으로 다시 두 사람의 공방이 이어졌다. 마치 한데 어울려 비무를 하듯 다정한 모습이었지만, 설이나 그를 상대하고 있는 백제는 이 싸움이 일생일대에 다시없을 격돌임을 직감했다.

'이상하군. 건곤지기를 쓰지 않고 있어!'

백제는 설의 행동이 이해되지 않았다. 자신에게 섣불리 공격을 할 수 없어 거의 구 할을 방어에 할애하는 것은 그렇다 쳐도 나머지 일 할의 공격을 함에 있어서도 설은 건곤지기를 쓰지 않았다.

파파파파파팡!

순간 백제의 신형이 둘로 갈라지며 쉴 새 없이 건곤지기를 날려대자 설은 수십 바퀴의 공중제비를 돌며 이를 피했다.

'그렇군! 한 방을 노리고 있었어!'

백제는 설이 건곤지기를 비축했다가 기회를 포착하면 일시에 터뜨리려 한다는 것을 눈치챘다. 하지만 그의 추측은 반은 맞고 반을 틀린 것이었다. 설이 건곤지기를 아끼며 사용치 않는 것은 맞았지만, 일시에 터뜨릴 기회를 노리는 것은 아니었다. 그는 지금 망설이고 있었다.

'이자는 조화천인이라 할 수 없다. 하지만 당할 수도 없는 노릇.'

설은 백제를 통해 조화천에도 희망이 있다고 느꼈었다. 그리고 지금 그가 자신을 공격하는 것도 본인의 뜻이 아니라 조화천주의 위협에 의한 것이었다. 명왕궁주 갈천혁과 함께 천지겁을 종식시키기 위해.

설은 비록 갈천혁이 자신의 원수였지만 그가 조화천주와 달리 무고한 이들의 희생을 안타깝게 생각하는 인간이라는 사실은 인정하고 있었다. 어쩌면 이 때문에 소혼의 복수를 미루고 있는지도 몰랐다.

'할 수 없지!'

백제의 몸에서 끊임없이 튀어나오는 건곤지기를 더는 감당할 수 없던 설은 결국 마무십삼절을 끌어올리기 시작했다.

"금강, 목통, 수류, 화홍, 토흡!"

설이 구결을 중얼거림과 동시에 전신에서 솟구쳐 나온 건곤지기들이 그의 양손으로 모이기 시작했다.

"헛! 오행건곤지기!"

설의 양손이 오색 광채로 물들자 이를 본 백제가 경악성을 토했다.

"천마십삼권, 천마력(天魔力)!"

설의 두 손이 백제를 향해 쭉 뻗어졌다. 순간, 그의 양손에서 백팔 개의 아수라 형상을 한 건곤지기가 쏟아져 나갔다. 이에 백제도 다급히 건곤지기를 극대로 끌어올리며 설의 건곤지기에 맞섰다.

"혼연신창(渾然神槍)!"

쿠아아앙!

백제의 머리 위로 삼 장 길이의 창이 치솟아올랐다. 그가 천화신창에서 몇 단계 발전시켜 창안한 건곤의 무공이었다.

퍼퍼어엉!

지축을 뒤흔드는 엄청난 폭발음과 함께 서로에게 건곤지기를 날렸던 두 사람이 동시에 뒤로 날아갔다.

"쿨럭!"

복부를 부여잡고 일어난 백제가 비틀비틀 앞으로 걸음을 옮겼다. 반면 설은 입고 있는 옷이 갈기갈기 찢겨 나간 것을 제외하면 몸 어디에도 상처가 보이지 않았다.

"편히 가십시오!"

설의 안타까운 음성에 백제가 허탈한 표정으로 하늘로 고개를 들어 올렸다.

완벽한 패배! 설에게 조화천 최강의 건곤지인이라 자부하던 자신이 패한 것이다. 백제는 도저히 믿기지 않는 이 현실에 고개를 젓다가 슬며시 자신의 발밑을 바라봤다. 반짝이는 먼지로 흩어져 가는 육신.

'그렇군. 건곤의 문을 열기 위해서는 버려야 했어! 아쉽군.'

아쉬웠다. 설과 부딪치며 부지불식간 깨달은 건곤출문의 경지. 하지만 한편으로는 홀가분한 기분을 지울 수 없었다. 그리고 설을 다치지 않게 했다는 것도 무척 다행이라는 생각이 들었다. 백제의 사라져 가는 모습을 말없이 지켜보던 설의 눈이 살짝 흔들렸다.

'내세에서는 좀 더 일찍 깨닫기 바랍니다.'

털썩!

백제가 사라지는 것을 확인한 설은 더는 버티지 못하고 자리에 주저앉았다.

"후후후! 건곤지기를 또 바닥내 버렸군."

설은 목구멍으로 넘어오는 핏물을 꿀꺽 삼키며 토흡절을 운용하기 시작했다. 한시라도 빨리 이 자리를 벗어나고 싶었지만 지금 운기요상을 하지 않으면 치명적인 결과를 초래할 것이 분명했기에 그로서도 어쩔 수 없는 선택이었다.

'시간 참 잘 맞추는군!'

설은 달려오는 일단의 무리를 발견하고 씁쓸한 미소를 머금었다.

살기 띤 눈초리로 자신을 노려보며 달려오는 자들. 가장 선두에 낯익은 얼굴이 보였다. 그는 마도제일검, 마검자였다.

슈칵……!

'기연이라도 얻은 건가?'

설은 마검자의 검속과 위력에 크게 놀랐다. 이전에도 빨랐지만 이 정도는 아니었다. 하지만 지금은 놀랄 틈조차 없었기에 설은 급히 금강절을 끌어올렸다. 목통절까지 끌어올리고 싶었지만 남은 건곤지기로는 금강절을 끌어올리기도 벅찼다.

카아앙……!

마검자는 팔이 저려왔다.

'검강을 맨몸으로 막았다!'

전력을 다했다. 전신 공력을 모두 담아 날린 마검삼식의 절초였다.

'하지만 넌 죽는다.'

마검자는 검자루를 고쳐 잡으며 눈을 빛냈다. 싸움에 임해서는 항상 냉정과 평상심을 유지해야 한다. 그래야 초식을 펼침에 과하거나 모자람이 없다. 마검자는 이를 잘 알고 있었고, 지금까지 쭉 그래 왔다. 하지만 지금은 살기를 감추지 않았다. 오히려 그동안 억제하던 살기까지 모두 드러내며 셀을 노려봤다. 살기는 자신이 지닌 마기를 극대로 끌어올려 줄 것이다. 마검자는 마검삼식에 자신의 공력뿐만 아니라 마기까지 더할 생각이었다. 지금껏 그의 일생 동안 한 번도 펼치지 않았던 마검삼식의 진정한 위력을 보여줄 생각이었다. 십수 년 전 사미와 싸울 때도 쓰지 않았던 그 힘을 말이다.

'나를 위해서가 아니다. 이건 그녀를 위해서야!'

두 눈이 붉게 충혈되고 전신에 힘줄이 툭툭 불거져 나왔다. 처음 느껴보는 힘의 충만감. 마검자는 무의천마의 죽음을 확신했다.

턱!

마검자는 자신의 팔을 붙드는 사애 때문에 온몸에 힘이 쭉 빠져나가는 기분을 느꼈다.

"뭐 하는 거냐!"

"사형, 정말 저 사람이 누군지 모르고 있는 거야?"

"지금 무슨 소리를……."

마검자는 사애를 따라 무의천마에게 시선을 옮겼다. 전신을 부들부들 떠는 무의천마의 등줄기로 핏물이 흘러내렸다. 그래도 자신의 처음 공격이 어느 정도는 먹혔던 것이다.

"너는?"

마검자의 눈이 경악으로 물들었다. 그는 무의천마가 누구인지를 알아봤고, 다른 동료들도 설을 알아보고 달려왔다.

한후는 급히 설을 지혈했고, 팽도호는 상의를 북 찢어 그의 등을 틀어막았다. 하지만 가장 흥분한 이는 이한상이었다. 감정을 드러내는 법이 없던 그는 떨리는 손으로 설의 몸에 공력을 주입하고 있었다.

'으음, 소주의 몸에서 천마기가 느껴지지 않는다!'

이한상은 침음성을 삼켰다. 그는 여태껏 자신의 정체를 숨기며 살아왔던 모든 공이 허물어질 수도 있다는 위기감에 설의 몸에 주입하던 진기를 배가시켰다. 괴이한 것은 다른 사람들의 진기는 전혀 받아들이지 못하던 설이 이한상의 진기만은 아무 저항 없이 받아들이고 있다는 것이었다.

"으음!"

"정신이 드냐?"

한후는 힘겹게 눈을 뜬 설에게 놀란 눈을 껌뻑이며 물었다.

"한후였군. 어서 피해야 한다. 대적이……."

젖 먹던 힘까지 다해 간신히 입을 열던 설은 그조차 무리였는지 이내 털썩 고개를 떨어뜨렸다.

"일단 자리를 피하자!"

이한상은 빠르게 말을 뱉었다. 설이 마지막 힘까지 쥐어짜며 피해야 한다고 말했다면 필시 뭔가가 있을 것이다.

"멈춰!"

설을 안아 든 이한상은 마검자의 외침에 힐끗 고개를 돌렸다.

"우리는 명을 받았다."

"이 자식! 너 지금 무슨 소리를 하는 거야?"

한후가 얼굴을 일그러뜨리며 버럭 고함을 질렀지만 마검자는 그의 말에 대답하지 않았다. 그는 설에게 걱정스런 시선을 던지는 사애를 뚫어져라 응시했다.

'역시 네 눈에는 저 녀석뿐이 없구나.'

마검자는 갈등했다. 천룡성부는 무의천마를 죽이기 위해 엄청난 고수들을 동원했다. 무림맹 최고수로 양산된 제마대조차 비교할 수 없을 정도로 강한 고수들. 마검자는 무의천마를 추격하며 이를 눈치챌 수 있었다. 조만간 누군가가 설을 죽이기 위해 나타날 것이고, 그가 죽는다면 사애도 마음을 돌릴 것이다. 물론 처음에는 힘들어하겠지만 세월이 흐르면 자연스레 예전의 밝은 모습으로 되돌아갈 것이다.

'네 웃음, 나를 향해 보내던 그 웃음이 보고 싶구나!'

사애를 보는 마검자의 눈이 짧게 흔들렸다. 그녀의 시선 끝에 매달린 설을 본 것이다. 그에게는 아무런 잘못이 없다. 단지 여인의 마음이 변한 것일 뿐. 그리고 자신은 사내였다.

'결국 이렇게 될 일이었나?'

마검자는 입술을 질끈 깨물며 고개를 들어 올렸다.

"한후와 백학성은 선두에서 길을 트고, 이한상 선배와 사애는 설이를 보호해. 나머지는 좌우 양측에서 적의 기습에 대비한다. 출발!"

마검자의 명이 떨어지자 제마대는 신속하게 몸을 움직였다.

"누구 마음대로!!"

막 자리를 뜨려던 그들의 뒤에서 날카로운 호통성이 터졌다. 일제히 고개를 돌린 그들의 눈에 뒷짐을 진 채 자신들을 쳐다보는 한 사내의 모습이 들어왔다.

"맹주!"

마검자는 침음성을 터뜨렸다. 겸추의 비릿한 미소를 보자 등줄기가 오싹했다. 얼굴은 겸추였으나, 그는 이전의 꾸부정한 노인의 모습을 하고 있지 않았다.

"지금의 행동을 어떤 의미로 받아들여야 할지 모르겠군."

마검자를 바라보던 겸추는 이한상의 등에 업힌 설을 응시했다.

"이 친구는 무의천마가 아닙니다."

"그래? 후후후! 저놈은 분명 무의천마가 맞다. 또한 기무설과 설담 자라는 이름도 가지고 있지. 아닌가?"

겸추는 고개를 저으며 앞으로 걸음을 내디뎠다.

"잘못 아셨습니다! 이 친구는 제일백룡대원이었던 설담자가 확실합 니다. 그 사실에 제 목을 걸겠습니다."

"목을 건다? 미안하지만 어차피 죽을 인간의 목은 필요없다네."

"이, 이……!"

마검자는 그제야 겸추가 자신들을 죽이려 한다는 것을 눈치챘다. 하 지만 이상했다. 아무리 겸추가 뛰어난 무위를 지녔다 한들 어찌 칠 인 의 절정고수 앞에서 저토록 강한 자신감을 보이는 걸까.

푸욱!

"커억!"

마검자는 고개를 획 돌렸다. 팽도호가 가슴을 부여잡고 쿵 소리를 내며 뒤로 넘어갔다.

"이놈!"

후아악……!

한후가 버럭 고함을 지르며 남궁무에게 달려들었다. 하지만 남궁무는 팽도호의 심장에 비수를 꽂음과 동시에 겸추의 뒤로 몸을 피했다.

"후후후! 그동안 수고 많았다. 돌아가 있어라."

"알겠습니다!"

남궁무는 비릿한 미소를 머금고 이내 몸을 돌렸다.

"개자식! 이대로 도망가게 놔둘 줄 알아!"

슈우웅!

한후가 남궁무의 등에 장풍을 날렸다. 하지만 겸추의 손짓 한 번에 날아가던 장풍은 허공 중에 흩어졌다.

"으음!"

마검자는 절로 신음성이 튀어나왔다. 한후의 장력을 무위로 돌린 겸추의 무공이 상상 밖이었기 때문이다.

그 사이 팽도호를 살피던 사애가 힘없이 고개를 저었다.

"사애와 이 선배는 설이를 데리고 먼저 도주하십시오! 이곳은 한후와 백학성, 그리고 내가 맡는다!"

"하하하! 아직 사태 파악을 못한 모양이구나. 저 녀석의 생사를 결정할 수 있는 사람은 너희들이 아니라 바로 나다!"

겸추가 호쾌한 소성을 터뜨리며 성큼성큼 걸음을 옮기자 마검자의 어깨가 흔들렸다.

쐐에엑……!

"호오!"

겸추는 공기를 찢어발길 듯한 소리를 내며 짓쳐드는 마검자의 검을 보며 탄성을 뱉었다.

그사이 이한상은 설을 업고 신법을 전개했고, 잠시 망설이던 사애도 그의 뒤를 따라 몸을 날렸다. 하지만 겸추는 그들의 도주를 보면서도 여전히 미소를 거둬들이지 않았다. 자신이 있는 것이다. 남은 셋을 처리하고도 충분히 따라잡을 자신이.

부우웅―!

한후가 허공으로 도약했다. 그가 날아오르자 먹장구름이 낀 것처럼 겸추의 주위가 잠시 어두워졌다. 백학성의 검이 잘게 진동한 것도 그때였다. 십이성 극성 진력을 담은 수미현천검법의 절초였다.

"하하하! 키워놓은 보람은 있군."

겸추는 삼 인의 연수합격을 받으며 크게 고개를 끄덕였다. 자신의 기대를 웃도는 제마대의 무공 수위에 만족한 것이다. 하지만 그뿐이었다. 아무리 대단한 고수로 키웠다 한들 이들은 그저 사냥개에 불과했다. 더군다나 먹이를 놓치고 주인에게 으르렁거리는 쓸모없는 사냥개. 그런 사냥개는 쳐 죽여야 했다.

카캉!

마검자는 눈알이 튀어나올 정도로 놀랐다. 혈아검에 부딪친 겸추의 몸에서 요란한 금속성이 터졌기 때문이다.

"금강불괴!"

"금강불괴는 너희 같은 하찮은 인간들에게나 해당되는 말이지."

겸추는 마검자의 놀란 얼굴을 보며 고소를 머금었다. 건곤의 문을 지척에 둔 지금, 제마대와 같은 절정고수들의 공격과 몸놀림은 어린아이 장난처럼 느껴졌다. 장대한 체구를 회전시키며 엄청난 속도로 다가오는 한후의 공격도 그에게는 굼벵이처럼 한없이 느리게만 보였다.

퍼억……!

“느려!”

날아가는 한후의 입에서 피분수가 터져 나왔다.

“육시랄!”

본인의 의지와는 상관없이 후면으로 날아가던 한후는 절로 욕이 튀어나왔다. 눈앞에 보이는 자신의 발에 전혀 감각이 느껴지지 않았다. 그는 잿빛으로 변해 흩어지는 자신의 하체를 보며 죽음을 직감했다.

‘이만하면 살 만큼 살았지. 그런데 왜 이런 중요한 순간에 하필 설담자 얼굴이 떠오르는 거냐고. 나쁜 자식. 갑자기 나타나서 달라는 게 내 목숨이었냐? 후후후!’

한후는 머리 속에 떠오른 설의 환한 미소를 그리며 눈을 감았다.

스스스……!

잠시 후 한후는 어디에도 보이지 않았다.

“으아악!”

자신의 부러진 장검 반쪽에 이마가 갈라진 백학성이 피맺힌 절규를 토했다. 극심한 고통에 몸부림치다가 이내 움직임을 뚝 멈춘 그에 비하면 한후는 그나마 행복한 죽음을 맞은 것이었다.

“이… 미친!”

두 명의 동료를 잃은 마검자는 참았던 분노를 일시에 폭발시켰다.

“천마소(天魔掃)!”

쑤에에엑……!

마검자의 기합을 들은 겸추의 눈에 이채가 서렸다.

‘의외군! 저 녀석이 천마기를 날리다니!’

마검자가 온몸을 크게 회전시키며 검을 휘두르자 가공할 위력의 검기가 튀어나왔다. 파란빛의 유형화된 검기.

무의천마에게 쓰려던 마검자의 최후 절초였다. 검기에는 그의 한과 응어리, 그리고 사애에 대한 모든 염원이 담겨 있었다.

"괜찮군. 하지만 아직 멀었다!"

겸추는 자신의 몸을 휘감아 도는 마검자의 검기를 보며 몸을 빙글 회전시켰다. 이에 겸추의 몸을 따라 푸른 빛 검기도 함께 돌았다.

"극마단(極魔斷)!"

피이잉……!

마검자는 또 하나의 검기를 날렸다. 이번에는 아무런 빛도 없는 실낱같은 검기였다.

"이젠 더 이상 놀아줄 시간이 없구나!"

겸추는 입을 엶과 동시에 급회전하던 몸을 뚝 멈추고 날아오는 검기로 손을 뻗쳤다. 순간, 겸추의 몸을 휘감아 돌던 파란 검기가 날아오던 검기를 집어삼키며 마검자를 향해 빠른 속도로 날아갔다.

쉬이이이……!

마검자는 두 눈으로 똑똑히 보았다. 자신이 날렸던 마검삼식의 검기들이 하나로 뭉쳐지며 눈앞으로 다가오는 것을… 하지만 몸은 마치 가위에 눌린 듯 꿈쩍도 하지 않았다.

퍼억!

마검자는 자신의 단전에 틀어박혀 부르르 떨리는 검기를 보며 힘없이 고개를 저었다.

"이건… 내가 날렸던 검기가 아니야."

아무리 유형화된 검기라도 몸에 적중된 이상 사라져야 옳았다. 하지만 겸추에 의해 탈바꿈한 검기는 마치 소도처럼 마검자의 하단전에 틀어박힌 채 여전히 푸른빛을 발하고 있었다.

"네가 날렸던 그 조잡한 검기는 천마기를 흉내 낸 것일 뿐, 제대로 된 천마기라면 아마 그 정도쯤 될 게다. 우린 그걸 건곤지기라 하지."

"건곤지기?"

쿵!

마검자는 겸추의 말을 되뇌며 힘없이 뒤로 넘어갔다. 그의 망막에 사애의 얼굴이 비쳤다. 마검자가 온 힘을 다해 뻗은 손이 그녀의 얼굴에 닿는 순간, 그의 몸은 잘게 부서지기 시작했다. 하지만 마검자는 고통도, 그리고 죽음도 느끼지 못했다.

'그녀가 웃었어!'

마검자는 사애의 환한 웃음을 보며 슬며시 미소를 지었다.

◆ 第四章 ◆
그곳으로

사애는 절망했다. 혼신의 힘을 다해 달렸고, 지닌 진기를 모조리 소모하며 흔적을 남기지 않기 위해 사력을 다했다. 하지만 겸추는 어느새 먼저 달려와 앞에서 자신들을 기다리고 있는 것이다.

"나쁜 자식! 넌 인간도 아니야!"

사애는 겸추를 보자 자신의 동료들이 죽었음을 깨달았다.

"후후후! 인간이 아니라는 말은 가히 나쁘지 않군."

겸추는 피식 웃으며 고개를 끄덕였다. 모든 일이 자신의 뜻대로 순조롭게 진행되고 있었다. 제마대의 행동과 반응을 예측하는 것은 숨을 쉬는 것보다 쉬운 일이었다.

탁항애(濁沆崖).

천 길 벼랑을 끼고 흐르는 물줄기가 마치 고여 있는 호수처럼 잔잔하다 하여 붙여진 명칭이다. 겸추는 이한상과 사애가 이곳으로 이동하리라 확신했다. 이유는 모른다. 단지 이들이 탁항애를 넘기를 원했을 뿐이고, 자신의 예상대로 됐다는 것 외에는.

'너희들은 내 의지에 따라 움직일 수밖에 없다!'

만일 신이 있다면 자신의 지금 모습과 같으리라. 겸추는 앞에 선 두 남녀, 그리고 온몸의 건곤지기가 빠져나간 설이 한없이 미약한 존재로 느껴졌다.

한낱 미물. 아무리 짓밟아도 꿈틀할 여력조차 없는 존재.

'멍청한 놈. 신의 힘은 아껴 써야 한다. 너처럼 그렇게 함부로 써대는 놈에게는 그 힘을 쓸 자격이 없다.'

겸추는 피식 웃으며 슬며시 한 걸음을 내디뎠다. 순간 허공에 둥실 뜬 그가 탁항애의 벼랑 끝으로 모습을 드러냈다.

'아! 늦었어!'

탁항애로 뛰어내릴 생각이던 사애는 겸추를 보며 침음성을 토했다.

"그놈만 순순히 내놓는다면 시체는 온전케 해줄 의향도 있다."

"헛소리!"

이한상은 사애에게 설을 맡기며 버럭 소리를 질렀다.

"하하하! 두려워하고 있군. 넌 건곤지기를 감당할 자신이 없어. 그러면서도 왜 화를 자초하는 것이냐?"

"누가 화를 입을지는 겪어보면 알 일!"

스르릉!

"물론 네 일점혈이 건곤지기를 사용하는 무공이라는 건 알고 있다. 하지만 아직 건곤지체조차 이루지 못한 몸. 내 상대가 되지 못한다는 것은 네가 더 잘 알 텐데… 그렇지 않나?"

이한상이 장검을 빼 들자 겸추는 입가에 고소를 머금고 물었다.

"으음! 언제 알았나?"

이한상은 침음성을 삼키며 물었다.

"지금! 네 몸에는 미약하긴 하지만 건곤지기가 흐른다는 것을. 아무리 주의해도 모를 정도의 소량이지. 그래서 입을 열지 않았었군. 건곤지기를 감추기 위해서 입을 다물고 살았던 거야."

겸추는 고개를 끄덕이며 다시 말을 이었다.

"하지만 네놈의 공력은 삼 갑자! 공력을 잃지 않고 얻은 건곤지기라면 누가 일부러 네 몸에 주입했다는 뜻이지. 누군가?"

이한상이 입을 다물자 겸추가 눈썹을 꿈틀하며 다시 물었다.

"누구지? 네 몸속에 그 귀한 건곤지기까지 부어주며 무의천마를 보호하라 했던 자가 도대체 누구냔 말이다!"

후악……!

겸추의 일갈에 이한상은 급히 신형을 틀며 검을 휘둘렀다.

파파팍!

이한상의 주변이 순식간에 초토화됐다.

"역시! 천마대제가 살아 있었군!"

이한상의 검식을 살펴본 겸추가 크게 고개를 끄덕였다.

"그분의 존함을 함부로 입에 담지 말라! 너는 결코 소주를 건드릴 수 없다!"

이한상이 버럭 고함을 질렀다.

"후후후! 그래서 저 녀석이 말도 안 되는 몸뚱이를 지닌 거였군. 천마대제의 피와 건곤지기를 이어받은 것이었어. 하지만 이해가 가질 않는군. 어찌 건곤지인이 자식을 가질 수 있단 말인가?"

"그분은 너같이 더러운 자가 입에 담을 분이 아니라고 했다!"

"그분? 내게는 잡종을 양산한 한 마리 똥개에 지나지 않는다."

이한상이 분노로 몸을 떨자 겸추가 피식 웃으며 걸음을 내디뎠다.

쒜에엑……!

이한상이 진기를 끌어올리며 달려드는 순간이었다.

"그럼 그 잡종들에게 한 번 물려보시지!"

파앙!

"흠! 네년은!"

이한상의 검을 가볍게 피한 후 그에게 반격을 가하려던 겸추는 자신에게 짓쳐든 건곤지기에 대경하며 급히 뒤로 물러났다.

"네년은 누구냐?"

"천마교주 사미라는 잡종이다."

겸추는 눈부시게 환한 미소를 머금고 자신을 쳐다보는 사미를 보고 마른침을 꿀꺽 삼켰다. 그녀의 뒤에 서 있는 두 노인.

사미의 만류에도 불구하고 고집을 꺾지 않고 따라나선 호연삼과 흑사천주였다. 지금 그들의 눈에서는 불이 뿜어져 나왔다. 자신들에게는 신과 다름없는 존재인 천마대제를 욕하고 태상교주 설을 해하려는 겸추를 보며 참을 수 없는 분노가 폭발한 것이다.

'으음! 저들은 모두 건곤지기를 지녔다!'

겸추가 속으로 침음성을 삼키는 사이, 사미는 그에게서 시선을 떼고 사애의 몸에 기댄 설을 바라봤다.

'사숙……'

그녀의 눈가에 잔 경련이 일었다.

"언니……."

사애는 사미를 부르다 말고 이내 입을 다물었다. 설에게서 떨어질 기미를 보이지 않는 사미의 눈이 둘임을 발견했기 때문이다.

사애가 자신을 보고 놀란 사이 사미는 겸추에게 고개를 홱 돌렸다.

"너는 여기서 죽는다!"

"하하하! 저 녀석이 나눠 준 건곤지기를 믿고 까부는 모양인데 네가 내 순수한 건곤지기를 당해낼 수 있을 것 같으냐?"

겸추는 비릿한 웃음을 흘리며 눈을 빛냈다. 그는 여유있는 표정과 달리 속은 노기로 들끓었다. 자신이 삼 갑자를 희생하며 어렵게 얻은 건곤지기를 너무나도 손쉽게 얻은 자들이 무려 셋이나 나타난 것이다.

'돌연변이라는 말이 딱 어울리는 놈이야. 미친 자식! 신의 힘을 마치 전염병처럼 퍼뜨려 놓다니.'

겸추는 문득 사부 조화천주의 당부가 떠올랐다. 조화천주가 두려워 하는 것은 설이 아니라 설에 의해 늘어가는 건곤지체들일 것이다.

저들처럼 조화천이 아닌 다른 곳에서 건곤지체들이 나오기 시작하 면 세상은 걷잡을 수 없이 혼란해질 것이다 그것은 결코 있을 수도 없 고, 있어서도 안 되는 일. 건곤지인은 조화천에서만 나와야 한다. 그게 하늘의 이치였다.

겸추는 설을 죽이기로 마음먹었다. 본래는 그의 건곤지기를 흡수할 생각이었고, 이 때문에 자신의 밑천이랄 수 있는 천룡성부의 모든 건곤 지체들까지 희생해 가며 지금에 이르렀지만 조화천과 자신의 안위를 위해서 과감히 포기하기로 했다.

'참룡대와 흑룡대, 그리고 팔방팔선까지 모두 저놈 손에 당했다. 자 칫 놓치기라도 하면… 그런 모험을 할 수야 없지!'

겸추는 주위를 둘러보며 천천히 입을 열었다.

“하하하! 살기 싫은 놈들이 먼저 덤비도록!”

겸추는 크게 웃으며 중인들의 중앙으로 날아 내렸다. 이에 사미 등이 겸추를 중심으로 흩어졌다.

“오너라! 진정한 신의 힘을 보여주마!”

겸추는 양팔을 벌리며 천룡통천후를 극대로 끌어올렸다.

“신의 힘 좋아하시네!”

겸추의 얼굴이 급격히 일그러졌다. 사미의 등 뒤로 날아 내린 비천서의 몸에서도 건곤지기가 느껴졌기 때문이다.

“이, 이……! 도대체 몇 명에게나 전한 것이냐?”

겸추는 설을 향해 신경질적으로 고개를 돌렸다.

잠시 후 수운과 남궁희수, 구합려가 모습을 드러냈다.

‘저년만 제외하고 모두 건곤지기를 지녔다! 도대체가!’

겸추는 남궁희수를 바라보며 속으로 탄식을 터뜨렸다. 많아도 너무 많았다. 더욱이 수운에게서 흐르는 기운은 자신처럼 맑고 깨끗했다.

“저자를 살려 보내서는 안 돼요!”

수운이 짧게 외치며 겸추의 앞으로 달려가자, 비천서와 구합려도 그녀의 뒤를 따라 몸을 움직였다.

칠 대 일. 겸추는 처음으로 위기감을 느꼈다.

“후후후! 장차 부군이 될 사람을 죽이라고 하다니 실망이군.”

“시부의 입에서 나올 소리는 아닌 것 같군요.”

겸추의 조소 섞인 말에 수운이 얼굴을 찌푸렸다.

“네가 언제 랑이를 부군으로 여긴 적이 있더냐?”

수운이 입을 다물자 겸추는 설에게 고개를 돌리며 말을 이어갔다.

“마침 잘됐다! 오늘 내 너희들의 불륜의 죄까지 물을 것이다!”

"나도 당신을 살려둘 생각이 없습니다. 모두 합공을 해야 합니다!"

수운의 단호한 외침이 터짐과 동시에 겸추를 에워쌌던 칠 인이 움직이기 시작했다.

쿠아아앙……!

쩌어억!

칠 인이 모두 건곤지기를 끌어올리자 지면이 갈라지며 주변 사물들이 공중으로 떠오르기 시작했다.

'으음! 허튼소리를 내뱉을 여인이 아니다. 이는 나를 죽일 확신이 있다는 뜻!'

겸추는 주위를 돌아보며 침음성을 삼켰다. 도저히 싸울 엄두가 나지 않았지만 포위를 뚫고 달아날 틈도 없었다.

"오냐! 내 너희들에게 세상에 태어난 것을 후회하게 만들어주지! 하지만 먼저……."

파아앙!

"안 돼!"

겸추는 말끝을 흐리며 설을 향해 건곤지기를 날렸다. 그와 동시에 수운을 포함한 모든 이들의 신형이 설에게로 숏구쳤다.

사사사삭……!

설에게로 향하는 건곤지기를 자르기 위해 움직이는 칠 인의 손놀림은 가히 전광석화와 같았다.

"휴우!"

가까스로 겸추의 공격을 무위로 돌린 수운이 긴 한숨을 토하며 고개를 돌렸다. 이미 몸을 피한 겸추의 모습은 어디에도 보이지 않았다.

"놈이 도망갔어요! 어서 쫓아요!"

"안 돼요."

사미가 막 몸을 날리려는 찰나 수운이 그녀의 앞을 가로막으며 고개를 저었다.

"그게 무슨 말씀이세요?"

"저분이 아니면 어느 누구도 그의 상대가 되지 못해요."

설에게 힐끗 고개를 돌린 수운은 그를 안아 드는 이한상을 보며 안색이 굳어졌다.

"아니! 지금 뭐 하는 거요?"

비천서가 눈을 휘둥그레 뜨고 이한상의 앞을 가로막았다.

"소주를 살리려면 모시고 가야 한다!"

"사부님은 몸도 성치 않으신 분이오. 가기는 어딜 간단 말이오?"

비천서가 눈을 찌푸리며 묻자 이한상은 수운에게 고개를 돌렸다.

"보내주세요."

"하지만!"

수운이 고개를 끄덕이자 비천서는 울상을 하며 말을 잇지 못했다.

'저 여인이 사숙이 말씀하셨던 그 여인이었구나.'

사미는 가슴이 아렸다. 비천서의 행동을 보고 수운이 누구인지를 깨달은 것이다. 하지만 막상 현실로 다가오니 서 있는 것조차 힘들었다.

"조심해서 모셔주세요. 그분은… 천하를 위해 꼭 사셔야 합니다."

사미는 몸을 휙 돌리고 걸음을 옮겼다. 이에 호연삼과 흑사천주가 그녀의 뒤를 따랐다. 설을 보며 잠시 주저하던 사애도 입술을 질끈 깨물며 사미 쪽으로 뛰어갔다.

"당신 혼자 그분을 모실 수 있겠소?"

"저분 혼자가 아니에요. 사미 교주도 이를 알고 떠난 것이고요."

이제껏 말이 없던 구합려가 이한상을 보며 걱정스런 얼굴로 묻자 수운이 사미에게서 시선을 떼며 대신 답했다.

"그게 무슨 말씀이세요?"

남궁희수가 고개를 갸웃거리며 그녀 곁으로 다가왔다.

"과연 안목이 대단하십니다!"

창노한 음성과 함께 세 노인이 날아 내렸다. 은자삼로였다.

"그럼 부탁드릴게요."

수운은 은자삼로가 누구인지 묻지 않았다. 이들의 기운이 설의 것과 같음을 느꼈기 때문이다.

"그럼, 말씀은 나중에 나누기로 하고 저희는 이만 물러가겠습니다."

흑전의 말이 끝나기도 전에 이한상과 다른 이로가 날아올랐고, 흑전 역시 비천서에게 고개를 까딱해 보인 후 곧바로 지면을 박찼다.

"휴우! 도대체 뭐가 어떻게 돌아가는 건지."

남궁희수는 이마에 한 손을 얹고 수운을 힐끗 쳐다봤다. 하지만 수운은 말이 없었다. 지금은 수운으로서도 이 상황을 설명할 수 없었다.

"이제 우리도 가죠."

"어디로요?"

"이제 힘을 한데로 모아야 해요."

비천서가 눈을 깜빡이며 묻자 수운이 걸음을 옮기며 답했다.

그녀의 발길이 향한 곳은 좀 전에 사미가 떠난 그쪽이었다.

이한상은 쉬지 않고 달렸다. 은자삼로의 권유에도 도무지 멈출 생각을 하지 않았다. 만일 은자삼로가 달려들어 그의 혈도를 제압하지 않았다면 온몸의 진기가 모두 빠져나갈 때까지 달렸을 것이다.

"으음!"

긴 잠에서 깬 이한상은 나른한 눈동자로 주위를 둘러봤다.

"여기가 어디요?"

"흑산(黑山)."

흑산이라면 요녕의 성도인 심양에서 천여 리 정도 떨어진 산이었다.

자신이 은자삼로에게 제압당해 쓰러진 곳이 산해관을 막 넘어서였
으니 은자삼로는 자신과 설을 데리고 무려 삼천 리를 이동한 셈이었다.

"소주는 어디 계시오?"

"아직 깨어나지는 못하셨지만 빠른 속도로 회복하고 계시네. 그럼
이제 내가 물을 차례군. 지금 도대체 어디로 가는 건가?"

흑전은 이한상을 빤한 눈으로 쳐다보며 물었다.

"알고 있는 줄 알았는데……."

"역시 그곳이었나?"

이한상이 말끝을 흐리자 흑전이 굳은 얼굴로 되물었다.

"그렇소!"

"으음!"

이한상과 흑전의 대화를 들은 비강과 황억의 안색이 굳어졌다.

휘몰아치는 눈보라를 뚫고 장백산 정상에 도달한 이한상과 은자삼
로는 천지(天池)를 바라보며 잠시 걸음을 멈췄다. 방원 십 리, 둘레는
무려 삼십오 리에 달하며 용왕담(龍王潭)이라고도 불리는 천지는 장군
봉(將軍峯)을 비롯해 망천후, 백운봉, 청석봉 등 천 장 높이에 달하는
열여섯의 외륜산을 지닌 신지(神池)다.

"으음. 정녕 이곳에 건곤비가 있는 겐가?"

넋을 잃고 천지를 바라보던 흑전이 이한상에게 고개를 돌렸다.

"그렇소. 당신들은 더 가고 싶어도 갈 수 없을 테니 여기서 기다리시오. 그리고 주변에 조화천인들이 있을지 모르니 조심하시고."

이한상은 설을 번쩍 안아 들고 곧바로 걸음을 옮겼다.

"으음!"

은자삼로는 침음성을 삼켰다. 서너 걸음을 옮기던 이한상이 갑자기 연기처럼 사라졌기 때문이다.

"어찌 이런 일이!"

이한상이 사라진 곳으로 달려간 비강은 놀란 눈을 껌뻑이며 다른 은자삼로에게 고개를 돌렸다. 아무리 둘러봐도 이한상이 있던 곳은 여느 주변과 다를 바 없었기 때문이다.

"역시 사부님 말씀대로야. 그분께서 나와 소주를 인도하고 있어!"

은자삼로를 뒤로하고 걸음을 옮겼던 이한상은 눈앞에 나타난 현상에 놀라움을 금치 못했다. 막 다섯 번째 걸음을 내디딘 순간 눈앞에 하얀 빛이 번쩍였고, 이후 드러난 곳은 이전과 같은 천지이면서도 다른 곳이었다. 이전까지 보이던 은자삼로가 순식간에 사라져 버렸기 때문이다.

"음, 이제 어디로 가야 할지……."

이한상은 은자삼로가 있던 자리를 바라보며 중얼거렸다.

"장군봉에 올라야 합니다."

"깨어나셨습니까?"

설은 고개를 끄덕이며 이한상의 몸에서 내려왔다.

"천지절과 음양절을 동시에 펼쳐야 올 수 있는 세계입니다. 역시 예상대로 마무십삼절은 무공이 아니었군요.”

“무슨 말씀이신지?”

이한상은 설의 중얼거림에 고개를 갸웃거렸다.

“건곤의 무공은 사람을 해하기 위해 쓰는 무공이 아니라 선계에 들기 위한 방법일 뿐이라는 겁니다.”

설은 이한상의 의아함을 풀어주고 싶었다. 하지만 이한상의 눈은 여전히 의혹으로 물들어 있었다. 건곤의 문을 연 자가 아니면 아무리 설명한다 해도 알아들을 수 없는 내용이었기 때문이다.

“이제 당신의 정체를 밝힐 때가 된 것 같군요.”

“저는······.”

이한상은 잠시 주저하다가 다시 입을 열었다.

“우마사(右魔使)입니다.”

“우마사? 그렇다면 아버님을 보좌하던 그 천마쌍사 중 한 분이란 말씀입니까?”

설의 눈에 이채가 서렸다. 천마쌍사라면 이미 세수 백오십을 넘었을 것이다. 하지만 아무리 봐도 이한상은 백오십의 나이로 보이지 않았다. 물론 자신의 부친 천마대제도 사십이 채 안 된 나이로 보였었지만, 그것은 건곤지인이었기에 가능한 일이었다.

“저는 사부님께 우마사의 지위를 물려받았습니다. 제 몸에 흐르는 건곤지기도 사부께서 돌아가시기 전에 넘겨주신 것이지요.”

“그랬었군.”

설은 고개를 끄덕였다. 하지만 굳이 이한상이 입을 열지 않았더라도 설은 이미 그의 마음을 읽은 상태였다.

이제는 일월성신경이나 성신절을 끌어올리지 않아도 자연스레 이한상의 과거가 보였다. 전대 우마사는 죽기 직전 자신이 지닌 공력을 소모해 건곤지기를 만들었고, 이를 이한상에게 준 것이다. 하지만 그의 공력은 건곤지기를 만들기에는 턱없이 모자랐다. 그래서 이한상의 건곤지기는 미약하기 그지없었다.

"우마사는 내게 바라는 게 있군!"

설은 이한상의 마음에 담긴 염원을 읽고 피식 웃었다.

"그것을 어찌 아셨습니까?"

이한상은 놀란 눈으로 물었다. 비록 마음속에 지닌 바람이 있었다고 해도 설에게 그런 부탁을 할 생각은 전혀 없었다. 그의 바람은 설이 도저히 들어줄 수 없는 것이었기 때문이다.

하지만 설의 눈을 보자니 좀 전의 바람도, 질문을 던졌던 의아한 마음도 일거에 사라졌다.

'이분은 더 이상 인간이 아니야!'

이한상은 속으로 그렇게 결론 내렸다. 그렇게라도 생각하지 않으면 도저히 지금의 상황을 이해할 수가 없었다.

마치 꿈을 꾸듯 몽롱한 기분, 설의 눈을 볼 때면 발가벗고 있는 듯한 부끄러움이 일었다. 더욱이 같이 있는 것만으로도 설에게 자연스레 솟는 경외감. 이한상은 설에게 신성(神性)을 느꼈다.

"건곤지기를 나눠 줄 수는 있지만 그렇게 얻은 건곤지기는 함부로 사용하기 쉽지."

"……."

설의 말에 이한상의 얼굴이 금세 시무룩해졌다.

"물론 오랜 세월 각고의 노력 끝에 얻은 건곤지기도 올바로 사용하지 못하는 자들도 많지. 내가 당부하고 싶은 건 앞으로 얻게 될 힘을 좋은 일에 써달라는 거요.”

설의 말을 들은 이한상은 저도 모르게 고개를 끄덕였다. 그가 자신에게 건곤지기를 나눠 준다는 말 때문이 아니었다. 설의 음성을 들으면 들을수록 그의 말이 진리이며 반드시 이행해야 할 숙명이라 느꼈기 때문이다.

휘익……!

설이 이한상을 향해 한 손을 내젓자, 그의 손에서 미풍이 일며 이한상의 전신을 휘감고 지나갔다. 이에 이한상은 말로 표현 못할 감동에 젖었다.

전신을 휘감는 자연의 이치와 무리의 깨달음.

이한상은 그동안 자신을 감쌌던 벽이 순식간에 허물어짐을 느꼈다.

“지금 느낀 것은 타인의 성취를 엿본 것에 지나지 않소. 진정한 건곤지기를 원한다면 앞으로 더 많은 노력과 공을 들여야 할 거요.”

“…….”

설은 빙긋이 웃으며 몸을 놀렸다.

설이 건넨 건곤지기를 얻기 위해서는 이한상은 많은 시간이 필요할 것이다. 하지만 지금 설에게는 그를 기다려 줄 여유가 없었다.

설이 한 걸음을 내디디자 그의 몸이 대기를 뚫고 모습을 감췄지만 이한상은 설이 떠난 것도 모른 채 연신 중얼거렸다.

“저분께서 좋은 일에 쓰라 하신 말씀은 타인에게 피해를 끼치지 말며, 타인에게 피해를 주는 자들을 막아야 하며, 스스로를 위해 타인을 업신여기지 말며, 나아가 모든 욕심을 버리라는 뜻이다!”

설은 이한상이 은자삼로가 있던 천지를 벗어났던 것처럼 그와 있던 천지를 빠져나왔다. 차이점이 있다면 이한상은 본인의 의지와 상관없이 타인에 의해 인도됐지만 설은 스스로의 의지로 이동했다는 것이었다.

'건곤의 문을 연다는 의미는 공간을 초월한다는 뜻이다!'

어느새 설은 천룡성부의 건곤지체들과 싸우며 또 다른 경지에 도달해 있었다.

"모든 것을 안다 느낀 순간이 바로 스스로의 무지조차 모르는 자신을 발견하게 되는 순간일 것이다."

설은 나지막이 중얼거리며 고개를 들었다.

서 있는 곳이 장군봉 정상임을 확인한 그는 천천히 고개를 돌렸다.

오십대 중반쯤 되어 보이는 중년 문사가 인자한 미소를 머금고 설을 향해 걸어오고 있었다. 설은 그에게서 지난날 오대산에서 잠시 대화를 나눴던 노승의 기운을 느꼈다.

"하하하! 녀석, 오랜만에 보면서 인사 한 자락 없는 게냐?"

앞에 다다른 중년 문사는 유쾌하게 웃으며 설의 어깨에 팔을 올렸다.

"설마 날 몰라보는 건 아니겠지?"

중년 문사는 설을 보며 히죽 웃었다. 겉보기와 달리 무척 쾌활하고 천진난만한 성격인 모양이었다.

"내가… 너를 어떻게 잊을 수가 있겠어!"

설의 음성이 떨렸다. 그가 누구인지를 직감했기 때문이다.

"건아!"

설은 건, 아니, 지다성을 와락 껴안았다.

이에 지다성은 설의 어깨를 토닥이며 빙긋이 웃음을 머금었다.

"허! 이 녀석이 아직도 말투를 못 고치네! 이놈아, 내 나이가 지금 몇

인데 반말이냐? 네 아비도 내게는 쩔쩔매는 마당에……."

지다성은 눈시울이 붉어져 더 이상 말을 잇지 못했다.

"오냐, 녀석. 그래도 약속을 지킬 수 있어서 다행이군."

"약속?"

"내 반드시 널 기다리고 있겠다고 약속했잖느냐?"

"맞아, 그랬었지!"

설은 빙긋이 웃으며 고개를 끄덕였다. 어느새 마음을 가라앉힌 설은 지다성을 빤히 쳐다보며 천천히 입을 열었다.

"나는 네가 그때 죽은 줄 알았어."

"물론 그랬지. 나도 처음에는 그런 줄 알았으니까."

지다성은 설의 어깨에 팔을 걸치며 천천히 걸음을 옮겼다.

"깨어보니 네 부모가 있더구나. 나를 데리러 온 것이더군. 난 목숨을 잃은 게 아니라 진이 깨진 거였어. 천 년 동안 내 몸을 감싸고 있던 생사백호진이……."

지다성은 고개를 끄덕이는 설을 보며 다시 말을 이었다.

"그때 깨달았지. 천마폭에 있던 그 천마도의 글귀는 천마동을 찾는 열쇠이기도 했지만 건곤의 문을 여는 방법이라는 것을 말이야."

"답을 얻는 자, 버리면 문이 열릴 것이니!"

지다성은 설의 중얼거림을 들으며 크게 고개를 끄덕였다.

"바로 그거야! 역시 너는 내 기대를 저버리지 않았구나."

지다성은 설이 자랑스러웠다. 자신과 설이 서 있는 곳은 건곤비가 있는 곳이었다. 설이 이곳에 있다는 것은 건곤비에 들어설 자격, 즉 건곤의 문을 열었다는 뜻이었기 때문이다.

"너에게 내가 깨달은 사실을 미리 알려주었더라면 좀 더 일찍 만날 수 있었을 테지만 그 사실을 가르쳐 줄 수는 없었다. 왜냐하면……."

지다성은 설을 보며 잠시 미안한 표정을 지어 보였다.

"아무나 건곤의 문으로 들일 수 없으니까. 문을 열기 위해 수련하며 모든 욕심을 버리지 않는다면 신의 영역이 혼란에 휩싸이겠지."

설은 지다성의 말을 가로채며 고개를 끄덕였다. 신의 섭리는 참으로 오묘한 것이었다. 진정한 신의 힘, 신의 능력을 갖기 위해서는 선계에 들고자 하는 염원조차 버려야 한다니. 그렇게 모든 욕심에서 벗어난 자들이라면 결코 조화천과 같은 망상에 빠지지 않으리라.

"그런데 말이야. 건곤비에 들 수 있는 자격이라는 건… 어쩌면 신들의 이기심일 수도 있지 않을까?"

설이 천천히 고개를 들자 지다성이 머리를 가로저으며 입을 열었다.

"아니, 힘을 얻었다면 그만한 책임도 따르는 법이란다."

"약자를 보호하고 악인을 응징하는 사람들도 많아. 나는 건곤의 힘을 지닌 자들에게는 세상을 굽어 살피고 보호할 의무도 있다고 생각해. 하지만 모든 욕심을 버린다면 세상을 보호하려는 의지조차 버려야 할 것 같은데. 아닌가?"

"그렇지. 세상을 구하겠다는 마음, 그것도 욕심에 불과한 거야. 대부분의 인간은 기껏해야 백 년도 못산단다. 만일 사람이 생을 마감하는 것으로 모든 것이 끝난다면 얘기가 달라지겠지만, 그 후로도 많은 모습으로 살아가게 돼 있어. 그 짧은 순간을 지켜주기 위해 모든 것을 망칠 수는 없잖아. 안 그래?"

"모든 것을 망쳐?"

지다성은 설의 되물음에 잠시 주저하다가 천천히 입을 열었다.

"아직 그건 깨닫지 못했나 보군. 건곤지체가 된다는 건 자신을 자연의 일부로 만드는 신선술이야. 건곤지인은 자연과 완전히 융합되는 거고……. 모르겠냐?"

"뭘?"

설은 고개를 갸웃거렸다.

'건이는 지금 내게 뭔가를 말하고 있다. 그게 뭘까?'

갑자기 떠오른 생각이 설의 뇌리를 강타했다.

"그렇군! 신의 섭리! 넌 그게 인간에게만 적용되는 것이 아니라는 말을 하고 있는 거였어!"

설이 경악성을 터뜨리자 지다성이 크게 고개를 끄덕이며 말했다.

"맞아! 신은 인간만을 위한 존재가 아니야. 모든 만물을 위해 존재하고, 또한 모든 만물 그 자체지. 건곤의 문을 연다는 것도 따지고 보면 자연과 융화해 가는 과정에 지나지 않을 뿐이야."

설은 전신을 부르르 떨었다. 지다성의 말대로라면 이제껏 자신이 행한 모든 일은 자연의 일부에 지나지 않았다. 어쩌면 자신이 그토록 연민을 느끼는 인간은 자연에게 있어서는 해로운 존재일지도 모른다.

서로 죽고 죽이는, 자연을 파괴하는 것으로 자신들의 삶을 영위해 나가야 하는 존재들.

'결국 신이 인간들을 내버려 두는 건 인간이 아닌 세상을 보호하려는 것이었던가?'

설이 속으로 읊조리는 사이 지다성이 다시 입을 열었다.

"그렇다고 네가 생각하는 것처럼 신이 인간 자체를 외면하는 건 아니다. 인간은 다른 생물보다 강한 신성을 지녔지. 그건 선계에 드는 수많은 신선과 부처들의 대부분이 인간인 것만 봐도 알 수 있는 일이야.

신은 자신과 닮은 인간에게 가장 애착이 있으니까.”

“…….”

설은 묵묵히 지다성의 얘기에 귀를 기울였다. 자신이 지금껏 수련해 온 모든 깨달음은 인간의 기준에서 얻은 것일 뿐 세상 만물의 입장에서 본다면 아무것도 아니라는 생각 때문에 입이 떨어지지 않았다.

지다성은 그런 설을 물끄러미 바라봤다. 자신도 그와 같은 고민과 번뇌를 거듭했고, 결국 해탈에 이르렀다. 그런 과정은 누가 대신해 줄 수 있는 것이 아니다. 스스로가 깨닫고, 견뎌내야 하는 것이었다.

이윽고 지다성이 천천히 입을 열었다.

“산해경에는 건곤비가 있는 이곳 장백산을 불함산(不咸山)이라 기록해 놓고 있단다. 굳이 그런 말이 아니라도 건곤비가 예전부터 신과 인간을 연결시켜 주는 통로라는 것은 건곤지인이라면 누구나가 느끼고 있지. 그가 이곳으로 오기 전에 너를 만나 얼마나 다행인지 모른단다.”

“그게 무슨 소리지?”

설이 눈을 반짝이며 물었다.

“이제 네가 왔으니 건곤비를 통해 선계로 들어가자는 말이야. 네 부모도 그렇고 나도 그렇고 네가 오기만 손꼽아 기다렸다.”

“그럼 조화천은?”

“건곤비에 균열이 가기 시작했어. 서두르지 않으면 우리가 선계에 들기 전에 건곤비가 사라질지도 모른다.”

“내 말은 우리가 선계에 들면 누가 조화천을 막을 수 있냐는 거야.”

“…….”

지다성은 잠시 입을 열지 못했다. 설의 물음이 무엇을 뜻하지 모르지 않았지만 인간은 이미 넘어서는 안 될 선을 넘어버렸기 때문이다.

"조화천주는 이미 건곤의 문을 열 자격을 얻었다. 그가 건곤비를 열고 선계에 든다면 선계의 질서마저 깨질 거야. 이 때문에 건곤비는 사라질 수밖에 없는 거야. 그가 선계에 드는 것을 막기 위한 유일한 방법이니까."

"시간이 없다는 말이군."

설의 힘없는 음성에 지다성이 천천히 고개를 끄덕였다.

잠시 후 설이 지다성을 응시하며 입을 열었다.

"그럼, 가라. 난 남겠어."

"그, 그게 무슨 소리냐?"

"……."

지다성의 놀란 물음에 설은 대답하지 않았다.

설명할 수 없었다. 지다성은 이미 인간의 모든 감정을 버린 자였다. 그가 인간 세상에 남긴 미련은 오직 자신뿐.

"휴우! 그럼 일단 네 부모부터 만나라. 그 후에 다시 얘기하자."

지다성은 씁쓸한 표정으로 몸을 돌렸다. 그는 설의 마음을 읽었으나 이해하지 못했다. 설은 자신처럼 모든 인간의 감정을 버렸으나 또한 모든 감정을 지니고 있었다. 이런 일은 듣도 보도 못한 경우였다.

지다성은 아마 다른 건곤지인들과 달리 건곤지체를 타고난 설의 특이한 상황 때문이라 생각하며 느릿느릿 걸음을 옮겼다.

"건아, 난 자신이 없다. 내 일신을 위해 사랑하는 사람들을 외면할 자신이 없어."

설은 지다성의 등을 바라보며 중얼거렸다.

잠시 후 설은 지다성이 떠난 반대 방향으로 몸을 돌렸다.

한적한 텃밭이 보였다. 장백산은 온통 하얀 눈이 쌓여 백색 천지였
는데 유독 이곳만은 봄 냄새가 물씬 풍겼다.

"저어, 죄송한데 말씀 좀 여쭙겠습니다."

설은 한창 밭을 일구는 노인에게 물었다.

"그러시게."

허리까지 내려온 백발이 산신령을 연상케 하는 노인이었다.

"혹시 이곳에 기무라는 성을 가지신 분이 사시지 않습니까?"

"허허! 글쎄, 내 한평생 살며 그런 성씨는 들어본 적이 없네만."

설의 정중한 물음에 노인은 시큰둥한 얼굴로 고개를 저었다. 그러면
서도 부지런히 호미를 놀리는 그의 손길을 보아하니 설의 훼방이 달갑
지 않은 모양이었다.

"영감! 식사하시우."

설은 머리에 광주리를 이고 느릿느릿 다가오는 노파에게 고개를 돌
렸다. 역시 노인처럼 꽤 많은 나이로 보이는 모습이었다. 이에 노인은
들고 있던 호미를 아무렇게나 던지고 노파에게 걸어갔다.

"이보게, 젊은이. 아직 식사 전이면 이리 오시게."

"감사합니다, 어르신."

설은 노인의 부름에 환하게 웃으며 냉큼 달려갔다.

"그럼 잘 먹겠습니다!"

설은 노파에게 꾸벅 고개를 숙이고 노인과 함께 부지런히 젓가락을
놀렸다.

"정말 맛있네요!"

순식간에 밥을 두 그릇이나 해치운 설은 배를 두드리며 기분 좋은

웃음을 흘렸다.

"그렇게 맛있었나?"

이제껏 아무 말 없이 설의 얼굴만 힐끔거리던 노파가 다정하게 웃으며 물었다.

"예! 제가 먹어본 밥 중에 최고였어요."

설은 엄지손가락을 치켜세우며 크게 끄덕였다. 일월성신경을 익히며 곡기를 끊은 지가 언제인지조차 가물거렸지만 지금은 음식을 입에 댔다. 더욱이 그를 아는 사람들이 봤다면 놀라 자빠질 정도로 폭식이었다. 하지만 설은 오늘만큼은 그렇게 하고 싶었다. 그래야 할 이유가 있었다.

"그래, 찾는 사람이 누군가?"

노인이 물을 한 모금 들이키며 물었다.

"부모님을 찾고 있습니다."

"허허! 이런 곳에서 부모를 찾는다고?"

"부모님이 워낙 특이하신 분들이라서요."

노인이 어이없이 웃자 설은 피식 웃으며 노파를 힐끗 바라봤다.

"도대체 얼마나 특이하기에……."

"어려서부터 이상한 글들을 외워야 했습니다. 다른 아이들은 다 뛰어놀 때도 항상 미친 사람처럼 중얼중얼대야 했지요. 그리고 식사 시간은 언제나 인시(寅時)였습니다. 그리고 나중에는 아예 저만 남겨놓고 떠나신 모진 분들이셨지요."

"허! 참으로 몹쓸 부모로군!"

"저는 그렇게 생각하지 않습니다. 물론 때로는 원망도 했었지만 지금은 그분들이 이해됩니다."

노인이 인상을 찡그리며 혀를 차자 설이 피식 웃으며 고개를 저었다.

"흐음, 정말 그렇게 생각하나?"

"네!"

설은 힘껏 고개를 끄덕이며 자리에서 벌떡 일어났다.

"죄송하지만 이만 가봐야겠습니다. 친구들이 기다리고 있어서요."

"벌써 가려고? 그러지 말고 우리와 같이……."

노파가 다급히 손을 뻗자 노인이 고개를 저으며 그녀의 말을 막았다. 하지만 노파는 설을 바라보며 애원조로 다시 입을 열었다.

"그러지 말고 며칠이라도 더 묵고……."

"아닙니다. 따뜻한 밥 한 끼 차려주신 것만으로도 충분합니다."

설이 미안한 얼굴로 고개를 저었다.

"두 분을 뵈니 제 부모님도 잘 계실 것 같습니다. 부모님은… 나중에 반드시 찾겠습니다. 그럼, 두 분 건강하십시오!"

"……."

설은 노부부에게 큰절을 올렸고, 둘은 착잡한 표정으로 그의 절을 받았다.

"참! 지다성이라는 분이 찾아올지도 모르겠습니다. 그분이 오시면 그동안 감사했다고, 더 이상 기다리지 않으셔도 된다고 전해주십시오."

"그 말만 전하면 되나?"

"……."

잠시 주저하던 설은 고개를 끄덕이며 곧바로 몸을 돌렸다. 성큼성큼 걸음을 옮기는 그의 모습에는 한 점 망설임도 없었다.

"잘 가시게!"

노파의 인사에 설이 몸을 돌리고 손을 흔들었다. 다시 걸음을 옮기는 설의 뒷모습을 보는 노부부의 눈가에 미미한 경련이 일었다.

"왜 말하지 않았나?"

노부부의 뒤에 소리없이 나타난 지다성이 의외라는 눈빛으로 물었다.

"말 안 해도 설이는 알고 있습니다."

입을 여는 노인의 모습이 조금씩 변해갔고, 그의 곁에 서 있던 노파도 어느새 삼십대 초반의 여인으로 화해 있었다.

천마대제 기무규와 환무칠절 염화숙, 설의 부모였다.

"선계에 들면 우리는 설이를 기억할 수 없을 걸세."

"알고 있습니다. 그래서 기다렸으니까요."

기무규가 고개를 끄덕이자 지다성이 다시 물었다.

"그럼 함께 입적하지 않으면 기억을 공유할 수 없다는 말도 하지 않은 겐가?"

"……."

기무규는 말없이 웃으며 고개를 저었다.

"허! 자네들 도대체가……."

지다성은 어이없었다. 자식이나 부모나 도무지 이해가 가지 않았다.

벌써 선계에 들었어야 할 사람들이 건곤비가 깨질지 모른다는 위험까지 감수하며 기다렸던 아들을 붙잡지 않은 것이다.

그렇게 한동안 세 사람은 말이 없었다.

기무규와 염화숙은 지금 이렇게 설을 떠나보내면 부모로서 맺었던 모든 인연이 끝나 버린다는 것을 알기 때문이었고, 지다성은 자신의 유일한 벗이자 제자이며 자식과도 같은 설에 대한 모든 기억을 잊을 수밖에 없다는 사실이 안타까웠기 때문이다.

"이제 정말 갈 때가 된 것 같군."

"그래야겠죠."

잠시 말이 없던 기무규는 염화숙을 보며 엷은 미소를 보냈다. 이에 염화숙은 살며시 미소를 지었다.

"허허허! 결국 이렇게 되고 말았군."

지다성은 그들을 보며 착잡한 표정으로 고개를 저었다.

순간 삼 인의 몸이 서서히 흐려지기 시작했다.

넋이었다.

아니, 그들은 한 줌 바람이었다.

*   *   *

'제길! 결국 사지로 뛰어들게 됐군.'

전풍은 오대산을 바라보며 속으로 투덜댔다. 겸추는 자신의 상권을 가지고 협박했다. 그것만 아니었으면 그는 결코 오지 않았을 것이다. 하지만 전풍은 동행한 이들이 누구인지를 확인하자 내심 안도했다. 불성 혜원, 천수무궁 당상화, 철혈방주 마충, 그리고 천룡 풍랑.

'이들은 정도 최고의 고수들. 더욱이 아들을 사지로 내몰 아비는 없다. 하지만 그건 갈천혁이 있는 곳까지 들키지 않고 갔을 때 얘기.'

선두에 선 풍랑이 한 손을 들어 올리자 그 뒤를 바짝 쫓던 사 인이 곧바로 몸을 숙이고 숨을 죽였다.

잠시 지도를 살피던 풍랑이 다시 이동하기 시작했다.

사사삿……!

그들이 신법을 펼치자 바람이 풀잎에 스치는 소리 외에는 아무것도 들리지 않았다. 오대산에 잠입해 이런 식으로 이동한 지 오 일.

전풍의 우려와 달리 그들은 아무런 제지도 받지 않고 갈천혁이 있는 곳까지 다다를 수 있었다. 불가능에 가까운 일을 해낸 것이다.

"맹주의 말씀대로라면 저곳에 명왕궁주가 있을 것입니다."

"일단 대기하세요."

풍랑은 철혈방주의 전음에 고개를 끄덕이며 전방을 주시했다.

'이상한 일이군. 매복이 없다.'

풍랑은 잠시 고민했다. 명왕궁주의 거처 주변에 매복에 없다는 의미는 매복한 적들이 자신들에 전혀 뒤지지 않을 정도의 월등한 실력을 갖추고 있거나 경계무사를 일부러 두지 않은 둘 중 하나였다.

'그렇다면 끌어내는 수밖에……'

풍랑은 살 수 있는 확률을 조금이라도 높이려면 명왕궁주를 유인해야 한다고 판단했다.

풍랑은 힐끗 고개를 돌려 함께 온 고수들을 둘러봤다. 딱히 명왕궁주를 유인해 올 마땅한 인물이 눈에 들어오지 않았다.

'아무래도 내가 나서는 게 낫겠어!'

풍랑이 입술을 질끈 깨물며 일어날 때였다.

"하하하! 의외군. 맹주가 이런 수를 둘 줄은 몰랐어. 정말 의외야."

풍랑은 앞에 선 사내가 갈천혁임을 확신했다.

저런 기도를 내뿜는 사내는 갈천혁뿐이 없으리라.

풍랑의 주변에 있던 고수들이 삽시간에 앞으로 달려나갔다.

채채챙!

갈천혁은 그들의 공격을 막으며 풍랑에게 힐끗 고개를 돌렸다.

'흠! 낯이 익군.'

갈천혁은 고개를 갸웃거리며 주변을 감쌌던 네 명의 고수에게 손을 크게 휘둘렀다. 이에 사 인은 숨 막히는 압경에 급히 뒤로 물러섰다.

"만천화우(滿天花雨)!"

파라라라락!

천수무궁 당상화의 입에서 대갈일성이 터져 나왔다.

급회전하고 있는 당상화의 몸에서 끊임없이 쏟아져 나오는 암기들.

하지만 갈천혁은 이를 피하지 않고 한 손을 쭉 뻗었다.

퍼퍼펑!

당상화의 암기들은 갈천혁의 몸에 닿기도 전에 모두 터져 나갔다.

푸악!

당상화는 울컥 피를 토했으나 그 피가 채 입으로 쏟아지기도 전에 온몸이 부서졌다.

"크억!"

불성 혜원과 철혈방주 마층은 동시에 신음성을 흘렸다. 당상화를 먼지로 만든 건곤지기에 가슴이 뚫린 것이다.

"어찌 이런 무공이……."

불신의 기색이 역력한 그들의 눈은 점점 균열이 가기 시작했다.

일수유가 지나기도 전에 정도의 절정고수 셋이 당하는 것을 본 풍랑은 속으로 치를 떨었다.

"오라!"

갈천혁은 피식 웃으며 고개를 돌렸다. 슬금슬금 뒷걸음질치는 전풍은 전혀 신경 쓰지 않았다. 일단 풍랑을 제압해 확인해야 할 일이 있었기 때문이다.

"겁을 먹은 것이냐?"

갈천혁의 고소를 들은 풍랑은 눈썹을 꿈틀하며 곧장 몸을 날렸다.

순간 갈천혁과 맞섰을 때 행하라는 겸추의 말이 떠올랐다.

"내 이름은 풍랑(風浪)!"

후아악……!

풍랑은 제 이름을 외치며 천룡통천후를 발휘했다. 이에 갈천혁이 몸을 흠칫 떨었다.

'풍랑이라……. 네가 랑이란 말이냐?'

퍼억!

갈천혁의 가슴 정중앙으로 풍랑의 건곤지기가 작렬했다.

"하하하! 기대 이상의 성취를 이뤘구나!"

갈천혁은 크게 웃으며 고개를 들었다. 숨을 헉헉 몰아쉬는 풍랑의 모습이 들어왔다. 전신의 건곤지기를 모두 쏟아내어 서 있기도 힘든 상태였지만 풍랑은 꿋꿋이 견뎌내고 있었다.

'녀석, 많이 컸구나.'

갈천혁은 흐뭇했다. 풍랑은 걱정했던 것과 달리 훌륭하게 자라주었다. 갈천혁은 문득 조화천주가 찾아왔던 삼십 년 전의 일이 떠올랐다.

그는 여의신궁으로 찾아와 자신의 자식을 데리고 갔었다. 갈천혁이 잠시 자리를 비운 틈을 타 젖도 안 뗀 아기를 훔쳐 간 것이다.

겸추에게 풍랑을 맡긴 조화천주는 이를 갈천혁에게 통보했고, 결국 갈천혁은 천지겁에 뛰어들 수밖에 없었던 가슴 아픈 과거였다.

'하지만 이 싸움은 내가 이긴다! 명정공은 어떤 건곤의 무공보다 월등하니까. 천룡통천후는 상대가 되지 않아!'

갈천혁이 피식 웃으며 명정공을 극대로 끌어올리자 그의 가슴에 박혀 있던 건곤지기가 천천히 뽑혀져 나왔다.

투둑!

"도대체가!"

풍랑이 경악성을 터뜨리는 사이 갈천혁의 몸에서 떨어져 나온 건곤지기는 지면에 부딪치며 이내 먼지로 화했다. 하지만 갈천혁은 그저 웃기만 할 뿐 풍랑을 향해 이렇다 할 행동을 취하지 않았다.

"랑아! 그동안 못난 아비를 둬서 고생이 많았구나."

"무슨 헛소리냐?"

풍랑은 갈천혁을 바라보며 얼굴을 찡그렸다.

"하하하! 아비에게 할 소리는 아닌 것 같구나."

"……."

풍랑은 갈천혁의 씁쓸한 미소를 보며 입을 다물었다. 전혀 말도 되지 않는 소리였지만 갈천혁이 미치지 않고서야 지금 상황에서 어찌 저런 소리를 내뱉을 수 있을까 하는 생각에 의혹이 솟구쳤다.

"나의 부친은 천룡성부주이시자 현 무림맹주이신 겸추 대협이시다!"

풍랑은 또박또박 말을 뱉었다. 그의 말을 들은 갈천혁이 일순 안색을 찌푸리며 고민했다.

'지금 아무리 말해 봤자 믿지 않을 터. 일단 발부터 묶어놔야겠군.'

마음을 정한 갈천혁은 곧바로 풍랑을 향해 성큼성큼 걸음을 옮겼다.

"물러서라!"

풍랑은 버럭 고함을 지르며 주춤주춤 뒤로 물러섰다. 다가오는 갈천혁을 향해 날릴 건곤지기도 남아 있지 않았을뿐더러 도무지 그를 해하고자 하는 마음이 생기지 않았다. 풍랑은 이런 자신의 심정에 크게 당황했다.

'나는 겸풍랑이다! 저자의 말은 사실이 아니야!'

풍랑은 속으로 강하게 고개를 저으며 주먹을 와락 움켜쥐었다.

"물러서라고 했다!"

파아앙!

풍랑의 입에서 천룡통천후가 터져 나왔다. 남은 힘을 모두 쥐어짠 마지막 일격. 이를 본 갈천혁은 피식 웃으며 슬쩍 손을 들어 올렸다.

파팡!

풍랑의 건곤지기를 튕겨내는 순간 갈천혁의 등 뒤로 건곤지기가 날아들었다.

"이것은!"

퍼억!

갈천혁은 급히 허리를 틀었으나 건곤지기에 옆구리를 내주고 말았다. 극심한 통증, 그리고 서서히 굳어가는 몸. 풍랑의 것과는 비교도 안 되는 건곤지기였다.

"저런! 괜찮나?"

겸추가 비릿한 미소를 머금고 날아 내렸다.

"으음! 당신의 비열함은 끝이 없군."

"비열하다니. 이건 어디까지나 치밀한 전략일 뿐이라고. 후후후!"

겸추가 피식 웃으며 대답하자 갈천혁은 망연자실한 얼굴로 서 있는 풍랑에게 시선을 옮겼다.

"저 녀석을 살려달라면 무리한 부탁인가?"

"난 그러고 싶지만 그건 내가 결정할 사항은 아닌 것 같군."

"그래도 삼십 년간 아들로 키웠던 녀석이지 않소!"

겸추가 설레설레 고개를 젓자 갈천혁이 눈썹을 꿈틀하며 소리쳤다.

"그 이유는 저승에 가면 내 딸에게 물어보게. 하하하!"

겸추는 통쾌하게 웃으며 곧바로 몸을 돌렸다. 이를 모두 지켜본 풍랑은 머리 속에 아무런 생각도 들지 않았다. 그저 멀어져 가는 겸추의 뒷모습만 물끄러미 바라볼 뿐.

"이건 아니야! 이건 아니라고!!"

털썩 주저앉은 풍랑은 제 머리를 붙잡고 세차게 고개를 저었다.

그때 갈천혁을 발견한 천뇌가 경악성을 터뜨리며 달려왔다.

"궁주!"

하지만 맞은편에 서 있는 풍랑에게 시선을 고정하고 있던 갈천혁은 천뇌가 왔다는 사실조차 모르는 듯 보였다.

"누가 감히!"

천뇌는 갈천혁의 팔을 잡고 어깨를 부르르 떨었다.

"겸추가 다녀갔네. 하지만 그는 나를 너무 과소평가했어."

갈천혁은 씨익 웃으며 명정공을 끌어올렸다. 큰 부상이긴 했지만 명정공을 극성으로 익힌 갈천혁에게는 회복이 불가능한 것도 아니었다.

"그보다 저 녀석을 좀 이리로 데리고 와주……."

퍼어억!

갈천혁의 머리가 홱 돌아갔다.

"죄송합니다, 궁주. 하지만 죽어주시려면 좀 더 확실하게 죽으셔야 합니다. 궁주가 살아나시면 조화천에 혼란만 야기될 뿐입니다."

갈천혁의 두개골에서 손을 뺀 천뇌는 풍랑을 힐끗 쳐다보며 허벅지에 손을 스윽 문질렀다.

"안됐지만 너도 네 부친을 따라가야겠다."

천뇌는 느릿느릿 걸음을 옮겼다. 하지만 풍랑은 덜덜 떨며 움직이지 못했다. 그저 갈천혁의 몸이 미세한 먼지로 부서져 나가고 이내 그의 옷만 덩그러니 남는 것을 바라볼 뿐이었다.

"나는 겸풍랑이야. 나는 천룡 겸풍랑이라고!"

풍랑은 극심한 혼란을 느끼며 주춤주춤 뒤로 물러섰다. 이를 본 천뇌는 눈살을 찌푸리며 천천히 손을 들었다.

"그자는 놔둬!"

막 풍랑에게 손을 쓰려던 천뇌는 낯선 음성에 고개를 획 돌렸다.

"누구냐?"

천뇌는 정면에 선 날카로운 인상의 사내를 보고 크게 놀랐다. 일면식도 없는 사내에게서 낯익은 기운이 느껴졌기 때문이다.

"처, 천주!"

"후후후! 이름값은 하는군."

제갈명은 비릿한 미소를 머금고 고개를 끄덕였다.

제갈망의 조언은 그에게 엄청난 도움이 되었다. 제갈세가의 지하 장원에서 뛰쳐나온 제갈명은 곧바로 세가의 가솔들을 상대로 천룡통천후를 펼쳐 그들의 기운을 빨아들였다. 친 혈육들을 재물로 삼는다는 게 조금 걸리긴 했지만, 아직은 세상에 자신의 존재를 알리고 싶지 않은 마음이 더 컸다. 더욱이 조용하고 은밀한 일 처리 장소로는 수많은 기관진식이 펼쳐져 있는 제갈세가만한 곳도 드물었다.

그리고 천륜을 버린 대가는 엄청났다. 세가에 남아 있던 가솔들을 채 반도 없애기 전에 천룡통천후를 극성 성취한 것이다. 하지만 남은 식구들을 살려둘 수는 없는 노릇. 결국 제갈명이 움직인 지 채 한 시진이 못 되어 제갈세가의 가솔들은 모두 먼지로 화했다.

이후 제갈명은 세가를 빠져나와 소오대산으로 달렸다. 천룡통천후의 극성 성취를 이뤘으니 한시라도 빨리 조화천주의 힘을 받고 싶었다.

천룡통천후의 힘을 거머쥐게 되자 도대체 조화천주의 힘은 어느 정도일지 미치도록 궁금했고, 천하제일의 고수 열이라도 단 일 수에 날려 버릴 수 있을 것 같은 이 힘이 고작 조화천주의 힘을 받기 위한 준비 단계라는 사실에 피가 끓었다.

'신의 힘! 숙부 말처럼 나는 조화천주를 통해 신이 되는 거야!'

제갈명은 걸음을 서둘렀다. 바람보다 빨리, 소리보다 빨리… 하지만 소오대산이 가까워질수록 점점 그의 속도가 줄어들기 시작했다.

빨아들였던 건곤지기가 점점 사라져 갔기 때문이다. 당황한 제갈명은 이동을 멈추고 주변에 보이는 야산으로 들어갔다. 천룡통천후를 운용하자 주변에 있는 나무와 풀, 그리고 꽃과 같이 산의 정기를 담은 모든 사물에서 건곤지기가 몰려들었다. 지하 장원에서 수련할 때보다 훨씬 빠르고 많은 양의 건곤지기였지만 이미 절대의 힘을 느껴본 제갈명의 갈증을 해소하기에는 턱없이 모자랐다.

"인간의 고통과 공포가 필요해!"

제갈명은 양손으로 제 목을 잡고 고통스럽게 몸부림쳤다.

"사람이다!"

파앗!

제갈명은 인기척을 느끼고 곧바로 몸을 날렸다. 생각이 채 끝나기도 전에 그는 이미 행인의 목을 거머쥐고 있었다. 나물을 캐러 산에 들어온 재수 옴 붙은 아낙이었다.

"사, 살려주… 으윽!"

제갈명은 실핏줄이 툭툭 불거져 나오는 그녀의 눈알을 보자 빨아먹고 싶은 충동을 느꼈다. 천룡통천후라면 굳이 그런 추악한 행위를 하지 않아도 그녀의 정기와 잠재된 건곤지기를 흡수할 수 있었으나 제갈명은 주체할 수 없는 호기심이 일었다.

'난 더 이상 인간이 아니다. 그러니 내가 이 여인을 먹는 건 인간들이 돼지나 소를 먹는 것과 다를 바가 없다!'

어적!

제갈명은 기어코 그녀의 눈알을 뽑아 한 입 베어 물었다. 비릿한 냄새가 코끝을 자극했지만 그런대로 참아줄 만했다.

"으아아악!"

아낙은 고통에 몸부림쳤다. 하지만 그녀의 고통과 공포가 크면 클수록 제갈명은 더욱 기분이 좋아졌다. 그녀가 격해지면 격해질수록 몸속에 잠재된 기운들이 반사적으로 튀어나오기 시작했고, 이는 제갈명이 그녀의 정기를 흡수하는 것을 더욱 수월하게 만들어줬다.

"역시 건곤지기를 흡수할 수 있는 가장 좋은 대상은 인간이었군!"

제갈명은 크게 고개를 끄덕이며 여인을 집어 던졌다. 하지만 이미 온몸에 정기가 빨린 여인은 대기와의 마찰에도 잘게 부서지는 먼지에 지나지 않았다.

"조화천주를 만나는 건 일단 보류!"

제갈명은 이전보다 한결 느긋해진 표정으로 천천히 걸음을 옮겼다. 그는 자신이 지금껏 흡수한 건곤지기가 한시적이라는 사실을 깨달았다. 나아가 제대로 된 건곤지기를 얻으려면 직접 수련을 하거나 건곤지기를 지닌 사람들에게서 흡수해야 함을 어렵지 않게 유추했다.

그러던 차에 조화천주의 심령어가 들렸다. 갈천혁의 건곤지기를 취하라는 내용이었고, 이를 들은 제갈명은 흔쾌히 오대산으로 발길을 돌렸다. 자신과 몸을 공유해야 하는 조화천주의 말은 틀림없는 사실일 것이다.

"아니면 말고. 어차피 널린 게 사람이잖아. 후후후!"

잠시 제갈명과 눈이 마주쳤던 천뇌는 오금이 저렸다. 갈천혁에게서도 이런 위압감은 느껴본 적이 없었다.

공포. 천뇌는 제갈명에게 극심한 공포를 느꼈다.

'그렇군! 이자는 천주가 아니라 그분의 전인이었어.'

천뇌는 속으로 고개를 끄덕이며 천천히 입을 열었다.

"그럼 저는 이만 물러가겠습니다."

"아쉽군."

"예?"

"아니야. 가봐!"

천뇌가 고개를 갸웃거리며 되묻자 제갈명은 입맛을 다시며 손을 저었다. 이에 천뇌는 허리를 숙이며 곧바로 물러났다.

천뇌를 바라보던 제갈명의 눈이 찰나지간 빛을 발했다.

'천뇌! 넌 조만간 갈천혁의 기운을 흡수하지 못하게 만든 대가를 치르게 될 거야!'

천뇌에게서 시선을 뗀 제갈명은 풍랑을 물끄러미 바라봤다. 예전에는 부러움과 질시의 대상이었던 풍랑이 지금은 하찮게 보였다. 더욱이 바람 빠진 가죽공 마냥 주저앉아 있는 저 상태로는 천룡통천후를 익히기 전의 자신에게도 일초지적이 안 될 것이다.

"호오! 생각보다 괜찮은데!"

풍랑에게 다가온 제갈명은 탄성을 내질렀다.

"그게 무슨 소리냐?"

"네가 지닌 건곤지기 말이다."

"건곤지기?"

풍랑이 되묻자 제갈명은 고소를 머금고 다시 입을 열었다.

"됐다! 모르는 게 더 나을 수도 있지."

제갈명은 슬며시 천룡통천후를 일으켰다. 이를 본 풍랑의 눈이 살짝 흔들렸다.

"자네가 어찌 천룡통천후를……!"

"그런 건 알 거 없고, 건곤지기만 얌전히 내놓으면 고통없이 죽여줄 수도 있다. 어때?"

"으음!"

풍랑은 침음성을 삼켰다. 제갈명과 몇 번 대면한 적이 있었던 풍랑은 오늘의 그가 무척 낯설게 느껴졌다.

"하나만 묻지."

"뭔데?"

제갈명은 은근히 짜증이 났다.

"혹시… 내 성을 알고 있나?"

"후후후! 이제 보니 참 한심한 자식이었군. 네가 명왕궁주의 아들이 아니라면 그가 너를 살려뒀을 것 같으냐?"

"……."

"멍청한 자식!"

제갈명은 입을 다문 풍랑을 보며 설레설레 고개를 저었다. 갈천혁과 풍랑에 얽힌 사연은 모른다. 알고 싶지도, 궁금하지도 않았다. 하지만

앞뒤 상황을 보면 풍랑은 갈천혁의 아들이 맞았다. 다른 건 차치하고
판으로 박은 것처럼 훤칠한 외모만 봐도 알 수 있었다.
　"잘 써주마!"
　슈우욱……!
　제갈명의 손이 공기를 갈랐다.

◆ 第五章 ◆
건곤흡기 공을 익힌 자들

형문산 중턱을 오르는 삼 인의 몰골은 말이 아니었다. 누군가에 쫓기는 듯 연신 뒤를 돌아보며 바쁘게 걸음을 놀리는 그들은 온몸이 땀으로 흠뻑 젖어 있었다.

"허억, 허억! 형님, 좀 쉬었다 갑시다."

소리비도 적개가 거친 숨을 몰아쉬며 그 자리에 털퍼덕 주저앉았다.

"쯧쯧! 죽으려고 환장을 했군. 어서 일어나게!"

철혈객 마융이 눈썹을 찌푸리며 그에게 버럭 소리를 질렀다.

하지만 적개는 이에 아랑곳하지 않고 두 눈을 질끈 감았다.

"자네, 벌써 소춘 아우가 어찌 당한지 잊은 건가?"

마융의 말에 적개는 어깨를 움찔 떨었다. 동행하던 사독 진소춘이 손 한번 써보지 못하고 즉사하는 것을 두 눈으로 똑똑히 봤기 때문이다. 지금 자신들이 도망치는 이유도 진소춘을 죽인 자의 손아귀에서 벗어나기 위함이었다.

"제 생각에도 일단 진기를 회복하고 다시 출발하는 것이 좋을 것 같습니다."

"에잇! 우리가 어쩌다가 이 지경이 된 거야!"

이제껏 잠자코 있던 냉면수 이적이 조심스레 입을 열자 마웅도 더는 닦달하지 못하고 그 자리에 털썩 주저앉았다. 그는 착잡했다.

수년 전 유림의 멸문을 목도한 뒤 부랴부랴 중원으로 돌아온 자신과 다른 아우들은 시간이 지날수록 더욱 의기투합했고, 사독 진소춘의 권유로 만독곡에 식객으로 머물렀다. 그때까지는 좋았다. 만독곡의 대접도 극진했고, 넷이 함께하고 있으니 감히 어느 누구도 시비를 걸지 못했으니까. 그래서 이참에 넷이서 문파 하나 만들어보자는 제안까지 나왔을 정도였다. 하지만 그들의 상황은 점점 엉뚱하게 흘러갔다.

만독곡이 모용세가를 멸문시켜 버린 것이다. 모용세가를 멸문시킬 때는 차마 앞으로 나설 수 없어 뒤에서 은밀히 만독곡을 도왔지만, 만독곡이 속한 단체가 명왕궁이고 그 명왕궁이 천지겁을 일으켰을 때는 하늘이 노래졌다. 결국 그들은 자신들의 보금자리로 돌아가지 못했고, 어쩔 수 없이 명왕궁에 몸을 의탁해야 했다. 하지만 전세는 점점 무림맹 쪽으로 기울었고, 명왕궁에서 빠져나온 그들은 졸지에 쫓기는 신세로 전락해 버린 것이다.

"휴우! 그 비급을 익히는 게 아니었는데……."

이적의 한숨 섞인 음성에 마웅과 적개는 풀 죽은 안색으로 고개를 숙였다. 그냥 조용히 은신하고 있기만 했어도 이 지경까지 되지는 않았을 테지만 융중산에서 우연히 만난 중년 서생의 유혹은 너무도 달콤했다.

그가 천외천의 무공인 천룡통천후를 던지고 갔기 때문이다. 처음에는 의심했지만 비급을 면밀히 검토해 본 결과 사 인은 그 비급이 천룡통천후라는 데 의견을 일치했다. 이에 그들은 뛸 듯이 기뻐하며 융중산에서 비급을 익히기 시작했고, 그로 인해 오늘과 같은 위기 상황에 처하게 된 것이다.

"커억! 인간……!"

"쯧쯧! 또 시작이군."

온몸을 떨며 절규하는 적개를 본 마융은 설레설레 고개를 저었다. 적개는 지금 천룡통천후를 익힌 부작용을 겪고 있었다. 이를 곁에서 지켜보던 이적이 지금껏 참았던 말을 내뱉었다.

"우리 이쯤에서 찢어지는 게 좋을 것 같습니다."

"그게 지금 무슨 소린가?"

마융이 인상을 찡그리며 되묻자 이적이 적개를 가리키며 말했다.

"적개 형님이 안 되긴 했지만 이러다가는 다 죽습니다. 그자는 우리 셋이 힘을 합친다고 해서 상대할 수 있는 인간이 아니잖습니까?"

"으음!"

마융은 침음성을 삼켰다. 이적의 말대로 자신들을 쫓고 있는 상대는 구파의 장문인들이 모두 힘을 합쳐도 상대하기 힘든 존재였다.

그런 절세고수가 왜 진소춘을 죽이고 자신들을 쫓는지 도무지 이해가 가지 않았다. 물론 명왕궁에 가입했던 죄가 있긴 하지만 그것 때문에 그 노인네가 장강을 넘어 이곳 형문산까지 쫓아올 일은 아니라는 생각 때문이었다. 그 정도의 고수라면 명왕궁의 수뇌들을 쳐야 옳지 결코 자신들 같은 피라미를 따라올 일이 아니었다.

"할 수 없지. 그렇게 하세."

마웅은 힘겹게 고개를 끄덕이며 자리에서 일어났다.

"그럼 먼저 가겠습니다. 나중에 다시 뵙지요."

이적은 마웅의 허락이 떨어지기가 무섭게 서둘러 자리를 떴다. 마웅은 그의 뒷모습을 착잡하게 바라보다가 적개에게 힐끗 고개를 돌렸다.

"자네에게는 미안하지만 어쩔 수 없군. 부디 살아서 다시 보세."

마웅도 곧바로 몸을 날렸다.

"으으……!"

땅바닥에 누워 신음성을 흘리던 적개는 피가 나도록 입술을 베어 물며 고통스러워하다가 자리에서 벌떡 일어났다.

"인간이 필요해!"

파앗!

적개는 눈을 빛내며 엄청난 속도로 움직였다. 좀 전에 떠난 마웅이나 이적과는 비교도 안 될 빠름이었다.

"흐음!"

적개가 떠나고 얼마 안 있어 사뿐히 내려앉은 노인은 주변을 빙 둘러보며 안색을 찌푸렸다. 청아자였다.

"괴이한 일이군. 건곤지기를 지닌 것은 분명한데 이를 모르고 있다니. 하지만 설이와는 전혀 다른 기운이야!"

청아자는 수심이 가득한 얼굴로 좀 전 적개가 웅크리고 있던 자리를 유심히 살폈다. 기억이 맞다면 융중산에서 자신의 일장에 맞아 죽은 사내는 만독곡주의 사질인 사독 진소춘이 틀림없을 것이다. 또한 그와 함께 있던 이들도 무림에서 이름깨나 알려진 고수들이 분명했다. 하지만 그자들이 건곤지기를 지니고 있는 것은 도무지 이해할 수 없었다.

"엄청난 살성이 잠재된 건곤지기. 삼 갑자의 공력을 쌓아 얻은 게 아니야.”

청아자는 확신했다. 설에게 들은 내용과 지금껏 폐관 수련을 통해 얻은 깨달음으로 봤을 때 자신이 쫓고 있는 삼 인은 변칙적인 방법으로 건곤지기를 쌓고 있음이 틀림없었다.

“백 장 밖!”

멀리서 아득하게 들려오는 비명성을 들은 청아자는 지면을 박차고 날아올랐다.

“으아악……!”

“이보시오!”

청아자는 피맺힌 절규를 토하는 장한을 향해 달려갔다.

스스슷……!

하지만 장한은 청아자의 손길이 채 닿기도 전에 먼지로 흩어졌다.

“헛! 도대체가 이런 빠름이라니.”

장한의 머리에 손을 얹고 진기를 흡수하던 적개를 보고 막 내려섰던 청아자는 이미 적개가 시야에서 사라졌음을 깨닫고 아연실색했다.

“드디어 살성이 폭발하기 시작했군. 서둘러야겠어!”

청아자는 곧바로 경신법을 전개했다. 하지만 청아자는 자신이 목도한 참극이 중원 각지에서 일어나고 있음은 미처 모르고 있었다.

“사숙은 아직인가요?”

“장백산에 들어가면서부터는 그분의 기운을 감지할 수가 없네요.”

수운이 고개를 가로젓자 사미는 수심 어린 눈으로 다시 물었다.

“그래도 무사하시겠죠?”

“그럴 거예요. 너무 걱정 마세요.”

사미는 수운의 말에 다소 안심이 되는지 살며시 고개를 끄덕이다가 천천히 입을 열었다.

"사숙모님 말씀대로 명왕궁과 무림맹은 마지막 일전을 준비하고 있어요. 아마 조만간 천지겁이 종식되겠지요. 그런데 왜 벌써 조화천이 움직이기 시작한 걸까요?"

"……."

사미의 물음에 수운은 잠시 입을 다물고 생각에 잠겼다. 사미가 묻는 것은 근래 일어나는 일련의 실종 사건을 말하는 것이었다. 마도고수들이 은밀히 중원으로 나가 조사에 착수했고, 남궁희수도 비마각을 동원해 정보 수집에 여념이 없는 희대의 실종 사건. 하지만 사종달 등이 직접 움직이고, 비마각의 전 세력을 동원해도 아무 소득이 없었다.

"제 생각도 그래요. 지난 백 일간 실종된 인원이 천여 명에 육박해요. 조화천이 아니라면 이런 일을 벌일 곳이 없지요."

"그런데 왜 사람들을 납치하는 걸까요?"

"어쩌면 납치가 아닐지도 몰라요."

"납치가 아니라고요?"

사미의 두 눈이 살짝 흔들렸다. 설과 오대산에서 헤어진 수운은 이곳 십만대산까지 묵묵히 자신을 따라왔다.

수운과 동행한 비천서나 구합려는 세상일과는 전혀 무관한 사람처럼 지금껏 수련에 열을 올리고 있지만 그녀만큼은 사미와 함께 천하정세를 주시하며 조화천의 발호에 대비했다.

사미는 그렇게 수운과 함께 일하며 그녀가 달리 천하제일지라 불리는 것이 아님을 확인할 수 있었다. 그녀의 예측은 정확했고, 제시한 대응책은 한 치의 오차도 없었다. 더욱이 무공 또한 사미가 예측할 수 없을 정도의 경지에 올라 있었다. 직접 비무를 해본 것은 아니었지만 사미는 수운의 몸속에 흐르는 건곤지기가 자신보다 월등하다는 것을 느꼈기 때문이다.

'사숙의 옆에 설 수 있는 유일한 여인이야.'

인정하고 싶지 않았지만 사미는 수운과 함께 하는 날이 많아질수록 점점 그녀의 품성과 재기에 반해갔다.

수운을 빤히 쳐다보던 사미가 천천히 입을 열었다.

"납치가 아니면 뭐죠?"

"그런 일이 아니기를 바라지만… 건곤지기에 당했을 수도… 건곤지기에 맞으면 시신이 남지 않으니까요."

"아!"

사미는 절로 침음성이 튀어나왔다.

"조화천이 왜 무고한 양민까지 학살하는 거죠?"

"온전한 건곤지기를 지닌 자들이라면 그런 일을 벌일 이유가 없겠지만 건곤지기를 빨리 쌓고 싶은 자들이라면 충분한 이유가 되요."

"실종자들이 건곤지기를 흡수당했다는 뜻인가요? 하지만 일반인들이나 무림인들에게는 건곤지기가 없잖아요."

"이론일 뿐이지만 건곤지체를 속성으로 이루기 위해 사람들의 기운을 빨아들이는 방법이 있을 수도 있어요."

"어떻게 그런 천인공노할 짓을!"

"자신들을 하늘로 여기는 자들이니 천인공노한 일이 아니라 오히려 하늘의 뜻이라 생각할지도 모르죠."

수운은 정말 이번만큼은 자신의 예상이 틀리기를 바랐다. 하지만 벌어지는 상황은 예상과 착착 맞아떨어졌다. 실종 사건이 벌어지는 곳은 특정 지역이 아닌 천하 전체. 하루에 열 명씩 백 일 동안 천 명이 희생당했으니 건곤지체를 이루려는 자들이 적어도 열 명 이상이라는 뜻.

'설, 당신이 와야 해요. 당신이 아니면 누구도 그들을 막지 못해요.'

수운은 입술을 질끈 깨물며 사미에게 시선을 옮겼다.

"그렇군요. 어쩌면 조화천은 세상을 지배하려는 게 아니라 세상을 자신의 수련 장소로 쓰려는 것일지도……."

사미는 한 손을 이마에 얹고 수심에 찬 어조로 중얼거렸다.

*　　　*　　　*

소오대산 깊숙이 자리한 겸추의 거처.

그 동부 안에 마주 선 두 사람은 대화에 여념이 없었다.

"그, 그게 사부께서 천지겁을 일으키신 뜻이셨습니까?"

겸추는 두 눈을 휘둥그레 뜨고 조화천주를 바라봤다.

이에 제갈망의 모습을 하고 있는 조화천주는 희미하게 고개를 끄덕이며 입을 열었다.

"단순히 천하를 지배할 목적이었다면 이백 년을 기다리지는 않았을 것이다."

"하지만 말씀대로라면 천하에 남아날 사람이 하나도 없을 겁니다."

"하하하! 너답지 않은 말을 하는구나. 천하에 사람이 없는 것이 뭐 그리 대수란 말이냐. 그리고 그럴 일은 없다. 속성으로 키운 건곤지인들은 어느 정도가 되면 따로 쓸 데가 있단다."

겸추는 조화천주의 웃음을 보며 식은땀을 삐질 흘렸다.

조화천주의 계획은 천하멸살지계였다.

선택받은 인간들에게 조화천주가 창안한 무공을 가르치고 그들로 하여금 인간들의 몸속에 숨은 미완의 건곤지기를 흡수한다는 계획.

하지만 겸추가 걱정하는 것은 천하가 아니었다. 그는 무고하게 죽어 갈 인간들이 불쌍해서가 아니라 그들에게 신으로 군림하려던 자신의 계획이 틀어지는 것을 두려워하고 있는 것이다.

"본래는 좀 더 시기를 늦출 생각이었지만 무의천마가 내가 건곤지기를 취하기 위해 안배했던 일들을 수포로 만들어 버려 몇몇 다른 녀석들에게 다시 안배했다."

"으음!"

조화천주는 겸추의 신음성을 들으며 기분이 좋아졌다. 자신의 제자이지만 겸추는 음흉하고 욕심이 많았다.

'후후후! 그래, 그런 욕심이 세상을 돌아가게 만드는 것이지. 하지만 내 손에서 벗어나려는 네 바람은 욕심이 아니라 역천이라는 것을 깨달을 날이 올 것이다.'

조화천주는 이제 겸추의 눈을 보지 않아도 그의 속을 읽을 수가 있었다. 겸추는 자신을 제외하면 조화천에서 가장 강한 건곤지인.

겸추의 생각을 읽을 수 있다는 건 세상 모든 사람의 생각을 읽을 수 있다는 뜻과 다름없었다. 하지만 조화천주도 걱정하는 변수가 있었다.

무의천마. 항상 설의 움직임에 촉각을 곤두세우고 있던 조화천주는 설의 기운이 감지되지 않자 적잖이 당황했다.

은자삼로가 설을 데리고 건곤비까지 가는 것은 확인했는데 더 이상 그의 기운이 느껴지지 않았기 때문이다.

건곤지기를 취하기 위해 일부러 살려두었던 이들이 설과 함께 건곤비에 오른 것이다.

‘그냥 선계에 들어라. 그것이 너나 나를 위해 좋은 일이니까.’

조화천주는 설이 선계에 들 가능성이 많다는 것을 알고 있었다. 신이 된다는 건, 아무리 무욕지경에 오른 자라 해도 벗어날 수 없는 유혹이었으니까. 은자삼로의 건곤지기를 취하지 못하는 것이 아쉽긴 했지만 그래서 설을 막지 않았던 것이다.

하지만 만약을 생각해야 했다. 설이 건곤비에 들지 않고 나올 수 있는 만분에 일의 확률에 대비해야 했다.

조화천주는 천천히 고개를 들었다.

“건곤흡기공(乾坤吸氣功)은 아직 미완이다. 그래서 우선은 열 명에게만 전했지.”

“누구에게 전하셨습니까?”

“욕심 많은 놈들로 몇 놈 추렸다.”

겸추의 물음에 대답한 조화천주는 곧 입을 다물고 생각에 잠겼다. 자신이 건곤흡기공을 전수해 준 열 명은 훌륭하게 임무를 수행 중이었다. 하지만 그들이 익힌 건곤흡기공은 아직도 손볼 것이 많았다.

조화천주는 그들을 관찰하며 조만간 제대로 된 건곤흡기공을 완성할 수 있으리라 확신하고 있었다.

그래도 아직은 세간의 주목을 받지 말아야 했다.

조화천주는 머리를 조아리는 겸추를 보며 다시 입을 열었다.

“아까 말했던 대로 나는 세상을 지배할 생각이 없다. 이 세상은 네가 가져라. 나는 신의 세계를 가지겠다. 명왕궁을 처리하고 나면 천룡성부는 천하에 군림하게 될 것이다. 원한다면 황제로 만들어주지!”

“황제!”

겸추는 저도 모르게 고개를 치켜들었다. 조화천주는 천하무림을 평정하려던 자신에게 황제가 되라 말하고 있었다. 이 하나만 봐도 사부는 자신과는 차원이 다른 욕심을 갖고 있는 것이다.

"넌 다만 앞으로 세상에서 건곤흡기공을 수련할 조화천인들의 움직임만 감춰주면 된다. 어떤 세력도 이를 조사할 수 없게 하고, 어떤 누구도 이를 눈치챌 수 없게끔 국지적인 분란이나 일으켜 주기만 하면 되는 거야. 알겠느냐?"

"명심하겠습니다!"

겸추가 쿵 소리가 나도록 지면에 머리를 조아리자 조화천주는 피식 웃으며 몸을 돌렸다.

'나는 세상에 존재하는 어떤 신보다 강한 힘을 지닌 전지전능한 자가 될 것이다! 내가 양성한 건곤지인들은 그 절대신을 만드는 도구로 쓰일 것이고. 그 녀석이 무럭무럭 잘 자라주고 있으니 이는 시간문제. 후후후!'

자신의 뜻에 따라 열심히 몸을 만들어가고 있는 제갈명을 떠올린 조화천주는 엷은 미소를 보이며 천천히 사라져 갔다.

오대산을 포위한 수많은 군웅들. 근래 들어 천하 각지에서 몰려온 무인들까지 합류한 까닭에 그 수가 무려 오만에 육박하는 무림맹의 총 전력이었다.

말 울음소리와 병장기 부딪치는 소리는 엄청난 소음이 되어 오대산에 메아리쳤다. 불문의 성지인 오대산에는 어울리지 않는 일이었지만 누구도 이를 안타까워하지 않았다.

"맹주! 구대문파는 모든 준비를 마쳤소이다!"

"음, 수고했소!"

마치 수하 대하듯 어깨를 툭 치는 겸추의 행동에 현허 장문의 얼굴이 시뻘겋게 달아올랐다.

"그럼 구대문파는 이곳에 남아 적의 잔당을 토벌하고, 가주들은 나를 따르시오! 명왕궁의 본진을 공격하기 위한 전략을 짜도록 합시다."

"예! 분부 받잡겠습니다."

남궁천악이 깊숙이 허리를 숙이자 나머지 가주들이 일제히 허리를 숙였다. 마치 신하가 주군을 대하는 태도였다.

'잘못됐다. 뭐가 잘못돼도 크게 잘못됐어!'

현허 장문은 겸추와 그 뒤를 따라 이동하는 오대세가의 가주들을 보며 설레설레 고개를 저었다. 이제는 돌이킬 수 없는 지경에 이르렀지만 지난 며칠간은 실로 파란의 연속이었다.

며칠 전, 제마대가 명왕궁주 갈천혁과 공모하여 맹주를 해하려다 모두 죽었고, 오직 남궁무만이 맹주를 도와 싸웠다는 공표가 있었다.

또한 마도를 일통한 무의천마가 명왕궁의 부궁주이며 마도가 무림맹을 빠져나간 것도 그 때문이라는 사실이 함께 발표됐다.

물론 현허 장문은 이를 믿지 않았지만 그 말이 다른 누구도 아닌 겸추의 입에서 나온 것이었기에 아무런 반박을 할 수 없었고, 이를 기점으로 무당과 소림의 위세는 급격히 위축되었다. 무당과 소림이 무의천마의 사문이라는 사실까지 세간에 모두 알려졌기 때문이다.

남궁무와 제갈명이 무당에서 적을 뺀 것도 그때였다. 다른 때였다면 사문의 반도로 천하에 공표하고 그 둘의 무공을 폐하여 죄를 물었을 테지만 위축될 대로 위축된 무당에는 그런 힘이 남아 있지 않았다.

이로 인해 구대문파의 관계도 분열로 치달았다.

화산 장문 우문하는 현허 장문과 백연 방장을 대놓고 무시했고, 아미의 수경 사태마저 소림과 무당을 멀리하는 눈치였다. 게다가 겸추는 무당과 소림뿐만 아니라 구대문파 전부를 깔아뭉갰다.

"어쩌자고 조사께서는 그런 망종을 사문에 들이셨단 말인가?"

현허 장문은 제갈명과 남궁무가 아니라 설을 원망했다. 사문의 이름에 먹칠하는 정도가 아니라 아예 무당을 존폐의 위기로 내몬 그가 미치도록 미웠다. 지금 그에게 있어 설은 사문의 존장도, 명왕궁의 손으로부터 구대문파를 구하기 위해 고군분투하던 은인도 아니었다.

"휴우, 암담하구나."

현허 장문은 구대문파 장문인들을 만날 생각을 하니 눈앞이 캄캄해졌다. 오대산을 포위하고 공격 명령이 떨어지기만 기다리던 그들에게 잔여 세력이나 몰아내라는 소식을 어떻게 전해야 할지 막막했다.

그 시각, 오대산 중턱에 서서 산 아래를 굽어보던 제갈명의 눈이 반짝였다.

"후후후! 조화천주께서 먹잇감들을 많이도 보내주셨군!"

제갈명은 명왕궁 섬멸을 위해 달려온 무림맹의 무인들이 한낱 먹이로밖에 보이지 않았다. 자신의 건곤지기를 쌓아주기 위해 달려드는 불나방 같은 존재들.

"자, 슬슬 식사를 시작해 볼까?"

제갈명은 걸음을 옮기며 생각했다. 일반 무인들은 허기를 달래는 외에는 영양가가 없었다. 하지만 구대문파 장문이나 그에 준하는 고수들이라면 달랐다. 일이 갑자 이상의 고수들이라면 건곤지기를 쌓는 훌륭한 보양식이 될 것이다.

"오대세가는 건드리지 말라고 했으니 일단 구대문파 장로 몇 사람부터 시작해야겠군!"

말을 마친 제갈명의 신형이 스르륵 사라졌다.

한편 명왕궁의 수뇌부도 한자리에 모였다. 대부분은 무림맹이 서서히 숨통을 조여오는 위급한 상황에서도 굳이 회의를 여는 명왕궁주의 의도가 이해되지 않았지만, 그렇다고 갈천혁의 말을 거역하고 싶은 생각은 추호도 없었다.

"궁주께서는 어디 계시오?"

"폐관 중이십니다. 조만간 모습을 드러내실 겁니다."

은자단주의 물음에 천뇌가 공손한 어조로 대답했다.

"하! 이 와중에 폐관이라? 미쳐도 단단히 미쳤군!"

"말을 삼가시오!"

수라문주 파극뢰의 노호성에 은자단주가 버럭 소리쳤다.

"흥! 내가 틀린 말 했소? 무림맹이 코앞까지 왔는데 폐관을 하는 게 정상적인 행동이오? 그리고 폐관을 하는 중에 우리를 소집하는 게 어디 말이나 됩니까?"

"궁주께서도 생각이 있으실 것이오."

"생각? 헛소리 집어치워! 쌍!"

쾅!

파극뢰는 책상을 발로 걷어차며 자리에서 벌떡 일어났다.

"수라문은 대막으로 돌아가겠어!"

"흥! 지금의 행동은 반드시 책임을 져야 할 거요!"

파극뢰는 은자단주의 외침은 들은 척도 않고 곧바로 막사 밖으로 빠져나왔다. 자신이 데려온 문도는 오백여 명뿐이 되지 않았지만 하나같이 초일류 급의 무인들. 굳이 결사 항전을 하지 않아도 무림맹의 포위망을 뚫고 달아나는 것은 어려운 일이 아니었다.

"처음부터 오는 게 아니었어!"

파극뢰는 씩씩거리며 걸음을 옮겼다. 결정을 내리기 전까지 명왕궁주의 눈치를 살펴야 함이 어려울 뿐이지 결정을 하고 대막으로 향하는 것은 어려운 일이 아니었다.

"후후후! 가려면 명왕궁주가 없는 지금 가야 한다!"

파극뢰가 떠난 막사 안.

"끝났군!"

잠시 말이 없던 은자단주는 장탄식을 터뜨렸다.

"진정하십시오. 조만간 좋은 소식이 있을 것입니다."

"크크크! 좋은 소식이라. 과연 그 소식이 뭔지 궁금하군요."

은자단주는 천뇌의 다독거림이 싫지 않았다. 천뇌는 갈천혁을 제외하고 자신이 가장 인정하는 사람이었다. 그의 머리에서 튀어나온 계획들이 오늘날의 명왕궁을 만들었고, 천하무림을 파죽지세로 점령할 수 있게 해주었다. 그런 천뇌의 말이니 믿지 않을 수 없었다.

은자단주는 그 좋은 소식이라는 것이 승전보였으면 좋겠다는 생각을 하는 사이, 천뇌가 막사 밖으로 걸어나가며 천천히 입을 열었다.

"조금은 지체될 수도 있으니 단주님과 여러 간부들께서는 결코 이 자리를 벗어나시면 안 되십니다. 아시겠습니까?"

"알겠소!"

은자단주와 빙화신궁주를 비롯한 명왕궁의 간부진들이 희미하게 고개를 끄덕였다.

"조화천주께서는 더 이상 명왕궁을 필요로 하지 않으신다네."

밖으로 나온 천뇌는 곧바로 명왕궁의 진채를 벗어나며 중얼거렸다.

다음날 아침.

겸추는 오대세가의 가주들을 이끌고 명왕궁의 본진을 급습하기 위해 빠르게 이동했다. 이에 가주들은 내심 불안했다.

아무리 겸추가 동행한다 해도 대여섯의 인원으로 벌일 작전은 아니었다. 하지만 그런 불안한 마음은 얼마 지나지 않아 씻은 듯이 사라졌다. 중간에 합류한 제갈명이 희소식을 전해왔기 때문이다.

"자네가 어찌!"

남궁천악의 놀란 물음에 제갈명이 빙긋이 웃으며 입을 열었다.

"맹주님의 명으로 명왕궁주를 처치하고 오는 길입니다."

"뭣이! 자네가 정녕 명왕궁주를 없앴다는 말인가?"

"죽을 고비를 몇 번 넘겼지만 천운이 따라주어 명왕궁주를 폭사시킬 수 있었습니다. 그래서 목은 가져오지 못했습니다."

"오! 그런 큰일을 해내다니! 실로 중원천하가 제갈세가에 큰 은혜를 입었구려."

여기저기서 가주들의 감탄성이 터져 나왔다. 하지만 가장 기뻐해야 할 제갈망은 그저 담담한 표정으로 다른 가주들의 인사를 받았다.

"무공이 아닌 변변치 못한 잔꾀가 통했을 뿐입니다."

"하하하! 겸양이 지나치시오. 과유불급이라 하였소이다. 정녕 뛰어난 자제를 두셨소이다."

황보세윤은 입에 침이 마르도록 제갈명을 칭찬했다.

"그래, 시킨 일은 모두 행했느냐?"

"최선을 다했습니다만 안타깝게도 개벽권 관패 선배와 추혼신창 명원일 선배, 그리고 백리검 이춘분 대협이 희생당하셨습니다.”

제갈망의 물음이 누구의 건곤지기를 흡수했냐는 뜻임을 눈치챈 제갈명은 짐짓 안타까운 어조로 고개를 저었다.

“아니, 그게 무슨 소린가?”

팽구해 가주가 대경하며 물었다. 제갈명이 언급한 인물들 중에 자신과 막역지우인 개벽권 관패가 끼어 있었기 때문이다.

관패는 분명 이곳으로 오기 전까지만 해도 팽가의 기술들과 함께 자신을 배웅했었기에 그의 의혹은 더욱 컸다.

“그분들은 제가 보냈습니다. 명왕궁주를 죽이기 위해 출정한 마지막 결사대였지요. 결국 산화하셨군요. 다 제가 모자란 탓입니다.”

제갈망의 탄식에 팽구해는 더 묻지 못했다. 무림맹의 총군사 직을 맡은 그가 다른 복안으로 행한 일이었음이 대번에 파악됐기 때문이다.

“허! 그 친구가 먼저 세상을 뜨다니!”

팽구해는 하늘을 바라보며 길게 한숨을 내쉬었다. 하지만 그것도 잠시 일행은 서둘러 걸음을 옮겼다. 명왕궁주를 제거한 지금이 적들을 일거에 섬멸시킬 호기였다.

“으음!”

바쁘게 다리를 놀리던 겸추는 속으로 침음성을 삼키며 제갈명을 힐끗 쳐다봤다. 천연덕스럽게 거짓말을 내뱉는 제갈명이 좋게 보이지 않았다. 미리 알고 있지 않았다면 자신조차 감쪽같이 속아 넘어갈 정도로 제갈명의 연기는 뛰어났다.

‘사부께서 택한 몸이 고작 요놈이란 말이지.’

겸추는 아쉬운 마음에 입맛을 다셨다. 제갈명은 분명 총기 어린 기재였다. 하지만 조화천주가 탐낼 정도는 아니었다. 차라리 제갈명보다는 풍랑의 공령지체가 훨씬 나았다.

'휴우, 사부께서는 왜 저런 몸을 택하셨을꼬?'

겸추는 문득 풍랑이 떠올랐다. 처음부터 그를 희생시킬 생각은 없었다. 비록 자신의 피가 흐르는 친자식은 아니었지만 그래도 기른 정이라고 가슴이 은근히 저렸다.

'그래도 마지막에 제 아비와 함께 죽었으니……'

겸추는 슬머시 고개를 저으며 머리 속에서 풍랑을 지웠다.

이제 그는 혼자였다. 친 혈육인 겸휘도, 삼십 년이 넘도록 아들로 있어준 풍랑도 더 이상 이 세상 사람이 아니었다. 사부가 있었지만 그나 자신은 서로에게 정이 없었다. 단지 필요에 의해서 만났고, 사제지간을 맺었고, 유지하고 있을 뿐. 더욱이 자신은 사부의 본래 얼굴이 어떻게 생겼는지도 몰랐다.

'이젠 정말 혼자군.'

겸추는 고독이라는 감정을 곱씹었다. 새롭게 인간의 감정을 느끼게 된 건 무척 마음에 들고 좋았지만, 이런 고독과 외로움처럼 견디기 힘든 감정은 사양하고 싶었다.

'그래서 그토록 그녀를 원하고 있는지도 모르겠군.'

겸추는 수운을 떠올리며 피식 웃었다.

"저기 누가 있소!"

황보세윤의 외침과 동시에 일행이 모두 걸음을 멈췄다.

이 장 높이의 거대한 막사가 눈에 들어왔다. 하지만 이상하리만치 조용했다. 마치 자신들을 끌어들이기 위해 파놓은 함정일지도 모른다는 생각이 들 정도로 고요했다.

"아무래도 잘못 온 것 같습니… 헛!"

입을 열던 팽구해가 헛바람을 집어삼키며 급히 뒤로 물러났다. 자신의 바로 지척에서 인영이 솟구쳐 올랐기 때문이다.

"웬 놈이냐!"

팽구해는 버럭 소리를 지르며 도를 빼 들었다.

"아군입니다. 팽가주는 손을 멈추시오."

겸추가 손을 내저으며 그들 사이로 걸어나왔다.

"저자는 대체 누굽니까?"

진주언가의 가주 언중범이 물었다. 일권으로 세 치 두께의 철판도 박살 낸다는 언가권의 고수였으나 극히 말수가 적은 사내였다. 그런 언중범이 입을 열 정도로 놀랐다면 다른 세가주들은 보지 않아도 뻔했다.

겸추는 놀란 눈으로 자신과 갑작스레 나타난 복면인을 번갈아 보는 오대세가주들을 향해 천천히 입을 열었다.

"저분은 조화천이라는 곳에서 나온 분이십니다."

"조화천이라니? 그런 곳이 있다는 말은 들어본 적이 없습니다만."

남궁천악이 경계의 시선을 풀지 않으며 걸어나왔다.

"무림이 큰 위기를 겪을 때마다 나타나 소리없이 도움을 주는 분들이니 모르실 만도 하지요. 삼겁지난 때도 이분들의 도움이 없었다면 어찌 됐을지 모릅니다."

"으음. 삼겁은 검문과 성문세가, 그리고 천룡성부에서 처리한 일이 아니었소이까?"

남궁천악이 고개를 갸웃거리며 되묻자 겸추가 피식 웃으며 말을 이어갔다.

"세간에는 그렇게 알려져 있으나 뒤에는 항상 이분들이 계셨지요.

이번 천지겁과 같은 대겁난이 아니었다면 이분들은 여러분 앞에 나타나지 않고 이전처럼 조용히 뒤에서 처리하셨을 것입니다."

"흐음. 이런 분들이 계셨다니……."

남궁천악을 비롯한 오대세가주들은 앞에 마주 서 있는 복면인을 힐끔힐끔 쳐다봤다. 얼굴을 가리고 있었지만 범접할 수 없는 기운을 흘리는 절세고수. 조화천주의 명으로 이곳에 온 약 장로였다.

건곤비로 향하던 중 조화천주를 만난 약 장로는 발길을 돌릴 수밖에 없었다. 조화천주가 수운을 볼모로 자신을 협박했기 때문이다.

이에 복면 속에 가려진 약 장로의 얼굴은 무척 착잡한 모습이었다.

이윽고 가주들의 놀란 얼굴을 바라보며 잠시 말이 없던 겸추가 다시 입을 열었다.

"이분이 나타나신 이유는 여러분께 무공을 전하기 위해서입니다."

"허! 무공을 전하다니요?"

"일단 제 말씀을 더 들어보시지요."

팽구해가 눈썹을 찌푸리자 겸추가 손을 급히 들어 올리며 그의 말을 막았다.

"조화천이 인세에 나오려면 큰 제약이 있어 오랜 시간이 걸릴 수밖에 없습니다. 이 때문에 명왕궁이 출현하고도 이렇게 긴 시간이 흐른 지금에야 나올 수 있었지요. 중원을 침범하는 세력들의 힘은 점점 거세지고 있습니다. 이를 안타깝게 여긴 조화천주께서 여러분께 조화천의 무공을 전하려는 것입니다. 물론 가문의 무공을 버리고 익히실 필요는 없습니다. 전해질 무공은 힘을 축적하는 심법에 불과하니까요. 하지만 그 무공만으로도 여러분의 무공은 몇 단계 더 올라서실 수 있을 겁니다."

겸추는 잠시 가주들을 돌아보다가 다시 말을 이었다.

"이분은 무공을 전하시기 전에 여러분께 그 힘을 보여 드리려고 나오신 겁니다. 지금 저곳에는 명왕궁의 수괴들이 모여 있습니다. 이분들은 저들을 이리로 끌어내어 여러분께 그 힘을 보여 드릴 것입니다."

"……."

오대세가주들은 도무지 믿기지 않는 현실에 입을 열지 못했다. 이를 본 겸추가 빙긋이 웃으며 막사 쪽으로 힐끗 고개를 돌렸다.

"저들은 우리가 여기 있다는 것을 아직 모르고 있습니다. 이분께서 강기막을 펼치셔서 어떠한 음파나 기운도 새어나가지 않게 하시고 있기 때문이지요."

"으음!"

팽구해는 절로 침음성이 터져 나왔다. 겸추의 말이 사실이라면 복면인의 공력은 추측 불가의 경지에 이르렀을 것이다. 열 명도 넘는 사람들의 기운을 차단할 수 있다는 것은 들어본 적도, 상상해 본 적도 없었기 때문이다. 또한 그런 무공이라면 배워보고 싶다는 충동이 강하게 일었다.

'심법이라면 굳이 사양할 이유가 없지. 가전비기를 한층 발전시키는 원동력으로 삼을 수 있을 거야!'

다른 가주들의 생각도 마찬가지였다. 오대세가의 무공은 구대문파에 초식 면에서는 밀리지 않았지만 공력에서 다소 처진다는 공통된 생각을 지녔었기 때문이다.

겸추의 말을 듣자 가주들의 마음속에 숨어 있던 무공에 대한 욕심이 슬며시 고개를 내밀기 시작했다.

"강요하지는 않겠습니다. 저분의 힘을 보고 결정하십시오."

겸추는 그 말을 끝으로 입을 다물고 복면인을 향해 슬쩍 고개를 끄덕였다.

휘잉……!

오대세가주들의 면전으로 한줄기 미풍이 불어왔다.

"헛! 빠, 빠르다."

언중범의 대경한 목소리에 다른 가주들의 고개가 일제히 돌아갔다.

막사 밖으로 뛰쳐나온 명왕궁의 수괴들과 약 장로의 싸움이 시작되고 있었다.

파파팟……!

"익!"

은자단주는 날아온 검을 쳐내며 다급히 뒤로 물러섰다.

"조화천!"

은자단주 노구미는 대번에 약 장로가 누구인지를 간파했다. 쉴 틈 없이 몰아치는 그의 움직임에서 건곤지기를 느낀 것이다.

"천뇌 군사! 천뇌 군사! 흡!"

천뇌를 찾던 은자단주는 바람을 집어삼키며 땅바닥을 굴렀다. 등줄기에서 아련한 통증이 밀려왔다.

'이자는 마지막 순간에 건곤지기를 거둬들이고 있다. 왜지?'

은자단주는 지면을 박차고 날아오르며 고개를 홱 돌렸다.

적의 수는 하나, 아군은 아홉. 그런데도 상대가 되지 않았다.

은자단주는 입술을 질끈 깨물며 허공에서 검을 흔들었다.

파파팡!

그는 백팔은린검법에 건곤지기를 실어 날렸다.

펑!

하지만 약 장로는 은자단주가 날린 건곤지기를 가볍게 튕겨내고 그를 향해 쏘아져 왔다.

"잘 가게! 좀 더 살려두려 했는데 갑자기 예전에 진 빚이 기억나서 말이야."

쒸이이익……!

푸욱!

은자단주의 가슴을 뚫은 손이 그의 등을 비집고 삐죽이 나왔다.

"다, 당신은?"

은자단주는 자신에게 실수를 전개한 인물이 약 장로임을 깨닫고 두 눈을 치켜떴다.

"나머지 말은 저승에 가서 하시게."

우드득!

은자단주의 척추 뼈가 두 가닥으로 끊어지는 소리에 오대세가주들의 미간이 급격히 일그러졌고, 약 장로는 다시 몸을 날렸다.

파팡!

건곤지기에 만독곡주와 빙화신궁주가 동시에 쓰러졌다. 아니, 쓰러지기도 전에 먼지로 화해 흩어졌고, 입고 있던 옷가지만 바람에 휩쓸려 날아갔다.

"저런 무공이 존재하다니!"

가주들의 눈이 경악으로 커졌다. 그들 역시 절정에 가까운 고수들이었기에 약 장로가 사용한 무공이 장풍이나 검기, 검강과는 차원이 다른 힘이라는 것은 어렵지 않게 짐작할 수 있었다.

"실로 하늘의 무학이로구나."

황보세윤의 감탄성을 들은 나머지 가주들이 크게 고개를 끄덕이는
사이, 약 장로는 마지막 남은 탐화궁주의 몸통을 분리하는 것으로 싸움
을 마쳤다.

"이제 더 설명할 필요도 없을 것 같군요. 어떻습니까? 배우실 의향
이 있으신 분들은 말씀하십시오. 단, 이 일은 비밀에 붙이겠습니다."

"좋소!"

겸추의 말은 오히려 가주들이 원하던 바였다. 한 무가의 종사들이
다른 이의 무학을 배운다는 것에 못내 망설여졌던 가주들에게는 그만
한 조건도 없었다.

겸추의 말이 이어지는 사이, 명왕궁의 고수들을 처리한 약 장로는
착잡한 눈빛으로 걸음을 옮겼다.

이를 본 제갈망의 눈동자가 찰나지간 빛을 발했다.

'염화수운을 보호하고자 하는 마음에서 벗어나지 못하는 한, 당신은
결코 내 손을 벗어날 수 없어. 후후후!'

퍼어엉!

겸추의 손을 떠난 폭죽이 하늘에 붉은 꽃을 그렸다.

그것은 무림맹의 출진을 알리는 신호탄이었다.

시체가 산을 이루고 그 시체에서 흐른 핏물이 내가 되어 흘렀다.

"아미타불!"

백연 방장은 이 시산혈해의 참상을 보며 설레설레 고개를 저었다.
시체 썩는 냄새는 이제 무뎌질 만도 한데 여전히 코끝을 찔러왔다.

"선재로다!"

백연 방장은 죽은 시체들을 한곳에 모으고 불을 지피는 구대문파 제

자들을 보며 장탄식했다.

돌이켜 보면 얻은 것 없이 잃기만 한 싸움이었다. 물론 이번 오대산에서의 전투는 무림맹의 일방적인 도륙으로 봐도 무방할 정도였다.

하지만 장장 오 년에 걸쳐 천하를 피로 물들였던 천지겁의 대란으로 중원문파들은 인원이 절반 가까이로 줄었고, 문파의 존장 대부분을 잃고 거의 멸문지경에 처한 문파가 부지기수였다.

그중에서도 가장 피해가 막심한 곳은 구대문파였다.

불성 혜원, 매화검제 선우림 등 구파의 핵심 고수이자 정도의 기둥으로 불리던 수많은 고수가 희생당했다. 하지만 천지겁이 종식된 지금의 시점에서 구파에게 수고했다는 인사를 건네는 사람은 아무도 없었다. 영웅은 명왕궁 섬멸에 앞장선 겸추와 명왕궁주를 죽인 제갈명, 그리고 오대세가였다.

"허허! 돌아가라는군요."

"그게 무슨 말씀이시오?"

겸추 맹주를 만나러 갔던 현허 장문이 돌아와 하는 말에 화산 장문 우문하가 어이없는 표정으로 물었다.

"천하는 천룡성부와 오대세가에 맡기고 사문이나 정비하랍니다."

"어찌… 어찌 우리를 이렇게 대한다는 말이오!"

우문하는 두 주먹을 움켜쥔 채 온몸을 부들부들 떨었다.

"그럼 빈승은 이만 물러가겠습니다! 아미타불!"

백연 방장은 다른 장문에게 합장을 해 보인 후 천천히 몸을 돌렸다.

"허허허! 죽어간 제자들을 볼 면목이 없군."

점창 장문 적송자가 자리를 털고 일어나자 종남의 모동하 장문과 청성의 복마존자, 그리고 공동의 신검 도장도 천천히 몸을 일으켰다.

"으음, 내가 직접 맹주를 만나보겠소!"

우문하는 곧바로 걸음을 옮겼다. 그의 뒷모습을 바라보는 현허 장문의 눈에 안타까움이 스치고 지나갔다.

"공도 힘이 있어야 논할 수 있소이다. 무량수불!"

현허 장문의 말은 하나도 틀린 게 없었다.

천지겁의 주인공은 겸추의 뒤에 붙었던 오대세가. 광검존 소혼을 지지했던 구파는 더 이상 설 자리가 없었다. 우문하 장문이 겸추 맹주를 다시 만난다 해서 달라지는 것은 아무것도 없는 것이다.

그렇게 구파 장문들은 하나둘 자리를 뜨기 시작했다. 사문으로 돌아가 절차탁마하며 옛 영화를 되찾을 다짐을 하고 있었지만 한 번 놓친 영광이 다시 오리라 장담할 수는 없었다. 오대세가에서 그렇게 내버려둘 리 없음을 잘 알기 때문이다.

*　　　*　　　*

이한상은 대기를 걷고 자신의 눈앞으로 모습을 드러낸 설을 보며 탄성을 내뱉었다.

"꽤 오래 걸리신 것 같습니다."

"시간도, 공간도 어떤 마음을 지녔는가에 따라 달라집니다. 깨달음이 있었군요."

설은 이한상의 눈을 보며 싱긋이 웃었다.

"아직 많이 모자랍니다. 나머지는 주공의 그림자가 되어 살면서 차차 배워 나갈 생각입니다."

"그러십시오."

설은 피식 웃으며 이한상의 앞으로 손을 휘익 내저었다. 그의 손을 따라 대기 중에 틈이 생겼다. 설은 곧바로 그 틈으로 들어갔고, 이한상은 그의 뒤를 쫓았다.

설과 이한상이 모습을 드러내자 은자삼로가 득달같이 달려왔다.
"주공!"
흑전은 설을 향해 머리를 조아렸다.
"얼마나 지났지?"
"일 년이 다 되어갑니다."
"으음, 그렇군."
설은 침음성을 삼켰다. 생각했던 것보다 오랜 시간이 흐른 것이다.
'불과 하루를 머물렀을 뿐인데 인세에서는 일 년이 지났다니.'
설은 건곤비가 공간뿐만 아니라 시간까지 초월하는 장소임을 새삼 절감했다. 곁에 있던 이한상도 꽤 놀란 눈치였다.
"이상하군. 천하 곳곳에서 건곤지기가 느껴져."
"조화천의 건곤지인들이 아닐까요?"
설이 고개를 갸웃거리자 흑전이 조심스레 답했다.
"아니, 그보다 훨씬 많소. 내가 없는 동안 무슨 일이 있었던 거지?"
"저희도 이곳에서 벗어난 적이 없어서……."
설의 물음에 흑전은 고개를 젓기만 할 뿐 아무런 대답을 못했다.
"일단 출발하지. 설혼문에서 봅시다!"
설은 말이 끝남과 동시에 은자삼로의 시야에서 사라졌고, 은자삼로도 곧바로 몸을 날렸다.
'저 친구, 주공께 은혜를 입었나 보군.'

자신들의 뒤를 따르는 이한상이 이전과 판이하게 달라졌다는 사실을 깨달은 은자삼로의 눈에 경외감이 서렸다.

유조구(柳條溝). 심양(沈陽) 북쪽에 위치한 호수로 녹음이 우거진 한여름에는 더위를 피하기 위해 찾아오는 세인들의 발길이 끊이지 않는 곳이지만 지금은 언 호면 위로 겨울 철새 몇 마리만 날아다닐 뿐 인적을 찾아보기 힘들었다.

휘이잉……!

청아자는 거센 북풍에 온몸을 맡기고 유조구를 바라봤다. 뒷짐을 진 그의 손에 들린 나뭇가지가 바람에 떨렸다. 형문산에서 심양까지 적개를 쫓아 장장 만여 리를 달려온 그의 심기는 무척 불편했다.

"건곤지기가 쌓이고 있다!"

청아자는 시름에 잠긴 얼굴로 중얼거렸다. 추격하는 한 달 동안 적개를 잡을 기회가 여러 번 있었지만 그는 차이가 좁혀질 때면 다시 속도를 올려 자신의 추격을 번번이 따돌렸다. 하루에 한 번 꼴로 모습을 볼 수 있던 그가 지금에 이르러서는 거의 흔적조차 찾을 수 없을 정도로 빨라진 것으로 보아 죽인 사람들에게서 흡수한 건곤지기가 조금씩 쌓이고 있음을 추측할 수 있었다.

더욱이 요녕에 들어서면서부터는 청아자의 뒤로 다른 두 인물이 바짝 따라붙었다. 추격하던 그가 오히려 추격을 받기 시작한 것이다.

청아자는 오늘 그 긴 추격의 끝이 날 것임을 예감했다.

적개는 무슨 이유에서인지 유조구에 들어서며 도주를 멈췄고, 청아자의 뒤를 쫓던 두 명의 사내도 지금 막 이곳에 도착했기 때문이다.

"어디 건곤지기가 얼마나 대단한지 한번 보지!"

청아자는 전면 십 장 앞에 모습을 드러낸 적개를 보며 눈을 빛냈다.

파앙!

청아자가 막 걸음을 옮기는 순간 머리 위에서 건곤지기가 날아왔다.

그와 동시에 전면에 있던 적개도 빠른 속도로 달려오기 시작했다.

슈슈슉!

"흠!"

건곤지기를 피한 청아자는 들고 있던 나뭇가지를 흔들었다.

사라락!

그의 진기가 실린 나뭇가지가 두 치 더 길어졌고, 달려오던 적개는 감히 그 나뭇가지를 막지 못하고 급히 뒤로 물러섰다.

파팡!

다시 등 뒤에서 날아든 건곤지기.

청아자는 다급히 공중으로 치솟으며 이를 피했다.

"태극혜검(太極慧劍) 음양귀일(陰陽歸一)!"

수웅……!

허공에 뜬 청아자가 지면을 향해 나뭇가지로 커다란 원을 그렸다.

퍼퍽!

청아자의 발밑에 서 있던 삼 인은 짓눌러 오는 막대한 암경에 지면으로 박혀 들어갔다.

"음!"

땅으로 날아 내린 청아자는 무릎까지 지면에 박힌 삼 인을 보며 무거운 침음성을 뱉었다.

'십성 공력을 쏟아 부었는데도 제압하지 못하다니!'

마융과 이적의 얼굴이 급격히 일그러졌다. 무릎 아래 뼈들이 조각조각 부서져 버렸기 때문이다. 이에 청아자의 전면에 서 있던 적개가 슬금슬금 그들 곁으로 걸음을 옮겼다.

하지만 청아자는 숨을 고르느라 적개에게 이렇다 할 공격을 하지 않고 있었다. 이에 마융과 이적의 뒤에 서서 청아자를 주시하던 적개가 살며시 고개를 숙였다. 마융과 이적의 머리가 보였다.

그들이 다시 돌아온 이유는 모른다. 하지만 자신을 구하기 위해 온 것이 아님은 알고 있었다. 아마 그들 역시 자신처럼 뭔가에 이끌려 왔을 것이다.

'그렇다면!'

적개는 양손을 앞으로 쭉 내밀었다.

퍼퍽!

"으윽!"

그와 동시에 마융과 이적의 입에서 고통에 찬 신음성이 터졌다.

"살성이 골수까지 뻗쳤구나!"

쌔애액……!

적개가 마융과 이적의 머리통에 손을 쑤셔 넣는 순간, 청아자는 노호성을 터뜨리며 태극혜검 중 가장 파괴적인 초식인 태극천단(太極天斷)을 펼쳤다.

하지만 적개는 청아자의 공격을 막을 생각은 하지 않고 마융과 이적의 몸에 담긴 건곤지기를 뽑아내기에 바빴다.

까아앙!

청아자는 손끝이 찌르르했다.

"금강불괴!"

그는 자신의 검강을 맞고도 멀쩡한 적개를 보며 경악성을 터뜨렸다.

“후후후! 금강불괴?”

적개는 마융과 이적의 머리에서 손을 떼고 천천히 허리를 폈다. 그가 손을 떼자마자 마융과 이적의 몸이 와르르 부서져 내렸다.

“내 몸이 왜 이렇게 변했는지는 나도 모른다! 하지만 이전보다 훨씬 더 단단하고 강한 힘을 갖게 된 것만은 틀림없지! 그리고 방금 전 내 몸을 강하게 만드는 방법이 뭔지 확실히 깨달았어.”

적개는 온몸에 가득 찬 건곤지기를 느끼며 일순 포만감에 젖어 전신을 흠칫 떨었다.

“그래, 이 느낌이야. 이게 진정한 힘이지. 크크크!”

“네놈이 망상에 젖는 건 지금뿐이다!”

청아자는 두 눈을 부릅뜬 채 적개를 노려봤다. 하지만 적개는 더 이상 이전의 그가 아니었다. 일반인들이 아니라 자신처럼 건곤지기를 쌓던 이들의 몸에서 흡수한 건곤지기가 그의 몸을 건곤지체로 만들어주었기 때문이다. 청아자도 이를 어렴풋이 짐작하고 있었지만 지금은 도저히 물러설 상황이 아니었다.

‘지금 죽이지 못하면 많은 희생자가 생긴다! 그것만은 막아야 돼!’

청아자는 나뭇가지를 중극으로 천천히 들어 올렸다.

“네놈은 더 이상 내게 두려운 존재가 못 된다! 크크크!”

적개는 한 걸음 앞으로 나오며 건곤지기를 끌어올렸다. 역시 이전과는 비교도 안 되는 힘이 용솟음쳤다.

“악인은 반드시 하늘의 응징을 받으리니!”

팟!

청아자는 외침과 동시에 날아올랐다. 순양무극공의 진기가 나뭇가지에 실리기 시작했다. 하지만 적개는 잠자코 청아자를 바라볼 뿐 어

떠한 행동도 취하지 않았다. 순식간에 많은 양의 건곤지기를 흡수한
까닭에 이를 조절하기 힘들었기 때문이다.

"태극만해(太極滿解)!"

후우웅……!

청아자가 나뭇가지를 크게 휘두르자 적개의 온몸이 포승줄에 묶인
듯 조여들어 갔다.

"으으!"

적개는 건곤지기를 극대로 끌어올리며 입술을 질끈 깨물었다. 하지
만 도무지 몸이 꿈쩍도 하지 않았다.

"으으, 죽인다!"

파아앙……!

혼신의 힘을 다해 양손을 앞으로 쭉 뻗은 적개의 두 눈이 시뻘겋게
충혈됐다. 그의 손에서 나온 건곤지기가 빛과 같은 속도로 자신의 가
슴을 향해 날아오자 청아자의 두 눈이 경악으로 커졌다.

도저히 믿기지 않는 현실. 적개가 순양무극공의 극성 진기가 담긴
태극만해의 초식을 뚫고 건곤지기를 날린 것이다. 찰나지간 당황했던
청아자는 이내 입술을 질끈 깨물며 앞으로 쏘아져 갔다.

동귀어진!

'순양무극공으로는 도저히 건곤지기를 꺾을 수 없단 말인가? 모든
짐을 너에게 떠맡겨야 하는 못난 사부를 용서해라!'

청아자는 적개와 부딪치는 순간, 불현듯 설의 얼굴을 떠올렸다.

퍼억!

둔탁한 소음이 주변에 울려 퍼졌다. 하지만 청아자는 자신의 몸에
아무런 이상이 없음을 깨닫고 급히 고개를 들어 올렸다.

"설아!"

청아자의 두 눈이 크게 일렁였다.

"그동안 이 못난 제자 때문에 얼마나 고초가 크셨습니까?"

설이 살며시 머리를 조아리자 청아자는 그의 등 뒤에 서 있는 적개에게 시선을 옮겼다.

적개는 은자삼로와 이한상에게 제압당해 옴짝달싹 못하고 있었다.

"저들은?"

"저와 인연을 맺은 자들입니다."

설은 싱긋이 웃으며 고개를 돌렸다. 이한상과 은자삼로가 적개를 뒤로하고 설의 곁으로 다가왔다.

"처리했습니다. 고통을 느낄 틈도 없었을 겁니다."

흑전은 설의 안색을 살피며 조심스레 입을 열었다.

"조화천주가 이런 식으로 일을 벌일 줄은 몰랐소. 그에게 있어 인세는 건곤지인들의 수련 장소에 지나지 않았나 보군. 한때나마 개과천선을 기대했던 내 잘못이 크다!"

설은 허물어지기 시작하는 적개의 몸을 바라보며 중얼거렸다. 건곤비를 빠져나오며 느낀 건곤지기는 적개처럼 인간들의 생기를 흡수해 건곤지기로 바꾸는 이들의 기운이었던 것이다.

설은 다시 청아자에게 고개를 돌렸다.

"사부님께서는 지닌 힘을 인정하시지 않고 계신 것 같습니다."

"……."

설의 말을 들은 청아자는 잠시 입을 다물었다. 설의 지적은 자신이 무당산에 올라가 폐관 수련을 하며 얻은 건곤지기를 왜 사용하지 않느냐는 물음이었다.

“사부님께서는 건곤지기를 부정하시는 겁니까?”

설은 청아자를 바라보며 안타까운 어조로 물었다.

“아니다. 내가 부정하는 것은 건곤지기가 아니라 그 힘을 쓰는 자들이다. 행여 나도 그들처럼 변할까 걱정이 됐다. 하지만 너를 보니 건곤지기가 꼭 나쁜 힘만은 아니라는 생각이 드는구나. 그런 파천의 힘은 아무나 사용해서는 안 되는 법. 너는 앞으로 이 점을 명심하여 악인을 응징해야 할 것이다. 알겠느냐?”

“제자, 명심하겠습니다.”

설은 힘껏 고개를 끄덕였다. 청아자는 이미 순양무극공을 통해 건곤지체를 이룬 몸이었지만 자신이 그 힘을 쓸 만한 자격이 없다고 생각하는 것이다. 설은 청아자의 그런 마음가짐만으로도 충분히 건곤지기를 다룰 자격이 있다고 생각했지만 차마 입을 열 수 없었다. 방금 전 적개에 의해 죽기 일보 직전까지 갔는데도 사용하지 않는 그의 고집은 자신이 왈가왈부한다고 꺾을 수 있는 것이 아님을 알았기 때문이다.

“나는 지금부터 무적이를 찾아가겠다. 너와 함께 가고 싶지만 이미 네 곁에는 많은 조력자들이 있으니 나도 내 할 일을 해야겠구나.”

“사부님, 실은……”

“허허허! 아무 말 말거라. 무적이는 누가 뭐래도 내 오랜 지기이니 그릇된 길로 간 친구를 그대로 두고 볼 수는 없지 않느냐?”

청아자는 한 손을 내저으며 천천히 몸을 돌렸다.

“다른 자들은 몰라도 제자가 사부를 해하게 만들고 싶지는 않구나. 그럼 훗날 다시 볼 수 있으면 보자꾸나.”

청아자는 성큼성큼 걸음을 옮겼다. 그의 뒷모습을 바라보는 설의 눈이 짧게 흔들렸다. 무적 선사의 죽음을 알려야 했지만 지금은 때가 아니라는 생각이 들었다. 이후 시간이 지나면 청아자도 무적 선사가 더 이상 이 세상 사람이 아님을 알게 될 것이다. 따라서 지금보다는 조금이라도 더 마음의 준비가 됐을 때 아는 것이 나을 것 같다는 생각이 들었다.

청아자의 등을 물끄러미 바라보던 설이 천천히 고개를 돌렸다.

"갑시다. 이젠 악의 씨앗을 제거하는 일만 남았소!"

파앗!

말을 마친 설은 허공으로 도약했다. 허공을 마치 계단처럼 밟고 올라간 설은 곧바로 비익조를 발휘해 전면으로 쏘아져 갔고, 그 뒤를 이어 은자삼로와 이한상이 몸을 날렸다.

유조구의 언 호면 위로 겨울 철새 몇 마리가 날아 내리고 있었다.

천지겁의 종식 후 무림의 판세는 크게 바뀌었다.

가장 뚜렷한 변화는 구대문파 중심의 정도 세력이 오대세가를 주축으로 돌아가기 시작했다는 것이고, 천룡성부는 천하 무림인들의 앙모를 받으며 천지일강(天地一强)으로 불린다는 것이었다.

천지칠강. 문주들이 죽어 이제는 전설로 남게 된 검문과 성문세가는 그나마 다행이었다. 무당과 소림은 오대세가의 발밑으로 떨어졌고, 천지겁을 피해 설혼문이 있는 고려로 옮겨간 도원과 천마교는 천하무림에 비겁자라는 낙인이 찍혔다. 이에 당금 무림은 천룡성부와 오대세가를 주축으로 한 정도천하라 해도 과언이 아니었다. 하지만 이들이 무림인들의 존경과 흠모를 더욱 깊이 받을 수 있었던 이유는 그들이 전면에 나서지 않고 조용히 지낸다는 데 있었다.

약속이나 한 듯 외부 출입을 뚝 끊고 두문불출하는 오대세가.

하지만 세인들은 그들을 내버려 두지 않았다. 자신들이 가진 기진이보를 앞 다투어 바치며 잘 보이기 위해 급급했다. 이변이 없는 한 오대세가의 영화는 향후 몇백 년간 지속될 것으로 믿어 의심치 않았기 때문이다.

하북은 무림맹의 거점인 소오대산이 있는 곳으로 최근 세인들의 많은 주목을 받았던 곳이었다. 물론 이전부터도 하북은 천하 무림인들의 주목을 받는 곳 중 하나였다. 하북팽가, 진주언가, 개방, 그리고 금마전의 총단이 있었기 때문이다. 지금도 하북팽가의 정문 앞에는 세가를 찾는 손님들로 붐볐다.

"미안하지만 오늘은 그만 돌아들 가시오!"

광풍도 팽수해는 세가로 들기 위해 차례를 기다리던 사람들을 향해 외쳤다. 그는 이마를 잔뜩 찌푸린 채 찾아온 방문객들을 못마땅한 눈초리로 바라봤다.

"아니, 네 시진이나 기다렸는데 지금 가면 언제 또 가주를 뵙겠습니까? 그러지 마시고 저라도 좀 인사를 드릴 수 있게 해주십시오."

"안 됩니다! 가주님은 지금 폐관 중이십니다. 세가에 들어서신 손님들도 가주님을 뵙지 못하기는 마찬가지니 이만 돌아가 주십시오!"

팽수해는 울상을 하는 사내의 청을 매몰차게 거절하며 고개를 저었다.

"이렇게 부탁드리겠습니다."

사내는 팽수해의 품으로 슬쩍 손을 집어넣었다.

"지금 뭐 하는 게냐!!"

팽수해의 얼굴이 대번에 험악하게 일그러졌다.

"아니, 저는 그저……."

사내는 자신의 뇌물이 먹히지 않고 오히려 역효과를 내자 크게 당황하며 말을 더듬었다.

"이익!"

팽수해는 품에서 꺼낸 금자를 바닥에 내동댕이치고 몸을 휙 돌렸다.

다른 팽가의 무인들은 그런 팽수해를 보며 절레절레 고개를 저었다.

"쯧쯧쯧! 숙부님은 너무 고지식해서 탈이라니깐."

"쉿! 그러다 들으시기라도 하면 어쩌려고 그러느냐?"

"뭐 제가 틀린 말 했습니까?"

"그래도 이 녀석이!"

팽구해 가주의 차남 팽천호는 장남 팽만호의 힐난에도 제 주장을 굽히지 않았다. 그들은 막 방문객들을 돌려보내고 세가 안으로 들어서는 중이었다.

"형님도 생각해 보십시오. 말이야 바른 말이지 우리 가문이 언제 이런 대우를 받아본 적 있습니까? 이름만 오대세가였지 금마전이나 개방에 밀려 기도 못 펴고 살지 않았습니까? 하지만 지금은 다릅니다. 이건 다 우리 가족들이 명왕궁을 섬멸하는 데 앞장섰기 때문입니다. 우리는 이런 대우를 받을 충분한 자격이 있다고요!"

"익은 벼일수록 고개를 숙이라는 말은 괜히 있는 게 아니다. 그리고 천지겁을 치르며 돌아가신 가존들을 생각해서라도 자중할 필요가 있지 않느냐? 도호도 그렇고."

"그 자식 얘기는 꺼내지도 마십시오!"

팽천호는 팽만호의 말을 막으며 버럭 고함을 질렀다. 일신의 영달을 위해 명왕궁에 섰던 팽도호는 가문의 수치였다.

"그 자식만 아니었으면 우리가 남궁세가에 꿀릴 이유가 하나도 없었는데. 에잇!"

팽천호는 소매를 털며 곧바로 걸음을 옮겼다. 팽만호는 팽천호의 뒷모습을 보며 한숨을 내쉬었다. 그도 팽천호의 심정이 이해되지 않는 것은 아니었다. 겁추를 도운 남궁무는 무림의 영웅으로 우뚝 선 반면 팽도호는 명왕궁의 앞잡이가 되어 맹주를 죽이려던 인물로 세간에 알려져 있었기 때문이다.

"휴우! 하지만 도호에게는 말 못할 사정이 있었을 것이다. 그보다 큰 문제는 무공에 정진하고 협의를 중시하던 우리 가문이 점점 권세와 재물을 탐하는 그릇된 길로 흘러가고 있다는 것이겠지. 이것이 팽 숙부가 걱정하는 점일 테고."

팽만호는 혼잣말로 중얼거리며 느릿느릿 걸음을 옮겼다.

"아직 사람다운 사람이 남아 있었군."

담장 위에서 이를 지켜보던 설은 피식 웃음을 머금었다. 먼저 들어간 팽수해도 그렇고, 지금 본 팽만호도 아직은 탐욕에 물들지 않은 무인임을 확인한 설은 다소 기분이 풀렸다.

"우마사!"

"부르셨습니까!"

이한상이 설의 곁으로 천천히 모습을 드러냈다.

"은자삼로는 벌써 출발한 모양이군."

"예. 반 시진 전에 떠났습니다."

설은 이한상의 대답에 살며시 고개를 끄덕이며 다시 입을 열었다.

"그자는 어떻게 됐소?"

"언가는 가주를 새로 뽑아야 할 것입니다!"

이한상의 단호한 대답을 들으며 설은 잠시 생각에 잠겼다.

'조화천주는 오가의 가주들에게 건곤흡기공을 전했다! 결국 조화천주를 찾아야 모든 문제를 해결할 수 있어!'

잠시 생각에 잠겼던 설이 천천히 입을 열었다.

"가지."

"금마전으로 갑니까?"

"그렇소."

"그럼 팽가주는 어찌하시려고?"

"그자는 신주육검이 맡기로 했소."

"으음. 그들로 막을 수 있을까요?"

이한상의 걱정스런 물음에 설이 씁쓸한 웃음을 흘리며 입을 열었다.

"아직 완벽한 건곤지체를 이룬 자들을 상대하는 것이 아니니 방심만 하지 않으면 신주육검 둘이면 큰 무리는 없을 거요."

말을 마친 설의 신형이 흐릿해졌다. 뒤를 이어 이한상이 허공으로 몸을 날렸다. 설이 떠남과 동시에 세 노인이 팽가의 전각들 사이로 날아 내렸다. 설산검귀, 창천신웅, 무정검이었다.

"서두르자고! 이자 말고도 우릴 기다리고 있는 자들은 많으니까!"

설산검귀의 외침에 고개를 끄덕인 창천신웅과 무정검이 하북팽가의 장원으로 소리없이 몸을 날렸다.

어두컴컴한 방 안, 사방이 세 치 두께 철벽에 둘러싸인 밀실이었다.

전풍은 자신의 발밑을 내려다보며 눈을 빛냈다. 그는 오대산에서 도망친 후 곧바로 금마전으로 돌아왔고, 초일류 급 무사들을 더 사서 경비를 강화했다. 천지겁이 끝나고 전풍의 근황을 궁금해하는 자들도 있었지만 그는 결코 양지로 나가지 않았다. 그에게는 무인으로서의 자긍

심을 내팽개칠 만큼 매우 중요하고 화급한 일이 있었기 때문이다.

건곤흡기공. 복면을 하고 찾아온 괴인에게 건네받은 한 권의 비급.

전풍은 한 번 보는 것만으로도 그 비급의 위력을 능히 짐작할 수 있었다. 하지만 한밤에 찾아온 그 불청객은 겸추였다. 이에 전풍은 의심하지 않을 수 없었다. 그는 겸추가 자신에게 이런 천고의 비급을 전한 이유를 뒷조사했고 나름대로 결론을 도출했다.

'완전한 비급이 아니야. 그리고 나 말고도 십수 명이 더 익히고 있다! 이후 이 무공이 완벽해지면 익힌 자들은 모두 정리 대상이 된다.'

전풍은 건곤흡기공을 익히기를 포기했고, 다른 자들이 점점 악귀로 변해가는 것을 예의 주시했다. 하지만 시간이 갈수록 건곤흡기공의 유혹은 점점 강해졌다. 익힌 자들이 자신의 상상을 뛰어넘는 수준으로 강해지고 있었기 때문이다.

'후후후! 겸추가 큰 실수를 했군. 그자는 결코 이들을 막지 못해!'

결국 전풍은 자신도 건곤흡기공을 익히기로 결심했다. 비록 다른 이들에 비해 늦은 시작이었지만 그동안 면밀히 검토한 결과, 건곤흡기공을 수련할 효과적인 방법을 찾은 상태였기에 그 정도 차이쯤은 충분히 따라잡을 자신이 있었다.

'동성보다는 이성이, 일반인보다는 무인이 훨씬 탁월한 효과가 있지! 후후후!'

전풍은 곧바로 수련에 들어갔다. 하지만 건곤흡기공을 익힌 다른 자들과 달리 전풍은 막무가내로 사람들을 해치지 않았다. 자신이 가진 장기를 십분 활용했기 때문이다.

그것은 돈이었다. 전풍은 하루에 두 명씩 사람을 사들였고, 아주 은밀한 처리를 위해 사람을 사는 경로도 대여섯 단계를 거쳤다.

지금 자신의 발밑에 매달려 있는 여인도 그렇게 은밀히 사들인 여인 중 하나였다. 여인은 자신이 기루에 팔려온 것으로 알았고, 그녀를 판 사내는 그녀를 천축을 오가는 무역상에게 판 것으로 알고 있었다.

전풍은 바들바들 떠는 여인을 보며 마른침을 꿀꺽 삼켰다.

"사, 살려주세요."

"은자 일만 냥!"

전풍은 다른 말은 하지 않았다. 그 한마디로도 여인은 쥐 죽은 듯 조용해졌으니까. 은자 일만 냥은 전풍이 저 여인의 아비에게 지불할 돈의 액수였다.

"흐흐흐! 야들야들하겠구나!"

전풍이 비릿한 미소를 흘리자 여인은 두 눈을 질끈 감았다. 그녀는 전풍이 자신의 몸을 취하려 한다는 착각에 빠져 있었다.

쉬이익!

퍽!

전풍의 손이 여인의 후두부에 꽂혔다.

"아악!"

"으음!"

여인의 비명성이 터짐과 동시에 전풍은 전신을 부르르 떨었다. 여인과의 정사와는 비할 수도 없는 쾌감이 전신으로 밀려왔다.

쾅!

"누구냐!"

전풍은 경악성을 터뜨리며 급히 뒤로 물러났다. 찰나지간 뇌리를 스친 불길함.

'세 치 철벽을 뚫고 들어오다니!'

스슷!

"윽!"

전풍은 자신이 바닥에 곤두박질치고 있음을 깨닫는 순간 눈앞이 캄캄해졌다.

"자네는 문주님을 보필하겠다던 나와의 약속을 지키지 않았어. 더욱이 이런 짓거리까지 하다니 도저히 용서가 안 되는군!"

혈왕검은 전풍의 몸에서 검을 빼며 씁쓸한 표정으로 고개를 저었다.

"손속이 매섭군요."

혈왕검은 등 뒤에서 들려온 설의 음성에 힐끗 고개를 돌렸다.

"쓰바! 먼저 당할까 봐 겁이 났소!"

혈왕검의 솔직한 대답에 설이 피식 웃으며 입을 열었다.

"전풍의 건곤지기는 가주들보다 한 수 위였습니다. 정말 큰일을 하신 겁니다."

"큰일은 무슨… 이런다고 주공께서 살아 돌아오시는 것도 아닌데."

혈왕검의 씁쓸한 어조에 설은 콧등이 시큰했다.

이윽고 설은 다시 고개를 들고 혈왕검을 향해 입을 열었다.

"설혼문에는 이곳이 정리되는 대로 들르겠습니다. 그리고 일형 문주님께는 제 부탁을 들어주셔서 감사하다고 전해주십시오."

"알겠소. 하지만 우리는 맡은 곳만 정리하고 곧바로 고려로 돌아갈 생각이니 너무 서운해하지는 마시오. 그리고… 소영 사모님이 많이 힘들어하시오. 당신이 한 번 들러주면 좀 나아지시지 않을까 싶소."

"서운하다니요? 지금 이렇게 도와주시는 것만으로도 얼마나 큰 힘이 됐는지 모릅니다. 중원에는 믿을 만한 사람이 없거든요. 그리고 형수님을 찾아뵐 때까지 그분과 아기를 부탁드리겠습니다."

"내 죽을 때까지 할 일이 그거요! 그럼 나는 이만 가겠소!"

혈왕검은 피식 웃으며 몸을 돌렸다. 이에 설은 그의 뒷모습을 보며 혼잣말로 중얼거렸다.

"형수님을 찾아뵐 수 있을지 모르겠습니다."

잠시 후 터벅터벅 걸음을 옮겨 밀실에서 빠져나온 설은 자신을 기다리고 있던 이한상에게 입을 열었다.

"우마사."

"예, 주공!"

"지금부터 조화천주를 찾으시오. 아니, 정확히 말하면 조화천주의 몸을 받은 자를 찾아야 합니다."

"으음!"

이한상은 절로 신음성이 터졌다. 조화천주를 찾으라는 설의 말은 죽음을 불사하라는 말과 다름없었다. 하지만 그가 신음성을 흘린 이유는 설이 자신을 그만큼 인정한 것이라는 생각 때문이었다.

건조했다. 중원은 한창 혹한에 만물이 얼어붙었는데도 이곳은 뜨거운 햇살에 천지가 푹푹 익고 있었다.

대막. 보이는 건 모래와 바람뿐이라는 죽은 자들의 땅. 하지만 이곳 대막인들이 사막의 모래바람보다 더욱 두려워하는 존재가 있었다.

혈천수라(血天修羅) 파극뢰. 수라문의 문주이자 대막의 제왕으로 군림해 온 그가 다시 돌아온 것이다.

돌아온 파극뢰는 더 이상 흉포한 행동을 하지 않았다. 그렇다고 성격이 바뀌거나 개과천선을 한 것은 아니었다. 그 흉포한 성질을 부릴 기회가 잠시 미뤄진 것뿐이었다.

　대막으로 돌아오는 길에 만난 조화천주는 파극뢰에게 건곤흡기공을 전하는 대신 그가 익힌 수라멸천공이 건곤의 무공 중 하나라는 것을 알려주었다. 그로 인해 파극뢰는 대막에 돌아오자마자 곧바로 사막 수련에 돌입했다.

　사막 수련. 사막에서 물 한 모금 마시지 않고 백 일 동안 수련을 하는 파극뢰의 고유 수련 방법으로 그가 사막 수련에 돌입한 것은 이제껏 단 두 번이었다. 처음은 대막을 일통하기 직전의 무렵이었고, 두 번째는 바로 지금이었다. 이에 수라문도들을 비롯한 대막인들은 그가 돌아오지 않기를 간절히 기원했다. 하지만 그들은 안다. 파극뢰는 다시 돌아올 것이며 그가 돌아왔을 때는 그 어느 때보다 엄청난 피바람이 불 것임을.

　후아아앙……!

　거센 모래 폭풍에 한 치 앞도 내다볼 수 없었다. 아니, 눈은 물론이고 입과 코를 비롯한 전신에 뚫린 모든 구멍을 막아야 했다.

　하지만 파극뢰는 자신을 집어삼키려고 다가오는 용권풍을 노려보며 두 눈을 부릅떴다.

　"흥! 건곤지기? 조잡하게 인간들 생기나 흡수해서 얼마나 얻겠어? 그런 멍청한 짓은 하지 않는다. 어차피 흡수해야 한다면 난 저 녀석이다!"

　파극뢰는 버럭 고함을 지르며 두 손을 앞으로 뻗었다. 마치 용권풍을 끌어안으려는 모습처럼 보였다.

　파극뢰의 온몸에 수라멸천공의 진기가 휘돌기 시작했다.

　"저 용권풍만 내 것으로 만든다면 나는… 천하제일이 된다. 이얍!"

　파극뢰는 수라멸천공을 극대로 끌어올리며 기합성을 토했다.

찌지직!

파극뢰의 전신 근육이 부풀어 오르며 입고 있던 옷이 갈기갈기 찢겨 나갔다. 이와 동시에 쭉 뻗은 그의 양 장으로 용권풍이 빨려 들어오기 시작했다.

'됐어!'

파극뢰가 조금씩 작아져 가는 용권풍을 보며 입가에 미소를 머금을 때였다.

파파파아앙……!

"커억!"

파극뢰의 눈이 찢어질 듯 커졌다. 모래 속에서 솟구친 삼 인에게 기습을 당했기 때문이다. 그를 중심으로 분분히 날아 내린 이들은 은자삼로였다.

"마음 같아서는 좀 더 놀아주고 싶지만 쓸데없이 힘을 빼지 말라는 주공의 당부가 있으셔서 말이야."

흑전이 앞으로 한 걸음 나오며 피식 웃음을 흘렸다. 파극뢰의 손을 떠난 용권풍이 삽시간에 커지며 은자삼로를 삼키려 들었지만 그들은 꿈쩍도 하지 않았다.

"으으! 감히 본좌의 수련을 방해하다니. 용서하지 않겠다!"

쑤아앙!

파극뢰는 마지막 힘까지 쥐어짜며 수라멸천권을 펼쳤고, 그의 장풍이 흑전을 향해 일직선으로 날아갔다.

퍼억!

"천하제일인의 장력치고는 싱겁군. 그럼 잘 가시게."

흑전은 파극뢰의 장풍에 맞은 어깨를 툭툭 털며 천천히 몸을 돌렸다. 그와 동시에 비강과 황억이 날아올랐다.

파극뢰는 망연자실한 표정으로 털썩 무릎을 꿇고 주저앉았다.

"저, 저것은 건곤지기!"

파극뢰는 공중에서 자신을 향해 쏘아오는 은자들의 움직임을 망연자실한 얼굴로 쳐다보다가 이내 두 눈을 질끈 감았다.

오대산은 더 이상 성지라 불릴 수 없을 정도로 초토화된 상태였다. 하지만 그랬던 오대산이 채 석 달이 못 되어 조금씩 제 모습을 찾아가고 있었다. 무려 오천에 육박하는 건장한 사내들이 산을 본래의 모습으로 되돌리기 위해 전력을 다하고 있었기 때문이다. 더욱이 그 오천이나 되는 사내들은 약탈과 노략질을 일삼던 파락호가 대부분이었다.

그들은 녹림칠십이채의 녹림도들이었다.

"서둘러라! 남선사(南禪寺)는 오늘부로 끝내야 한다! 으샤!"

후아아악……!

쿠웅!

혈종의 외침과 동시에 그의 전면에 있던 거목이 넘어갔다.

"우와아!"

여기저기서 혈종이 쓰러뜨린 나무 주위로 몰려들었다. 혈종은 끙 소리와 함께 나무를 들쳐 메고 움직이는 녹림도들을 보며 만면에 웃음을 머금었다.

'그래. 잊고 있었어. 이런 게 사람 사는 맛이었는데…….'

혈종은 문득 설의 얼굴을 떠올렸다.

"그럼 남선사는 다 됐고. 이제 보살정(菩薩頂)으로 넘어가야겠군."

당대(唐代)부터 내려오는 고찰인 남선사는 지난 명왕궁과 무림맹의 접전 중에 불에 탔었다. 하지만 지금은 여러 장인들을 초빙해 와 대부분을 복원한 상태. 녹림도들의 일은 필요한 자재들을 나르고 장인들의 지시대로 움직이는 단순 노동이었지만 그들의 엄청난 근력과 힘이 아니었다면 이렇게 빠른 속도로 남선사를 복구할 수 없었으리라는 것은 장인들이 더 잘 알고 있었다.

혈종은 내일은 다음 복구 장소로 이동해야겠다고 마음먹으며 천천히 걸음을 옮겼다.

채챙!

녹림도들이 임시로 거주하는 산채에서 요란한 금속성이 들려왔다.

"무슨 일이냐?"

산채로 득달같이 달려온 혈종이 버럭 호통성을 터뜨렸다.

"아무것도 아닙니다. 몸이 근질근질해서 비무를 했을 뿐입니다."

막 상대의 목에 기다란 자상을 낸 탈명백사 나굉은 혈종을 힐끗 쳐다보며 피식 웃었다. 이를 본 혈종이 눈썹을 꿈틀했다.

"나 좀 보자!"

"그러시지요."

혈종이 소매를 털며 안으로 들어가자 나굉은 맞상대하던 채주에게 어깨를 으쓱해 보이고 걸음을 옮겼다.

안으로 들어선 혈종은 자리에 앉아 나굉을 노려봤다.

"자네, 요즘 왜 그러나?"

"뭘 말입니까?"

혈종의 얼굴이 급격히 일그러졌다.

'으음. 도대체가 이런 자신감이라는 건.'

녹림에서의 나굉의 위치는 자신의 바로 다음 서열로 총표파자인 혈종을 제외하면 가장 높은 위치였다. 하지만 그렇다고 실력도 혈종 다음이라는 뜻은 아니었다. 물론 나굉의 백사도법은 상대하기 지극히 까다로운 기이한 도법으로 정평이 나 있긴 했지만, 녹림에 숨어 자신의 실력을 십분 감추고 있을 기라성 같은 고수들에게는 한참 모자랐다.

즉, 절대오종의 수좌를 차지하고 있는 혈종에게는 비교조차 안 된다는 뜻이었다. 그래서 혈종은 지금 나굉의 태도가 무척 의아했다.

"불만있나?"

"불만이오? 글쎄요. 표파자께서 보기에 있을 것 같습니까? 아니면 없을 것 같습니까?"

혈종의 물음에 나굉은 어이없다는 투로 되물었다.

"발칙한 놈! 혀뿌리가 뽑히고 싶은가?"

콰지끈!

혈종이 자리에서 벌떡 일어나자 그가 앉았던 의자가 뒤로 넘어가며 부서졌다. 하지만 나굉은 전혀 주눅 든 기색이 아니었다.

"앞장서라!"

"원하신다면!"

혈종의 외침에 나굉은 흔쾌히 고개를 끄덕이며 몸을 돌렸다.

산채를 가득 메운 녹림도들의 얼굴에는 하나같이 긴장감이 서려 있었다. 십수 년 전, 혈종이 전대 표파자 광철마웅(狂鐵魔雄)에게 했던 것처럼 나굉이 오늘 혈종에게 도전장을 내민 것이다. 대부분의 녹림도들은 혈종의 승리를 믿어 의심치 않았지만 나굉을 잘 아는 이들의 생각은 조금 달랐다. 그는 십 중 십 할의 승산이 아니면 결코 나설 인간이 아니었기 때문이다.

"오너라!"

혈종은 나굉을 향해 손짓을 하며 자신의 애도를 빼 들었다. 피를 흠뻑 먹은 듯 붉디붉은 도는 사십 근이 넘는 무게를 자랑했다.

혈종은 도를 쥐자 잠시 느꼈던 불안감이 일순 걷히는 기분이었다.

'하지만 광철마웅 선배도 내게 당할 것이라는 생각은 안 했을 터, 방심은 금물이다!'

혈종은 속으로 나굉을 공격할 초식을 정리했다.

'혈견파에 이어 혈견참해로 끝낸다!'

그는 자신의 성명절기인 혈견도법을 연달아 펼칠 생각이었다. 그것도 전신 공력을 모두 담은 도강으로 마무리하기로 마음먹었다. 비록 오대산에 불사를 짓고 개과천선의 마음가짐으로 살고 있다고는 하지만 그는 누가 뭐래도 녹림의 총표파자. 표파자는 어떤 상황에서도 약한 모습을 보이면 안 된다. 그것으로 그동안 쌓은 명성과 공은 물거품이 되고 마는 것이다. 하지만 혈종은 그와 더불어 자신을 중심으로 뭉쳐 거친 풍랑을 헤치고 살아남은 녹림이라는 배가 좌초되기를 바라지 않았다. 그런 의미에서 나굉은 녹림이라는 배의 선원인 녹림도들을 다시 한 번 묶어줄 수 있는 좋은 계기가 될 것이다.

혈종은 나굉의 손끝이 움직이는 순간을 공격 시기로 결정하고 그의 행동을 예의 주시했다. 하지만 나굉은 느긋한 표정으로 물끄러미 바라볼 뿐 혈종을 공격할 생각을 하지 않았다.

'나굉, 많이 컸군. 인내할 줄 알다니!'

혈종은 어쩌면 나굉이 자신의 예상을 훨씬 웃도는 성취를 지니고 있을지도 모른다는 생각을 했다. 이에 혈종은 필승을 위해서는 먼저 움직이지 않겠다는 결심을 하기에 이르렀고, 둘 사이의 대치는 오래도록 지속됐다.

그렇게 지루한 대치 시간이 한 식경이 넘어갈 무렵. 나굉이 먼저 움직이기 시작했다.

'흠! 기의 흐름이 끊이지 않는군. 아니… 없다!'

나굉을 살피던 혈종의 얼굴이 급격이 굳어졌다. 나굉에게서 느껴지던 기도가 순식간에 사라져 버렸기 때문이다.

"끝났어! 영감!"

쌔애액!

나굉은 그 찰나의 틈을 노려 쏜살같이 날아왔다.

"혈견파!"

후악!

이에 혈종도 급히 도를 휘둘렀다. 위급한 순간에 나와서 그런지 도에는 엄청난 힘이 실려 있었다. 나굉은 도강을 알아보고도 날아오는 속도를 줄이지 않았다.

카앙!

"헉!"

혈종은 저도 모르게 침음성을 터뜨렸다. 나굉이 한 손을 들어 도강을 퉁겨내고 나머지 한 손을 뻗어 자신의 목을 찔러왔기 때문이다.

'졌다!'

혈종은 패배를 직감했다. 백사도법이 장기인 나굉이 도를 들고 있지 않았다는 것이 뒤늦게 떠올랐다. 자신이 모르는 사이, 나굉은 기연을 만난 것이 분명했다. 이에 혈종은 망연자실한 표정으로 나굉의 손을 쳐다보며 눈을 질끈 감을 때였다.

퍽!

혈종은 눈을 번쩍 뜨고 전면을 응시했다. 급살맞은 사람처럼 전신을 부르르 떠는 나굉이 눈에 들어왔다.

불신의 기색이 역력한 눈빛.

나굉은 자신을 바라보며 설레설레 고개를 저으려 했지만 안타깝게도 그에게는 그럴 기회가 없었다. 몸과 분리된 머리가 공중으로 치솟았기 때문이다. 이에 혈종은 고개를 획 돌렸다.

"은공!"

"오랜만이오. 그리고 비무 약속을 못 지킨 건 미안하게 됐소."

혈종의 눈이 크게 일렁였다. 하지만 마주 보는 설의 눈은 무심했다.

*　　　*　　　*

천지겁의 혼란에서 벗어난 지 채 일 년도 못 돼 무림에는 또다시 혈풍을 예고하는 소문이 돌기 시작했다.

의문의 실종과 죽음.

이전에는 미처 보지 못했던 희대의 사건들이 하나둘 눈에 보이기 시작한 것이다. 특히 오대세가주들의 죽음은 무림인들을 극심한 충격으로 몰아넣었다.

시체조차 남기지 못한 하북팽가주 팽구해의 의복이 팽가의 정문 현판 끝에 걸린 것을 시작으로 진주언가의 언중범 가주와 금마전의 전주 전풍이 돌연 실종됐고, 산동 제남 땅의 패자 황보세가의 가주는 함께 자던 첩에 의해 싸늘한 주검으로 발견되었다. 무림의 절정고수들이 손 한 번 써보지 못하고 당한 것이다.

얼마 안 있어 조사에 착수한 개방과 하오문은 살해된 가주들의 범인으로 설혼문을 지목했고, 실종자들은 무의천마의 마공에 당한 것이라는 내용을 천하에 공표했다. 더불어 지금껏 벌어진 수천여 실종 사건의 책임도 모두 무의천마에게 전가했다.

그가 극악한 마공을 익히고 있으며 실종자들은 그의 수련 도구로 쓰였다는 내용이었다. 이에 무림은 경악했다.

굳게 닫혔던 천룡성부의 문이 열린 것도 그 즈음이었다.

◆ 第六章 ◆
건곤지인（乾坤之人）

휘이잉!

휘몰아치는 눈보라는 도무지 그칠 기미를 보이지 않았다.

"아직도 눈이 내리네요."

창문 너머로 시선을 던지던 수운이 살며시 고개를 돌렸다.

그녀는 사미, 사애 자매와 함께 남궁희수를 만나기 위해 난주로 왔고, 지금은 황하루에 묵고 있었다.

"그러게요."

사미는 고개를 갸웃거렸다. 수운의 말대로 삼월치고는 무척 추운 날씨였다.

"날씨가 이런 건 어쩌면 조화천 때문인지도 몰라요. 하늘도 그들이 순리를 거역하고 역천의 길로 들어선 걸 느끼고 있는 거죠."

"후훗! 듣고 보니 그 말씀이 맞는 것 같아요."

사미는 수운의 말을 농담으로 흘려들었지만 그녀는 진담이었다.

'그의 기가 느껴져. 하지만……'

사미에게서 시선을 뗀 수운은 잠시 생각에 잠겼다. 얼마 전부터 설의 기운이 느껴졌다. 하지만 그가 어디 있는지는 전혀 알 수가 없었다. 수운은 그 이유가 조화천주의 시야에서 벗어나기 위한 설의 의도일 것이라 짐작했다.

'이젠 우리도 움직일 시기가 됐어. 그럼 우선 비마각을 옮겨야겠지?'

가장 안전한 곳은 고려겠지만 그렇게 되면 신속 정확이 생명인 정보의 수집과 처리가 불가능해진다. 따라서 장소는 중원에 국한되어야 했다. 이윽고 생각을 정리한 수운이 다시 사미에게 고개를 돌렸다.

"상단을 조직해야겠어요."

"상단이요?"

수운의 뜬금없는 말에 사미 자매와 남궁희수가 놀란 눈으로 되물었다.

"네! 그러려면 일단 비천서 대협의 도움이 필요해요. 남궁 동생은 그분을 좀 찾아주세요."

"네."

남궁희수의 대답을 들은 수운이 살포시 웃으며 이번에는 사미를 향해 물었다.

"그럼 상단의 거래 품목으로는 뭐가 좋을까요?"

"……"

사미는 일순 대답하지 못했다. 수운이 무슨 생각을 하고 있는지 도무지 짐작할 수 없었기 때문이다.

"뭐, 그건 차차 생각하기로 해요. 자, 그럼 서두르죠! 상단을 만들려면 시간이 촉박하니까요."

수운은 사미가 채 대답도 하기 전에 걸음을 재촉했다. 이에 사미와 남궁희수는 수운의 뒷모습을 물끄러미 바라보며 설레설레 고개를 저었다. 그녀들은 수운의 머리 속에 어떤 생각이 담겨 있는지 여전히 알지 못했다.

안휘성의 성도인 합비(合肥)는 동비천(東肥川)과 서비천(西肥川)이 합류하는 곳이라 해서 합비라는 이름이 붙여졌다.

그 합비까지 이어진 관도를 따라 나란히 걷던 구합려와 비천서는 약속이나 한 듯 발길을 멈추고 주위를 둘러봤다.

"아무래도 이리로 간 것 같지는 않아요."

비천서는 이맛살을 찌푸리며 구합려를 힐끗 쳐다봤다.

"나는 비천서 대협만 믿고 있소."

구합려는 어깨를 으쓱하며 고개를 흔들었다.

"쳇! 구 대협은 저보다 빌붙는 걸 더 좋아하시는 것 같습니다."

비천서의 비아냥에 구합려는 빙긋이 웃을 뿐 아무런 대답을 하지 않았다. 실종 사건 조사를 위해 동행하는 동안, 둘은 꽤 돈독한 관계로 발전했다.

"그런데 정말 남궁무가 확실한 거예요?"

비천서가 고개를 갸웃거리며 물었다.

"물론이오! 그놈은 분명히 남궁무였소. 그런데 그건 왜?"

구합려는 단호한 어조로 고개를 끄덕이며 되묻자 비천서가 한 손으로 턱을 어루만지며 입을 열었다.

"우리가 남궁무를 본 곳이 무한에 있는 황학루였잖아요."

"그렇지요."

비천서는 고개를 끄덕이는 구합려를 보며 다시 말을 이었다.

"그럼 코앞이 남궁세가였는데 왜 합비 쪽으로 갔을까요?"

"듣고 보니 그렇군."

구합려는 눈을 찡그리며 고개를 끄덕였다.

실종 사건을 조사하기 위해 함께 나왔던 구합려와 비천서는 호북과 안휘를 맡기로 했다. 구합려가 호북에 자리한 무당 출신이고, 비천서의 별장이 안휘에 있다는 단순한 이유 때문이었지만, 연고가 없는 것보다는 아무래도 활동하기에 수월했다.

그렇게 호북을 조사하던 비천서와 구합려는 별다른 성과 없이 무한까지 이르렀고, 강남삼대명루 중 하나인 황학루는 반드시 들러야 한다는 비천서의 주장 때문에 구합려는 마지못해 황학루에 들어갔다.

주루 오층 창가에 자리를 잡고 앉아 양자강의 흐르는 물을 바라보던 구합려는 대로를 지나는 낯익은 얼굴을 발견했다. 그로서는 결코 잊을 수 없는 얼굴의 주인은 남궁무였다.

남궁무는 천하를 구한 영웅으로 급부상했다는 소문과 달리 초췌하고 불안한 안색이었다. 이에 구합려는 비천서와 함께 그의 뒤를 미행했고, 그가 한 아낙을 납치해 한적한 곳으로 데려가 그녀의 기를 취하는 만행을 목격하고 대노했다.

그들은 곧바로 달려나가 한바탕 싸움을 치렀지만 남궁무는 열세를 깨닫고 곧 도주했다. 그렇게 그의 흔적을 쫓다가 합비에 이른 것이다.

"놈은 분명 황산으로 갔을 거예요."

"으음."

비천서의 확신에 찬 어조에 구합려는 침음성을 뱉었다. 남궁무가 남궁세가로 돌아갔으리라는 보장도 없었지만, 그가 자신들의 이목을 속였을 가능성도 충분히 있었다. 설령 남궁무가 황산에 없다 해도 언젠가는 세가로 돌아올 것이다. 이에 구합려는 비천서의 말대로 남궁무의 뒤를 쫓는 것보다는 미리 가서 기다리고 있는 것이 나을 것이라 판단했다.

"갑시다!"

구합려는 곧바로 몸을 돌렸다.

지붕 위에서 잔뜩 몸을 웅크리고 아래를 주시하던 비천서는 구합려를 향해 슬쩍 머리를 돌렸다.

"거봐요, 내 말이 맞죠?"

"비천서 대협의 혜안에 경탄을 금치 못하겠소."

구합려의 칭찬에 비천서는 헤벌쭉 웃었다. 처음부터 합비로 갈 것이 아니라 황산으로 왔어야 했던 일이지만 쫓겨보기만 했지 추격의 경험은 일천했던 자신에게는 이 정도만 해도 대단한 일이라는 생각에 스스로가 보기에도 무척 대견했다.

"그나저나 저기를 어떻게 침투해야 할지……."

"그러게요."

구합려의 근심스런 목소리를 들은 비천서는 안색을 찌푸렸다. 일견하기에도 남궁세가의 경비가 삼엄해 보였기 때문이다.

"그냥 확 쳐들어갈까요?"

"그건 좀……."

비천서의 제의에 구합려가 난처한 기색을 보일 때였다.

"건곤지기를 쌓고 있는 자들이 무려 셋이다. 그 방법은 좀 아닌 것 같구나."

"커억! 사부! 흡!"

자신의 곁으로 소리없이 나타난 설을 본 비천서는 대경하여 소리치다가 제 입을 급히 틀어막았다.

"오랜만이다, 천서야. 사형도 나오셨군요."

설은 싱긋이 웃으며 한 손을 들었다.

"오, 오랜만입니다, 대협."

"아니, 사제에게 대협이라는 호칭을 쓰시는 분이 어디 있습니까?"

구합려가 어색하게 웃으며 마주 손을 들자 설은 피식 웃었다.

"제게는 무의천마라는 은공만이 있을 뿐 더 이상 설담자라는 사제는 없습니다."

"지금은 남궁세가의 문제를 처리하는 게 급하니 그 얘기는 나중에 다시 나누도록 하지요."

설은 구합려에게 시선을 떼고 천서에게 고개를 돌렸다.

"미안하지만 잠시 네 머리를 좀 빌려야겠구나."

"예?"

비천서가 눈을 동그랗게 뜨며 되묻는 사이, 설은 일월성신경을 끌어올려 비천서의 머리 속을 투시했고, 잠시 후 비천서가 겪은 일들이 설의 머리 속으로 투영되기 시작했다.

"으음."

설은 제마대에 속한 이들의 죽음을 대하자 안색이 일순 어두워졌다.

설의 마음이 상할까 염려된 이한상과 은자삼로가 입을 다물었기에 마검자, 한후, 백학성과 같은 친구들의 죽음 소식을 오늘에야 비로소

접하게 된 것이다. 이에 설은 입술을 질끈 깨물며 다음 장면으로 넘어갔다. 자신과 인연을 맺었던 여인들이 보였다.

수운, 사미, 남궁희수, 그리고 사애에 이르기까지.

'다행히 그녀들은 아무런 해를 입지 않았군.'

설은 비천서와 구합려가 남궁무를 추격한 전 과정을 끝으로 일월성신경을 거둬들였다.

"잘 봤다."

"네에."

비천서는 울상이 됐다. 설이 자신의 마음속을 들여다봤음을 깨달은 것이다.

비천서가 곤혹스런 표정으로 자신을 힐끔거리는 사이 설은 천천히 자리에서 일어나 하늘로 시선을 옮겼다.

"왔군!"

"누가요?"

비천서는 벌떡 일어나 사방을 두리번거렸다.

쌔애앵……!

멀리서 들려오는 미미한 파공성.

"오오!"

비천서는 두 눈을 휘둥그레 뜨고 탄성을 질렀다.

터턱!

은자삼로가 가장 먼저 설의 주위로 날아 내렸고, 잠시 후 사종달을 포함한 마도의 네 고수가 도착했다. 남궁세가 전각의 지붕이 졸지에 설과 그의 조력자들의 회합 장소가 된 것이다.

"으음!"

구합려가 세가 쪽으로 걱정스런 시선을 던지자 설이 빙긋이 웃으며 입을 열었다.

"결계를 쳐놓았습니다. 아무도 우리를 볼 수 없으니 안심하십시오."

구합려는 설의 말에 당혹했다. 설이 온 지가 채 일 다경이 못 되는데 그가 주위에 결계까지 쳐놓았다는 말이 도무지 믿기지 않았다. 하지만 설은 거짓말을 할 줄 모르는 사람이었다.

이윽고 설이 은자삼로를 바라보며 천천히 입을 열었다.

"일은 어찌 됐소?"

"으음, 그것이……."

흑전은 잠시 주저하다가 다시 입을 열었다.

"말씀대로 실종 사건의 배후에는 조화천이 있었습니다만 문제가 생각보다 심각합니다. 아무래도 건곤지기를 쌓는 자들이 기하급수적으로 늘고 있는 것 같습니다. 대막에서 파극뢰를 처리하고 이곳으로 오며 처리한 자들만 해도 다섯입니다."

"그건 저희도 마찬가지였습니다. 건곤지기를 쌓는 자들은 어느 한곳 예외없이 구대문파와 오대세가를 위시한 천하 도처에 숨어 있었습니다."

흑전의 뒤를 이어 사종달도 수심에 찬 어조로 입을 열었다. 이에 설은 슬며시 고개를 끄덕이며 그들을 빙 둘러봤다.

"생각보다 문제가 훨씬 심각하군."

설은 눈썹을 찌푸리며 심란한 어조로 다시 입을 열었다.

"흡기를 하는 사람들은 이유 여하를 막론하고 죽여야 하오. 더 이상 일 대 일의 싸움은 무의미합니다. 기습이나 암습도 좋고, 합공을 해도 상관없소. 이대로 놔두었다가는 세상에 남아 있을 사람은 아무도 없을 거요."

설의 말을 들은 은자삼로와 마도고수들은 속으로 침음성을 삼켰다. 설이 이토록 강경한 대응책을 지시한 적은 단 한 번도 없었다. 사태가 그만큼 위급해졌다는 뜻이었다.

"그럼 출발하시오. 그리고 항상 둘 이상씩 동행을 해야 하오!"

"그럼 저희는 이만 물러가겠습니다. 부디 보중하십시오."

흑전이 머리를 조아린 채 그 자리에서 사라지자 뒤를 이어 마도고수들도 설에게 장읍을 취한 후 몸을 날렸다.

"저어, 사부님, 저희는 어떻게 할까요?"

은자삼로와 사종달 등이 자리를 뜨자 비천서가 조심스레 입을 열었다.

"천서는 일단 나와 함께 하는 게 좋을 것 같구나. 구 사형과 우마사도 그렇고."

"넵! 근데 우마사라니요?"

설과 함께 한다는 생각에 기분이 좋아진 비천서는 힘차게 대답하다가 다시 고개를 갸웃거리며 물었다.

스스슷!

"남궁천악은 처리했으나 남궁술과 남궁무는 도주했습니다."

비천서가 밟고 있던 청기와 사이로 연기처럼 나타난 이한상이 설의 앞에 서며 다급히 말을 뱉었다.

"흠! 역시 남궁천악보다 남궁술과 남궁무가 더 큰 성취를 이뤘었군!"

설이 씁쓸한 표정으로 고개를 끄덕였다.

"그럼 저는 그들을 쫓겠습니다."

휙!

“아니, 그럴 필요 없소!”

막 몸을 날렸던 이한상은 설의 만류에 다시 지면에 날아 내렸다. 이에 비천서와 구합려가 놀란 눈으로 서로를 마주 보았다. 날아가던 탄력을 거두기도 전에 저렇게 사뿐히 되돌아올 수 있는 신법은 들어본 적도 없었기 때문이다.

“그들이 가는 곳은 이미 정해져 있소.”

설은 담담한 어조로 말하며 먼 하늘을 응시했다. 설의 의도를 눈치챈 이한상도 고개를 끄덕이며 설이 바라보는 쪽으로 시선을 옮겼다.

“헉! 헉!”

남궁무는 거친 숨을 몰아쉬며 힐끗 뒤를 돌아봤다. 다행히 쫓아오는 자는 없는 것 같았다. 차라리 지닌 공력을 이용해 경신법을 펼쳤다면 이 정도로 지치지는 않았을 테지만, 한시라도 빨리 피해야 한다는 조급함에 건곤지기로 신법을 펼쳤다. 그 덕분에 인간의 한계를 뛰어넘는 속도로 달릴 수는 있었지만 건곤지기는 지닌 위력만큼이나 일반 공력에 비해 소모가 훨씬 컸다.

“괜찮으냐?”

온몸이 땀으로 흠뻑 젖은 남궁술이 남궁무를 향해 물었다.

“예!”

두 부자는 서로를 착잡한 표정으로 바라보며 한동안 말을 잇지 못했다. 구대문파를 밀어내고 정도의 기둥으로 우뚝 선 오대세가. 그중에서도 남궁세가는 단연 선두에 서 있었다. 물론 명왕궁주를 처리한 제갈세가도 어깨를 나란히 하고 있긴 했지만 겸추의 전폭적인 지원을 받는 곳은 오직 남궁세가뿐이었다. 그것은 조화천에서 전수해 준 신의 무학을 남궁세가주를 포함해 무려 셋이나 익힐 수 있었던 것만 봐도 알 수 있었다. 하지만 오늘부터는 아니었다.

가주 남궁천악은 죽었고, 그와 더불어 세가를 대표하던 남궁술과 남궁무 부자는 도주 중이었다.

'형님께서는 그자에게 손도 써보지 못하고 당하셨다!'

남궁술은 이한상의 일검에 일생을 마감한 남궁천악을 떠올리며 괴로워했다. 그의 검에 맞는 순간, 전신이 먼지로 흩어진 것으로 보아 필시 건곤지기에 당한 것이 분명했다.

"무야, 어쩌면 우리가 큰 착각을 하고 있었는지도 모르겠구나."

"그게 무슨 말씀이십니까?"

남궁무는 고개를 휙 돌리고 놀란 눈으로 물었다.

"조화천의 무학 말이다. 어쩌면 신의 무학이 아니라 천하에 다시없을 마공이 아닐까 하는 생각이 든다. 형님이 돌아가시는 모습이 우리가 흡기를 했던 이들과 흡사했었다는 건 너도 봤지?"

"그런데요?"

남궁술의 말을 들은 남궁무는 일순 안색이 굳어졌다.

"우리보다 강한 자를 만나면 우리도 흡기 대상에 지나지 않는다는 뜻이다. 하지만 지금 돌이켜 봐야 무슨 소용이 있겠느냐. 그런 일을 당하지 않기 위해서라도 더 열심히 사람을 죽이는 수밖에 달리 방도가 없거늘. 후후후!"

남궁술은 엉덩이를 툭툭 털고 자리에서 일어서며 허탈하게 웃었다.

"이제 건곤지기도 어느 정도 채워졌을 테니 출발하자꾸나."

남궁술은 남궁무의 대답도 기다리지 않고 곧바로 몸을 날렸다.

"약해지셨군요."

쓸쓸한 얼굴로 아비의 뒷모습을 바라보던 남궁무도 이내 경공을 전개하기 시작했다. 남궁술의 뒤를 바짝 따라붙은 남궁무는 귀에 이는 바람 소리를 들으며 생각에 잠겼다.

건곤지기는 위대한 힘이다. 굳이 심법을 운용하지 않아도 자연스레 일어나며 소모가 아무리 극심하더라도 잠시 후면 곧바로 회복되는 신기한 힘이다. 하지만 건곤지기는 쓰면 쓸수록 좀 더 강한 느낌을 갈구하게 하는 중독성도 강하다. 지금도 남궁무는 남궁술의 뒷모습을 뚫어져라 응시하며 참기 힘든 유혹을 견뎌내기 위해 입술을 질끈 물었다.

'안 돼! 그것만은 절대 안 된다!'

남궁무는 세차게 고개를 저으며 뚝 멈춰 섰다.

"무슨 일이냐?"

남궁술이 급히 몸을 돌렸다.

"아, 아닙니다. 아무것도 아니에요."

고개를 도리질 치는 남궁무의 눈가에 잔 경련이 일었다.

"무야, 괜찮은 게냐?"

이를 발견한 남궁술이 대경하여 달려왔다. 남궁무의 몸에 이상이 생겼음을 직감한 남궁술은 곧바로 아들의 가슴에 장심을 가져갔다.

남궁무의 건곤지기가 바닥이 났다고 여긴 것이다.

수우웅!

"으음!"

남궁무는 남궁술이 전하는 건곤지기를 받아들이며 전신을 흠칫 떨었다. 말로 다 형용 못할 쾌감이 밀려왔다. 온몸의 힘줄이 펄떡이고 전신 신경 하나하나가 살아 움직이는 느낌.

'조금 더… 조금만 더!'

남궁무는 참을 수 없는 갈증에 천천히 손을 들어 올렸다.

"무, 무야!"

슈우욱!

남궁술의 경악성이 터짐과 동시에 남궁무의 손이 그의 머리를 향해 뻗어갔다.

푸욱!

"둘로 나누어져 있는 것보다는 하나로 합치는 것이 낫지 않습니까? 그러니 너무 힘들어하지 마십시오. 금방 끝납니다."

남궁술의 이마에 다섯 손가락을 쑤셔 넣은 남궁무는 그의 건곤지기를 빨아들이며 중얼거렸다. 하지만 이미 숨을 거둔 남궁술은 그저 경악으로 부릅뜬 눈으로 아들의 웃는 얼굴을 응시할 뿐 아무 말도 하지 못했다.

남궁술과 남궁무가 향하던 곳은 제갈세가였다. 남궁세가와 더불어 천하무림의 기둥으로 우뚝 선 제갈세가. 하지만 제갈세가는 세인들의 발길이 끊긴 지 오래였다. 찾는 발길은 부쩍 늘었지만, 결코 외인의 발길을 허락치 않았기 때문이다.

세인들은 그 이유가 방문객들을 맞아줄 사람이 아무도 남아 있지 않아서라는 것은 상상조차 못했다. 그렇다고 제갈세가에 사람이 아주 없는 것도 아니었다. 천지겁을 종식시키고 돌아온 제갈망과 그의 아들 제갈명이 있었기 때문이다.

지하 장원에 마주 앉아 있는 제갈망과 제갈명은 말없이 서로를 바라보고 있었다. 이윽고 제갈명을 물끄러미 쳐다보던 제갈망이 천천히 입술을 뗐다.

"이제 너와 나의 영체를 합칠 때가 됐다. 지금 이곳으로 남궁무와 그의 뒤를 쫓는 추격자들이 오고 있지만 시간은 충분하다.”

“후후후! 드디어 끝을 낼 때가 됐군요!”

제갈명은 고개를 끄덕이며 피식 웃었다.

“아니, 이제 시작이라고 해야겠지.”

제갈망, 아니, 조화천주도 웃음을 머금었다.

건곤전이대법(乾坤轉移大法)은 아수혈교의 음양강신전이술법(陰陽降神轉移術法)을 건곤지체에 맞게 고친 신술(神術)로 자신의 생명을 이어 갈 수 있게 해준 고금제일의 대법이었다.

'이번에는 좀 짧았어. 오십 년뿐이 버티지 못하다니. 하지만 이제 더 이상은 건곤전이대법을 펼칠 필요가 없다!'

조화천주가 흐뭇한 미소를 짓는 사이, 제갈명이 잠시 망설이다가 입을 열었다.

“그런데 당신은 제 아버님이십니까?”

“그게 중요한 게냐?”

“후후후! 아닙니다.”

제갈명은 피식 웃으며 고개를 저었다. 조화천주의 말대로 그런 것은 더 이상 중요하지 않았다. 중요한 것은, 지금 자신이 생각해야 할 유일한 일은 신이 되는 것, 그것뿐이 없었다.

이윽고 조화천주가 천천히 걸음을 옮기자 제갈명도 그 뒤를 따랐다.

마주 앉은 두 사람의 몸은 타오르는 불꽃처럼 크게 일렁였다.

천룡통천후를 극성으로 끌어올린 조화천주와 제갈명은 동시에 앞으로 손을 쭉 내밀었다.

둘의 손이 맞닿은 순간, 조화천주의 몸이 공중으로 둥실 뜨며 제갈명의 머리 위로 이동했다.

"수미라 카바야르! 아불마리 하란타……."

구우우우웅……!

제갈명의 입에서 흘러나오던 주문이 점점 빨라지더니 이내 낮고 긴 소리로 바뀌었다. 이에 조화천주의 몸이 흐릿해지더니 잘게 부서져 나가기 시작했다.

쿠아아아앙……!

빛과 같은 속도로 회전하는 두 사람.

퍽!

순간 제갈망의 몸에서 빠져나온 조화천주의 영체가 제갈명의 몸속으로 파고들어 갔다. 이와 동시에 제갈망의 몸은 순식간에 대기 중에 먼지로 흩어졌다.

스르르륵!

"으아아아악!!"

제갈명은 처절한 비명을 터뜨렸다. 자신의 얼굴이 점점 뭉그러지기 시작하더니 이내 온몸이 검붉은색의 끈적끈적한 액체로 화하며 극심한 고통이 엄습해 왔기 때문이다. 상상조차 못해본 무시무시한 고통이었다.

"아아악! 으으……!"

잠시 후, 제갈명은 자신의 몸에 들어온 이질적인 기운을 느끼며 조금씩 제 모습을 찾아갔다. 다행히 더 이상은 아무런 고통도 느껴지지 않았다.

파앗!

찰나지간 피어오른 눈부신 광채. 그리고 그 뒤로 칠흑 같은 어둠이 이어졌다.

잠시 후.

“으하하하!”

“후후후후!”

제갈명의 입에서 두 사람의 웃음소리가 터져 나왔다.

제갈세가에 당도한 남궁무는 앞에 펼쳐진 기관진식을 보며 망연자실했다.

“제길!”

고개를 홱 돌린 그의 눈에 설 일행의 모습이 들어왔다.

“좋으냐?”

“…….”

설이 앞으로 걸어나오며 노기 띤 음성으로 물었지만 남궁무는 대답하지 못했다. 설의 분노의 기운이 남궁무를 숨조차 쉬지 못할 정도로 사정없이 몰아붙이고 있었기 때문이다.

“네놈과 전혀 상관없는 사람들을 해한 것도 모자라 아비를 해하고 얻어야 할 만큼 건곤지기가 대단한 것이었냐? 대답을 하란 말이다!”

푸악!

설이 노호성을 터뜨림과 동시에 남궁무가 입으로 피를 토하며 뒤로 벌렁 넘어졌다.

“네놈이나 제갈명 그 자식이나 오대세가에 속한 놈들이 왜 무당에 입문했는지를 의심했어야 했는데!”

구합려는 앞으로 나오며 눈썹을 찡그렸다. 남궁무와 풀어야 할 은원이 있었지만 그를 건드리고 싶은 마음이 생기지 않았다. 사리사욕을 채우기 위해 부친을 죽인 인간과 마주하고 있는 것만으로도 똥을 밟고 있는 기분이었다. 구합려는 남궁무와 눈을 마주치지 않기 위해 애쓰며 비천서에게 고개를 돌렸다.

"비천서 대협이 처리하시오!"

"내가 왜요? 난 싫습니다. 아무래도 연륜으로 보나 실력으로 보나 이한상 대협이 끝내는 게 좋겠네요."

비천서는 고개를 세차게 저으며 이한상에게 떠넘겼다. 남궁무를 죽이는 일은 똥을 치는 일이었고 그것은 이한상의 심정도 마찬가지였다. 하지만 자신마저 거부하면 설이 직접 나설 것이다.

"알겠소!"

스르릉!

이한상은 떨떠름한 표정으로 검을 빼 들었다. 하지만 이런 치욕적인 상황에 처했는데도 남궁무는 전혀 화를 낼 수 없었다. 설의 분노에 찬 시선을 벗어날 수 없었기 때문이다.

"으으! 사, 살려줘!"

"……."

설의 눈은 파랗게 빛나고 있었다.

'나, 나는 마신의 눈을 보고 있다.'

남궁무는 그것 외에는 아무런 생각도 들지 않았다.

그때였다.

파파팡!

"피해!"

설이 남궁무의 등 뒤에서 날아온 건곤지기를 막으며 다급히 외치자 삼 인은 일제히 뒤로 물러섰다.

"오랜만이군, 설담자. 아니, 기무설이라고 해야 하나? 쿡쿡쿡!"

남궁무의 옆에 날아 내린 제갈명은 설에게 한쪽 눈을 찡긋했다.

"으음! 당신은······."

설은 침음성을 삼켰다.

"그래도 한때는 네 사형이었던 사람을 이렇게 핍박하면 쓰나? 안 그래?"

제갈명은 입을 열며 남궁무의 어깨에 다정스레 손을 얹었다.

"도탄에 빠진 세상을 구한다는 게 이런 거였소?"

"호오! 나를 알아보는군."

갑자기 제갈명의 목소리가 바뀌었다. 조화천주였다.

'역시 건곤비에서 또 한 번의 깨달음을 얻은 것인가? 그럼 계획을 변경해야겠군.'

조화천주는 설의 방심을 유발하기 위해 건곤지기를 흩뜨리고 있었다. 기습을 가할 생각이었다. 하지만 설이 자신을 한눈에 알아본 지금 생각을 바꿨다. 굳이 모험을 감행하지 않아도 시간이 흐르면 설은 결코 자신의 적수가 될 수 없을 것이다. 천하에 널려 있는 건곤지인들의 건곤지기를 흡수한 뒤에 설에게 천벌을 내려도 늦지 않다는 뜻이었다.

이윽고 조화천주가 천천히 입을 열었다.

"아무래도 자네와의 일은 다음으로 미뤄야겠군. 아직 정리해야 할 일이 많아서 말이야. 후후후!"

풀썩!

순간 조화천주의 몸이 천천히 땅으로 꺼져 들어갔다.

하지만 설은 아무런 제지를 가하지 않았다. 조화천주가 사라짐과 동시에 그와 함께 서 있던 남궁무의 옷가지가 땅바닥에 떨어졌다.

"어떻게 된 일이지요?"

비천서가 달려와 묻자 설이 굳은 안색으로 입을 열었다.

"남궁무는 조화천주의 손이 닿았을 때 이미 건곤지기를 모조리 뺏긴 상태였다."

"제갈명이 정말 조화천주가 맞나요?"

"그렇소. 하지만 정확히 말하면 조화천주의 영체를 받은 자라 해야 옳을 것이오."

어느새 다가온 이한상이 설을 대신해 비천서의 물음에 답했다.

"제갈명이 있다는 것을 알고 있었지만 조화천주가 있으리라고는 미처 생각지 못했군. 모두 내 불찰이다."

설은 한 손으로 턱을 어루만지며 고민에 휩싸였다. 조화천주가 몸을 빼는데도 아무런 제지를 가하지 못한 것은 자신이 없었기 때문이다.

조화천주가 자신에게 두려움을 느끼듯 설 역시 그에게 두려움을 느꼈다. 하지만 설의 두려움은 조화천주처럼 일신의 안위 때문이 아니었다. 지금 상황에서 격전이 벌어지면 자신은 말할 것도 없고 비천서와 이한상, 그리고 구합려의 생명도 장담할 수 없었다. 뿐만 아니라 도처에서 독버섯처럼 자라나고 있는 건곤지기를 흡기하는 자들을 놔두고 조화천주와 동귀어진을 할 수도 없는 노릇이었다. 이제는 은자삼로나 천마교와 설혼문의 고수들로는 도저히 감당할 수 없는 지경에 이르렀기 때문이다.

"결국 그 길뿐인가?"

설의 눈에 고뇌의 빛이 어렸다.

청해호의 물결은 잔잔한 파문이 되어 호숫가로 밀려왔다.

그 물결을 말없이 바라보는 두 사내는 제갈명과 겸추였다.

"저는 아직 준비가 되지 않았습니다."

"네가 준비할 일은 아무것도 없다!"

"하지만……."

"쯧쯧쯧! 내 너를 그렇게 가르쳤더냐. 어찌 여인의 치마폭으로 기어 들어 가려는 것이냐."

겸추는 입을 다물었다. 조화천주의 화신인 제갈명은 자신에게 건곤흡기공 수련에 제동을 건 수운을 없애고 그녀가 조직한 상단을 와해하라는 명을 내리고 있었다. 하지만 수운을 자신의 여인으로 삼을 생각이었던 겸추는 그 지시를 따를 수 없었다.

"사부님께서는 인간 세상은 제게 주신다고 하시지 않았습니까?"

"하지만 건곤흡기공에 걸림돌이 되는 것들은 치워야 한다는 전제가 있었다. 이번이 네게 주는 처음이자 마지막 기회가 될 것이다. 잘 생각해 보아라. 후후후!"

제갈명이 비릿한 미소를 머금고 느릿느릿 걸음을 옮기자 이를 지켜보던 겸추의 눈가에 경련이 일었다.

수운은 탁월한 수완으로 상단을 조직하고 비마각을 그 상단으로 위장시킨 후 곧바로 활동을 재개했다. 재정적인 측면에서는 천마교의 지원을 받았으나, 비마각을 찾는 데 혈안이 된 개방과 하오문의 시야에서 벗어날 수 있었던 것은 그녀가 직접 상단을 관리하지 않았다면 불가능했을 일이었다. 이에 비마각은 아무런 부담 없이 조화천의 일거수일투족을 관찰할 수 있었고 부수적이긴 했지만 상단의 세도 날로 번창했다. 수운이 집중적으로 노린 곳은 전풍이 없어 유명무실해진 금마전이었고, 은하전장의 장주 구충환의 도움으로 어렵지 않게 금마전의 상권을 흡수할 수 있었다. 하지만 무엇보다 가장 큰 성과는 천하에 최근 들어 건곤마인이라 불리게 된 건곤흡기공을 익힌 자들에 대한 소문을 퍼뜨렸다는 것이었다.

　연이은 실종 사건이 무의천마가 아니라 조화천이 조종하는 건곤마인들에 의해 벌어졌다는 소문에 동조한 이들이 구대문파의 장문들이라는 것은 그 소문의 신빙성을 더해주었다.

　"야속한 사람."

　수운은 창밖으로 시선을 던지며 나직이 중얼거렸다. 사종달을 통해 설의 얘기를 듣긴 했지만 직접 대면한 적이 없었던 까닭에 설을 향한 그녀의 걱정은 그쳐지지가 않았다.

　수운이 막 창밖에서 시선을 떼고 일어나는 순간이었다.

　"오랜만이군."

　"다, 당신은!"

　수운은 전면에 서 있는 겸추를 발견하고 경악성을 터뜨렸다.

　"소리쳐도 상관없어! 어차피 다른 사람은 듣지 못할 테니까. 후후!"

　주위 음파를 차단한 겸추는 비릿한 미소를 머금은 채 수운을 물끄러미 쳐다봤고, 수운은 다급히 일월성신경을 끌어올리며 겸추의 공격에 대비했다.

　"못 본 사이에 더 예뻐졌군. 호오! 이제 보니 건곤발출의 경지에 올랐군! 역시 천하제일지라 이건가?"

　겸추는 수운을 유심히 살피며 천천히 앞으로 걸음을 옮겼다.

　"가까이 오지 마!"

　수운의 날카로운 외침에도 겸추는 피식 미소를 흘리며 다시 한 걸음을 내디뎠다.

　"너를 내 여인으로 만들 생각이었다. 그런데 사부께서 허락하지 않는구나. 네가 너무 설쳐 이리된 것이니 나를 원망치 말거라.”

겸추는 아쉬운 눈빛으로 수운을 바라봤다. 하지만 이미 작심한 이상 마음을 바꿀 생각은 전혀 없었다. 단지 수운을 동침 후 죽일지, 아니면 죽인 후 시침을 할지에 대한 고민을 하고 있을 뿐이었다.

“후후후! 고민할 필요도 없는 문제였군. 이리 오너라!”

겸추가 수운에게 손을 뻗었다. 수운의 건곤지기를 취하려면 당연히 수운의 몸을 뺏는 것이 먼저였다. 건곤지기를 취하게 되면 그녀의 몸은 가지려야 가질 수 없기 때문이다.

“짐승만도 못한 놈!”

겸추의 의도를 눈치챈 수운이 성난 목소리로 외쳤다. 하지만 그녀의 몸은 겸추에게 조금씩 끌려가고 있었다. 일월성신경을 극대로 끌어올려 저항하고 있었지만 겸추에게는 부질없는 몸부림일 뿐이었다.

“결코 네 뜻대로 되지는 않을 것이다!”

찰나지간, 수운이 일월성신경을 풀며 겸추의 손에 몸을 맡겼고, 이와 동시에 그녀는 겸추를 향해 빠른 속도로 날아갔다. 날아가는 그녀의 양손은 한없이 투명한 빛을 내뿜고 있었다.

이를 본 겸추의 눈에 이채가 서렸다. 하지만 그뿐이었다. 수운의 건곤지기 정도로는 결코 자신을 해할 수 없었다.

“하하하! 마지막 순간에 어리석은 모습을 보이는구나!”

겸추의 웃음소리가 방 안에 울려 퍼지는 순간이었다.

파아아앙……!

“헛!”

겸추는 헛바람을 집어삼키며 급히 고개를 들었다. 천장을 뚫고 자신을 향해 낙하하고 있는 약 장로가 눈에 들어왔다. 이에 겸추는 두 눈을 부릅뜨고 천룡통천후를 극대로 끌어올렸다.

퍼펑!

"크윽!"

약 장로는 신음성을 터뜨렸다. 그는 뻥 뚫린 자신의 가슴을 내려보다가 천천히 고개를 들어 올렸다. 만면에 웃음을 머금은 겸추의 얼굴이 들어왔다.

"삼사라고 다 같은 삼사가 아니라네. 후후후……!"

비웃음을 날리던 겸추가 경악과 불신이 뒤섞인 얼굴로 천천히 고개를 돌렸다. 그의 눈에 처음 들어온 것은 수운의 건곤지기에 의해 분리된 자신의 몸이었다. 이에 겸추는 한 줌 먼지로 화해가는 자신의 몸을 보며 '안 돼!' 라고 부르짖었다. 하지만 그의 말은 입 밖으로 나오지 못했다.

퍽!

수운은 허공으로 숫구쳤던 겸추의 수급이 터짐과 동시에 약 장로를 향해 몸을 날렸다.

"약 장로님!"

"……."

하지만 약 장로는 대답하지 못했다. 그저 울부짖으며 달려오는 수운을 향해 잔잔한 미소를 보낼 뿐이었다.

'아이야, 내 건곤의 문은 너였었나 보구나.'

약 장로의 몸이 풀썩 지면으로 꺼져 들어갔다.

"안 돼! 안 돼에에!!"

수운은 절규했다.

겸추의 실종으로 무림이 경동한 지 한 달이 지난 새벽. 수운은 뜬눈으로 밤을 지새우며 시름에 잠겨 있었다. 얼마 전 자신에게 보내온 설의 심령어 때문이었다.

"이제 아무도 나서지 마시오! 모든 일은 내가 마무리하겠소! 수운, 내게 방법이 있으니 믿어주시오."

수운은 이마에 한 손을 얹고 고운 아미를 찡그렸다.
'우리 힘으로는 도저히 막을 방법이 없다고 판단한 거겠지. 하지만 무슨 수로 그 많은 자들을 막겠다는 걸까?'
수운은 설이 야속했다. 자신과 지인들의 도움을 마다한 채 혼자 모든 짐을 지려는 설의 고집이 미웠다. 하지만 수운은 설이 그런 품성을 지녔다는 것 때문에 자신이 지금껏 그만을 바라보며 살아왔다는 사실은 잊지 않았다.
"하지만 이번에는 당신 뜻대로 안 될 거예요! 저도 그렇지만 당신을 아끼고 좋아하는 사람들이 그렇게 놔두지 않을 테니까요."
혼잣말로 중얼거린 수운은 이내 내일부터 해야 할 일들을 하나하나 정리하기 시작했다. 겸추가 죽었으니 천룡성부의 눈과 귀로 있던 개방과 하오문은 조만간 발을 뺄 것이다. 하지만 가주들이 모두 죽은 오대세가가 설을 흉수로 지목하고 추격하고 있다는 것은 문제였다.
설이 그들 손에 당할 리는 없었지만 그의 품성으로 보아 결코 오대세가인들을 죽이지 않을 것은 자명했기에 세가인들의 추격은 그에게 정신적으로 많은 피곤을 안겨줄 것이다.
"할 수 없군. 구대문파를 끌어들이는 수밖에……."
수운은 입술을 잘근 깨물었다.

비천서와 구합려는 정신이 하나도 없었다. 동에 번쩍 서에 번쩍 하며 천지 사방을 돌아다니는 설을 뒤쫓느라 기력의 소모가 극심했던 까닭이다. 지금껏 말없이 설의 뒤만 따르던 이한상이 쉬어가자는 청을 안 했다면 퍼져도 벌써 퍼졌을 것이다. 이 때문에 건곤지인을 목전에 두고 있다 자신하던 구합려와 비천서는 자존심에 금이 간 지 오래였다.

"잠시 다녀올 테니 모두 여기서 기다리시오."

쉬고 있는 일행을 향해 입을 연 설은 곧바로 몸을 날렸다.

"우워어!"

캉!

요란한 금속성과 함께 사방으로 불꽃이 튀었다.

"사매! 이곳은 우리에게 맡기고 우선 피해!"

"그럴 수는 없어요!"

쒜에엑……!

가악도의 다급한 음성에 진영이 세차게 고개를 저으며 검을 찔러 들어갔다.

카앙!

하지만 이번에도 마찬가지, 진영은 비틀비틀 뒤로 물러났다. 이미 부러진 손목뼈로는 아무것도 할 수 없었다. 건곤마인은 도검으로는 도저히 뚫을 수 없는 신체였기 때문이다. 하지만 그렇다고 손 놓고 당할 수도 없는 노릇. 지본구와 사양이 좌우측에서 건곤마인을 향해 검기를 발산했고, 가악도와 송진자는 후방에서, 그리고 하무상과 하무일이 전면에서 일제히 달려들었다.

카카캉……!

"크아아!"

육 인의 합공을 온몸으로 막은 건곤마인의 눈이 광기로 번득였다. 대충 이은 가죽옷을 입고 있는 것으로 보아 이전에는 필시 사냥꾼이었을 사내였다.

"다… 죽인다!"

파파팡!

건곤마인의 손에서 건곤지기가 발산됐다. 단 일 수에 건곤지기 셋을 날릴 수 있다는 것은 그만큼 많은 사람을 죽였다는 뜻. 두려움보다는 분노의 감정이 먼저 일어난 무당육룡과 하무일은 손목에 더욱 힘을 주었다.

슈슉!

"헉!"

달려들던 하무상이 다급한 침음성을 삼켰다.

"상아!"

쌔액!

하무일은 건곤마인에게 멱살을 잡힌 하무상을 구하기 위해 무작정 몸을 날렸다. 자신의 실력으로는 하무상을 구할 수 없음을 잘 알고 있었지만 이대로 놔둘 수는 없었다.

"핫!"

하무일이 혼신의 힘을 다해 공력을 끌어올리자 그의 검이 한 치가량 더 길어졌다. 부지불식간에 검강의 경지에 들어선 것이다.

그때였다.

"윽!"

　단말마의 비명과 함께 건곤마인이 그대로 허물어졌고, 그 뒤에 서 있던 설이 앞으로 달려왔다.

“기 소협!”

　진영이 설을 가장 먼저 알아보고 달려왔지만 그녀는 만감이 교차한 얼굴로 설을 바라보며 말을 잇지 못했다.

“다행입니다. 하마터면 큰 후회를 남길 뻔했습니다.”

　설은 싱긋이 웃으며 진영에게 고개를 숙여 보였다.

“사질… 아니, 사, 사숙조!”

　뒤늦게 달려온 가악도가 말까지 더듬으며 설의 손을 덥석 잡았다.

“그동안 별고없으셨습니까?”

　설은 가악도를 시작으로 다른 사람들을 차례로 돌아보며 정중히 고개를 숙였다.

“저희보다는 사숙조께서 고생이 많으셨다고 들었습니다. 그동안 얼마나 고초가 크셨습니까?”

　담담한 어조로 말을 하는 사양의 눈은 크게 흔들리고 있었다.

“고맙네, 정말 고마워!”

　하무일은 감격에 겨운 목소리로 설의 얼굴을 바라봤다. 이렇게 많은 사람이 설과 감격에 겨운 인사를 주고받는 사이에도 유독 한 사람만은 하무일에게서 시선을 떼지 못했다.

‘형님이… 형님이 나를 구하기 위해 목숨을 도외시하셨다!’

　하무일을 바라보는 하무상의 가슴은 벅차올랐다.

“조금 있으면 이곳으로 건곤마인들이 몰려올 것입니다.”

　설은 무당육룡을 둘러보며 다시 말을 이었다.

“겪어보셨다시피 건곤마인들은 일반적인 무공으로는 도저히 감당할 수 없는 마물들입니다. 그러니 우선은 몸을 피하십시오.”

“그럼 사숙조께서는 어쩌실 작정입니까?”

사양이 걱정스레 묻자 설이 피식 웃으며 입을 열었다.

“건곤마인들을 유인한 사람이 접니다. 그런 제가 아무 대책도 없이 이곳으로 왔겠습니까?”

설의 말을 들은 육룡 일행은 그제야 일련의 상황이 파악됐다. 근래 들어 줄어든 실종 사건과 건곤마인들이 북쪽으로 이동하고 있다는 소문. 천하 각지에서 무의천마의 행적이 포착됐고, 그를 추격하기 위해 오대세가의 추격대가 결성됐다는 소식 등, 이 모든 것이 설의 의도 하에 진행됐던 것이다.

‘도대체 어쩌시려고?’

사양은 설을 바라보며 걱정스런 눈길을 던졌다. 하지만 설의 얼굴에는 자신감이 깃들어 있음을 확인하자 다소 안심이 되었다.

“좀 더 말씀을 나누고 싶지만 시간이 촉박해 이만 가봐야 할 것 같습니다. 그럼!”

설은 육룡 일행과 작별 인사도 하지 않고 곧바로 자리를 떴다. 다시 만나자는 지키지 못할 약속은 차마 할 수 없었다. 이에 육룡 일행은 넋 나간 사람처럼 우두커니 서 있었고, 진영은 그 자리에 무너지듯 주저앉았다.

“드디어 건곤마인들이 지척에 이른 것 같습니다!”

설이 나타나자 이한상이 다급히 말을 뱉었다.

“안 그래도 지금 하나를 처치하고 오는 길이오. 어서 서두릅시다.”

설은 피식 웃으며 자리에 털썩 주저앉았다. 이에 이한상과 구합려, 그리고 비천서는 잠자코 설의 주변을 지키며 주변의 기척에 촉각을 곤두세웠다. 지금 설이 마무십삼절을 일으켜 사방으로 건곤지기를 보내고 있음을 알고 있기 때문이었다.

설의 건곤지기. 건곤마인들에게 이보다 더 매혹적인 것은 없었다. 설은 건곤마인들을 유인하기 위해 자신을 미끼로 던진 것이다.

'어이구! 속 터져. 세상에 저런 바보 같은 분이 또 있을까?'

비천서는 도통 흘리지 않던 땀까지 뻘뻘 흘리며 건곤지기를 끌어올리는 설을 보며 설레설레 고개를 저었다.

설 일행이 도착한 곳은 장백산이었다.

뒤를 쫓는 건곤마인들은 설의 건곤지기에 정신이 팔려 있었기에 다행히 오대세가나 구파 고수들의 피해를 줄일 수가 있었다.

"이백이라!"

장백산 중턱에서 산 아래를 굽어보던 설은 빠른 속도로 다가오는 건곤마인들을 보며 씁쓸한 표정으로 중얼거렸다.

그 수가 무려 이백에 육박하는 건곤마인들. 은자삼로와 천마교, 설 혼문의 고수들에 의해 그 수가 많이 줄었는데도 건곤마인들은 역시 기하급수적으로 늘어 있었다. 게다가 지금까지 생존해 있다는 것만으로도 그들의 실력은 없어진 건곤마인들보다 훨씬 상위의 실력을 지니고 있음이 분명했다.

"정말 조화천주도 이곳으로 올 것으로 보십니까?"

"물론! 그는 결코 건곤마인들을 저대로 잃을 사람이 아니오."

이한상의 물음에 고개를 끄덕인 설은 곧바로 몸을 돌렸다.

"갑시다. 이제 저도 준비를 해야겠습니다."

설은 비익조의 신법을 전개했다.

지면에 착지한 설의 눈가에 잔 경련이 일었다.

"왜지?"

"……."

그는 천천히 고개를 들며 물었다. 하지만 앞에 선 여인이나 그녀의 뒤에 서 있는 사람들은 아무도 그의 물음에 답하지 않았다.

"내 그토록 당부했거늘!"

설은 건곤마인들을 유인하기 위해 온 신경을 그들에게만 집중했던 자신의 실수를 자책했다. 앞에 선 이들은 수운을 비롯한 남궁희수, 사미, 사애, 그리고 은자삼로와 천마교의 고수들까지 자신과 좋은 인연을 맺은 대부분이 와 있었다.

"더 이상 외롭게 하고 싶지 않아요. 이분들도 같은 생각이고요."

수운은 설의 앞으로 천천히 걸음을 옮겼다. 그녀를 바라보는 설의 눈에 애잔함이 스쳤다.

"당신, 그동안 많이 야위었군."

설은 다른 사람들의 시선은 상관치 않고 수운의 한쪽 볼에 살며시 손을 가져갔다.

얼마나 그리던 얼굴이던가.

'그래! 당신이 있는 이 세상을 위해 이 한 몸 바치리다!'

설이 수운을 보며 속으로 다짐하는 사이, 수운이 자그마한 입술을 달싹이기 시작했다.

"당신은 반드시 살아야 해요! 이제 그 무거운 짐, 같이 나눠요!"

수운은 준비했던 말은 꺼내지 못했다. 보고 싶었다고, 미치도록 그리웠다고 부르짖고 싶었지만 그런 말은 지금 그에게 전혀 도움이 되지 않는 말이었다. 그녀는 설에게 지금 필요한 것은 살고자 하는 의욕임을 직감했다.

하지만 설은 달랐다. 살고자 하는 욕망, 세상에서 보다 나은 행복을 추구하고자 하는 욕심은 이미 그에게 아무 의미가 없었다. 세상을 구하고자 하는 협의 때문도 아니었다. 그에게 남은 욕심은 오직 수운뿐이었다. 그녀가 살아가야 할 세상이 사라지도록 내버려 둘 수 없다는 결심. 그것이 설이 건곤비를 박차고 나온 이유였다.

"이제 됐어. 당신을 보니 한결 마음이 편해졌어. 그럼!"

설은 수운의 볼에서 손을 뗀 후 그녀의 뒤에 서 있는 이들을 향해 살며시 고개를 숙였다. 이윽고 몸을 돌리는 설에게 비천서의 다급한 외침이 들려왔다.

"사부님! 건곤마인들이 몰려오고 있어요!"

"알고 있다!"

설은 헐레벌떡 달려온 비천서에게 고개를 끄덕이며 천천히 걸음을 옮겼다. 그의 눈에 구름처럼 몰려오는 건곤마인들이 비쳤다.

"왔군!"

그들의 맨 후미에서 건곤마인들을 충동질하고 있는 천뇌의 모습도 보였다. 하지만 와야 할 사람이 아직 남아 있었다.

"왔군!"

설은 건곤마인들과 삼십 장 떨어진 허공 위에서 뒷짐을 진 채 느릿느릿 걸어오는 제갈명을 발견했다.

하지만 그는 더 이상 어린 시절 자신과 진법 대결을 펼쳤던, 그리고 무당파에 있으며 장취원과 자신을 견제했던 제갈명이 아니었다.

인세를 자신의 수련처로 삼고, 신계를 자신의 발 아래 두려는 절대 힘을 지닌 마신, 조화천주였다.

"으음! 조화천주는 더 이상 건곤마인들에게 욕심이 없다. 그의 목표
는 나였어!"

설은 조화천주의 주변 방원 십 장에 가득 찬 잿빛 기운을 보고 침음
성을 삼켰다.

이윽고 설은 힘겹게 입술을 떼었다.

"갑니다!"

"허허허! 주공!"

흑전이 붉게 충혈된 눈으로 헛웃음을 삼키는 사이, 조화천의 무리들
을 향해 날아가는 설의 몸에서 점점 광채가 나기 시작했다.

"흑암은 흑암으로 돌아갈지니 다시는 인세에 발을 들이지 못하리라!"

팟!

설은 조화천인들과 지척에 이르자 곧바로 허공으로 몸을 날리며 길
게 외쳤다. 그 뒤를 따라 조화천인들과 건곤마인들이 솟구쳐 올랐다.

이를 확인한 설은 그들을 이끌고 조화천주를 향해 빠르게 다가갔다.

자신과 지척에 이른 조화천주가 회심의 미소를 짓는 순간!

설의 몸이 오색 광채에 휩싸였다. 마무십삼절의 전 무공을 동시에
일으킨 것이다.

열세 초식으로 이루어진 권절을 펼쳐 건곤마인들을 한곳으로 모으
고, 만궁절을 이용해 날아오를 때 일어난 흙먼지로 조화천인들의 시야
를 가렸다.

휘이잉!

조화천의 무리들을 한곳으로 모은 설은 수류절과 비익조를 전개하
며 한줄기 바람이 되어 그들을 중심으로 회전하기 시작했다.

금강절과 목통절로 전신을 단단하고 질기게 만든 터라 순식간에 방원 백여 장에 이르는 타원형의 건곤기막이 형성됐다.

"으윽!"

건곤마인들은 전신을 엄습하는 화기에 고통에 찬 신음성을 터뜨렸다. 설이 호흡을 통해 화홍절을 발휘했기 때문이다. 하지만 이런 극심한 건곤지기의 소모에도 설은 전혀 지친 기색이 아니었다.

토흡절을 끌어올려 자신의 생명의 불꽃까지 모두 태우고 있어 가능한 일이었다.

"모두 땅 밑으로 들어가라!"

조화천주의 외침에 조화천의 무리들은 급히 땅을 파고들어 가기 시작했다. 하지만 그들보다 설이 한 발 더 빨랐다.

"건곤의 경계는 욕심을 버린 자만이 들 수 있다!"

설은 다시 공중으로 솟아오르며 기합성을 토했다. 그의 기합에는 명후절의 기운이 담겨 있었다. 또한 성신절의 힘도 깃들어 있어 조화천인들의 머리를 일순 백지장처럼 하얗게 만들었다.

쒜에에엑……!

설은 멈추지 않고 계속해서 마무십삼절을 이어갔다. 천지절을 끌어올려 자신의 발밑으로 만상허무대진을 쳤고, 음양절을 통해 만상허무대진에 조화천인 각자에게 상극으로 작용하는 기운을 흘려보냈다. 그것은 아무도 빠져나올 수 없는 천고의 절진이었다.

"네, 네놈이!"

조화천주는 태어나 처음으로 경악했다. 설이 스스로도 빠져나올 수 없는 방법을 동원해 자신과 조화천인들의 수족을 가둬놓고 있었기 때문이다. 하지만 거기서 끝이 아니었다.

허공에 둥실 떠 발밑을 굽어보던 설은 슬며시 고개를 돌렸다. 근심 어린 눈길로 자신을 바라보는 수운이 보였다.

"비록 같은 하늘 아래 있을 수는 없겠지만, 잠시라도 당신과 인연을 맺었었던 것만으로도 행복했다오. 사랑하오!"

"안 돼!!!"

설의 심령어를 들은 수운이 절규를 토하며 설을 향해 몸을 날렸다.

번쩍!

그와 동시에 천지 사방이 일순 광명에 휩싸였다. 모든 이가 눈을 뜰 수 없을 정도의 눈부신 빛 덩어리. 그리고 아무 소리도 들리지 않았다.

"안 돼! 안 돼!"

수운의 흐느낌에 중인들이 천천히 눈을 떴다. 그녀의 시선을 따라 눈을 돌린 중인들은 다시 한 번 눈을 감았다 떴다.

아무것도 없었다.

설도, 조화천주도, 방금 전까지 치열한 격전을 치르던 이들까지 아무도 보이지 않았다.

"이, 이럴 수가!"

이한상은 털썩 자리에 주저앉았고, 여인들은 피맺힌 절규를 토하며 실신했다.

"사, 사부님!!"

비천서는 목이 터져라 외치며 설이 있던 곳으로 내달렸고, 구합려는 피가 나도록 입술을 베어 물며 고개를 홱 돌렸다. 그들은 조화천을 없 앴다는 기쁨을 전혀 느낄 수 없었다. 오직 설을 잃었다는 슬픔만이 너무도 감당키 어려울 뿐이었다. 하지만 누구보다 극심한 고통에 휩싸인 이는 수운이었다.

“안 됩니다! 어서 건곤지기를 거두십시오!”

한쪽 구석에서 분루를 삼키던 흑전이 놀라 외치며 수운에게 달려왔다. 그녀의 두 눈에서는 핏물이 뚝뚝 떨어지고 있었기 때문이다.

흑전의 놀란 외침에 가장 먼저 달려온 이는 사미였다. 그녀는 수운을 얼싸안으며 흑전을 향해 고개를 돌렸다.

“왜 이러시는 거죠?”

“으음! 아무래도 지니고 있던 건곤지기를 모두 주공께 전해 드리시고, 그 충격으로 인해 실명을…….”

흑전이 침중한 어조로 말끝을 흐리자 염화수운이 천천히 입술을 뗐다.

“그분께서 주셨던 걸 다시 되돌려 드리려 했을 뿐이에요. 하지만 그것마저도 받지 않으시네요. 제가 생명을 잃을까 걱정하셨나 봐요. 당신 목숨은 초개와 같이 버리시면서요.”

“그분은 결코 쉽게 생명을 버리실 분이 아니에요!”

사미는 수운의 눈가에 흐르는 피를 자신의 옷소매로 닦으며 그녀를 잡아 일으켰다. 사미의 손에도 핏물이 가득 배어 있었다. 슬픔을 참기 위해 꼭 쥐었던 손가락이 손바닥을 파고들어 갔기 때문이다.

“우리… 기다려요. 그분은 반드시 돌아오실 거예요!”

“……”

수운의 마음을 가라앉히기 위해 뱉은 말이었지만 사미의 목소리는 크게 떨리고 있었다.

＊ ＊ ＊

우드득!

천뇌의 뼈를 씹는 제갈명의 눈동자가 광기로 번득였다. 시간이 얼마나 지났는지, 이곳이 어디인지 아무것도 알지 못했다.

그가 아는 것이라고는 더 이상 이곳에 자신을 제외한 건곤지인은 단 한 명도 남아 있지 않다는 것뿐이었다. 아니, 엄밀히 따지면 한 명은 남아 있었다. 설의 건곤지기는 아직 흡수하지 못했으니까.

"흐흐흐! 이제 나와라. 이제 너와 나 외에는 아무도 없다. 네가 바라던 게 이것이지 않느냐?"

제갈명은 허공에 대고 크게 소리를 질렀다. 이곳은 천지이면서도 천지가 아니었다. 그 느낌은 설의 건곤지기에 휩쓸려 눈앞이 아득해진 순간부터였다. 그때부터 멀리서 자신들을 지켜보던 이들이 씻은 듯이 사라졌었다. 사방을 돌아다녀도 백 장이 지나면 제자리에 돌아와 있는 것만 봐도 분명 자신과 조화천인들은 설이 쳐놓은 절진에 빠져 있는 것이 분명했다. 하지만 문제를 알았다고 해결책도 알 수 있는 것은 아니었다.

이곳은 아무리 벗어나려 해도 벗어날 수 없는 무간도였다.

"언제까지 헤맬 생각이냐?"

"누구냐?"

"쯧쯧쯧! 이젠 목소리까지 잊은 것이냐?"

"난 또 누구라고. 후후후!"

다급히 사방을 둘러보던 제갈명은 목소리의 주인이 조화천주임을 깨닫고 그제야 안도의 한숨을 내쉬었다.

"이제 내가 나설 차례 같은데 네 생각은 어떠냐?"

"……."

제갈명은 조화천주의 물음에 답하지 않았지만 이미 몸은 조화천주에게 넘겨진 상태였다.

"하하하! 잘 생각했다!"

조화천주는 크게 웃으며 주위를 둘러보다가 한곳에 시선을 멈췄다.

"이젠 더 이상 숨어 있을 필요 없을 것 같은데!"

조화천주가 피식 웃으며 중얼거리자 설이 모습을 드러내며 입을 열었다.

"숨어 있던 건 내가 아니라 당신인 것 같은데."

"그게 그렇게 되나?"

조화천주는 어깨를 한 번 으쓱한 뒤 설을 향해 느릿느릿 걸음을 옮겼다.

"천룡통천후로는 아마 상대가 안 될걸!"

"하하하! 나도 그런 조잡한 무공을 쓸 생각은 애초부터 없다네."

"그럼 시작하지!"

슈욱!

설은 한 손을 쭉 내밀었다.

"괜찮군!"

조화천주는 평범하게 내뻗은 설의 주먹에 다섯 종류의 건곤지기가 담겨 있음을 간파하고 감탄성을 내뱉었다. 하지만 그뿐이었다.

그는 단지 손 한 번 내젓는 것으로 설의 공격을 무위로 돌렸다.

"마무십삼절이라고 했던가? 물론 다다익선(多多益善)이라는 말이 있긴 하지만 꼭 많다고 좋은 것도 아니지!"

"제발 그 입 좀 닥칠 수 없겠어? 세상을 똥물로 더럽힌 입이라 그런지 당신 입에서 나는 악취 때문에 집중이 안 돼서 말이야!"

"뭐라? 하하하하!"

설의 비아냥에 조화천주는 크게 웃어 젖히며 다시 입을 열었다.

"신들의 싸움에 미천한 인간들의 격장지계가 웬 말인가?"

"그래 보였나? 하지만 나는 거짓말 같은 건 모르는 사람이야."

설은 사람이라는 말에 힘을 주어 외쳤고, 설의 눈빛에 담긴 진심을 읽은 조화천주는 눈썹을 꿈틀했다.

"모처럼 손을 섞어볼 자격이 있다고 인정해 줬더니… 좋다! 어디 한 번 받아보거라!"

후앙!

설은 조화천주의 눈에서 느닷없이 튀어나온 건곤지기에 크게 당황했으나 찰나지간 비익조를 극대로 발휘해 그의 공격을 간발의 차로 피할 수 있었다.

"조화신공(造化神功)이라는 무공이다. 갈천혁은 이를 명정공으로 알고 익혔지. 내가 안배해 놓았다는 것도 모르고 말이야. 또 하나 알려주지. 그 녀석이 익힌 명정공은 본래의 능력에 십분의 일도 안 되는 것이란다. 후후후!"

"참 말 많군!"

"으음!"

조화천주는 더 이상 입을 열지 않고 곧장 공격해 들어갔다. 쉴 새 없이 이어지는 공방에 두 사람의 움직임은 점점 빨라져 갔고, 이내 그 모습이 육안으로는 도저히 확인하기 힘든 지경까지 이르렀다.

쉬리리릭!

퍼퍼퍽!

사방으로 건곤지기가 날아다니고 권, 장, 각이 난무했다.

도대체 시간이 얼마나 흘렀는지 짐작할 수 없었지만 설과 조화천주는 전혀 지친 기색이 아니었다.

"이 싸움은 내가 이길 수밖에 없어!"

일수유의 소강상태를 틈 타 먼저 입을 연 이는 설이었다.

"후후후! 내가 건곤마인 이백의 건곤지기까지 흡수했음을 알면서도 그런 말이 나오느냐? 너는 결코 나를 이길 수는 없다!"

조화천주는 비릿한 미소를 머금고 설의 말을 받았다. 이에 설이 살며시 고개를 끄덕이며 천천히 입을 열었다.

"그래서 내가 이길 수밖에 없다는 거야! 그리고 난 팔이 셋이거든!"

"하하하! 헛소리! 그럼 끝을 보자꾸나!"

조화천주가 크게 웃으며 조화신공을 극대로 끌어올리자 그의 주변 대기가 잿빛을 띠며 일렁였다.

쒸아아앙⋯⋯!

조화천주가 자신의 양 장에 전신의 건곤지기를 모두 모아 공격을 감행해 오자 설도 두 손에 마무십삼절의 모든 힘을 끌어 모았다.

쿠아아앙⋯⋯!

퍼어어어어억!

둘의 몸이 부딪침과 동시에 설은 피를 토하며 뒤로 주르륵 밀려났다. 반면 조화천주는 입가에 미소를 머금고 천천히 입술을 떼었다.

"말하지 않았느냐? 이백의 건곤지기를 상대할 수는 없을 거라고. 이제 나는 건곤비를 통해 신의 세계로 갈 것이다. 그곳에 있을 내 보좌에 앉아 인계와 신계를 모두 다스리는 전지전능한 유일신이 될 것이란 말이다! 으하하하하!"

조화천주는 통쾌하게 웃었다. 처음부터 설은 자신의 상대가 안 되었다. 다만 자신의 능력이 어느 정도인지 확인해 보고 싶었을 뿐이었다.

그리고 그 능력은 지금 이 순간 확연히 증명되고 있었다.

하지만 설의 표정이 이상했다.

"나도 분명 말했어! 난 팔이 셋이라고……."

"뭐라?"

조화천주는 놀란 눈으로 천천히 고개를 숙였다. 자신의 가슴 정중앙에 박힌 검이 눈에 들어왔다. 하지만 자세히 보니 그것은 검이 아니라 인간의 팔이었다.

"후후후! 고작 이런 것으로 나를……."

가슴에 박힌 팔을 뽑으려던 조화천주의 얼굴이 경악으로 일그러졌다. 팔에 깃든 기운은 분명 건곤지기였다. 그것도 자신이 제어할 수 없는 괴이한 건곤지기.

"어찌 이런 일이……!"

조화천주는 불신의 기색이 역력한 표정으로 고개를 들었다.

"건곤지기이되 건곤지인의 것이 아닌 인간의 건곤지기야. 내 형님이 당신에게 주라고 남긴 선물이지."

"미, 믿을 수 없다! 어찌 한낱 인간의 건곤지기에 내가… 으으!"

조화천주의 몸에 미세한 균열이 생기기 시작했다. 소혼의 팔이 백광에 물들기 시작한 것도 그와 동시였다.

쩌쩌쩌어억……!

소혼의 팔이 천천히 아래로 그어지며 조화천주의 몸도 둘로 갈라지기 시작했다. 하지만 피는 튀지 않았다. 튀어야 할 피가 바깥으로 나오기도 전에 먼지로 흩어졌기 때문이다.

퍼어억!

조화천주를 이루고 있던 세포들 하나하나가 고통에 몸부림치며 터져 나갔다. 이를 묵묵히 바라보던 설은 천천히 몸을 돌리며 중얼거렸다.

"당신이 있어야 할 곳은 인간 세상도 신계도 아니야."

장백산의 머리 위에 고여 있던 천지는 사십 주야를 요동쳤다. 흑암이 창궐했다가도 광명이 찾아들기를 반복한 것은 셀 수 없을 정도였다.

수운은 뜬눈으로 사십 주야를 보냈다. 아니, 감고 싶어도 이제는 눈을 감을 수가 없었다. 눈이 멀어버렸기 때문이다. 일월성신경의 기운이 모두 눈으로 몰려 실명을 하게 된 것이다.

설이 사라지고 얼마 후 도착한 구대문파는 오대세가의 추격대를 제압하고 다시 되돌아갔고, 남아 있던 이들의 대부분도 말없이 서로의 자리로 뿔뿔이 흩어졌다.

*　　　*　　　*

설이 조화천인들을 데리고 사라진 지 어느덧 삼 년이 흘렀다.

천지겁을 배후 조종한 조화천주가 바로 무의천마였고, 건곤마인이라 불렸던 마물들 또한 무의천마의 사술에 당한 희생자들이었다는 소문과 무의천마가 구대문파와 천마교 고수들의 합공으로 숨을 거뒀다는 소문이 비마각을 통해 중원 전역으로 퍼졌다.

처음에는 여러 가지 억측이 난무했지만 비마각의 뒤를 이어 개방과 하오문이 공식 발표함으로써 이 같은 소문은 기정사실이 됐고, 이를 기점으로 남궁희수는 비마각을 해체하고 소혼과의 약속을 지킨다며 설혼문으로 향했다. 설이 죽었다면 일부러라도 그를 영웅으로 만들었겠지만 그가 살아 있으리라는 믿음을 지니고 있던 수운의 요구였다.

이후 천지에 남아 있던 은자삼로와 이한상은 설이 오면 함께 머물 곳을 만들겠다며 떠났고, 구합려는 비천서를 데리고 부친의 가업을 잇기 위해 은하전장으로 돌아갔다. 그리고 가장 늦게까지 남아 있던 사미 역시 천마교로 돌아간 지 오래였다.

하지만 오직 한 여인은 설을 기다리며 세월을 보내고 있었다.

염화수운.

보이지 않는 눈으로 하루 종일 창밖을 응시한 채 설만 기다리는 그녀를 아무도 말릴 수 없었다.

오히려 그녀에 의해 쫓겨나다시피 하며 모두 떠날 수밖에 없었다.

수운은 설이 살아 있음을 굳게 믿으며 또 건강한 모습으로 다시 돌아오기를 간절히 기원했지만, 다른 사람들까지 붙들어놓고 싶지는 않았다. 그건 설도 결코 원하지 않으리라.

"미안해요. 이제 더 이상 기다릴 수 없을 것 같네요."

수운이 입을 열자 그녀의 입에서 하얀 김이 새어 나왔다. 건곤지기는 물론, 지녔던 무공까지 모두 소멸되어 추위를 느끼는 나약한 신체가 되어버렸기 때문이다.

그녀는 자신의 생명이 얼마 남지 않았음을 느끼며 잔잔한 음성으로 다시 입을 열었다.

"생각해 보면 우리는 만나서 함께 지냈던 시간보다 서로를 그리워하고 애탔던 시간이 훨씬 더 많았던 것 같아요. 하지만 그래도 항상 행복했어요. 내 안에 당신이 있고, 당신 안에 내가 있다는 건… 언제나 변함없었으니까요. 그런데 이제는……."

수운은 목이 메어와 더는 말을 잇지 못했다. 설을 더 이상 기다릴 수 없을 거라는 생각을 하니 가슴이 찌를 듯 아파왔기 때문이다.

"이제 당신을 놓아주어야겠죠? 아니, 이제 제가 당신이 있는 곳으로
갈게요."

수운은 양손을 살며시 자신의 눈에 가져갔다. 각막이 파열돼 눈물조
차 흘러나오지 않는 눈이었지만, 서러움이 북받쳐 오르면 습관적으로
손이 가는 것은 어쩔 수 없었다.

삐이걱!

문이 열리는 소리가 났으나 수운은 아무런 반응을 보이지 않았다.

늘 그랬던 것처럼 천지에서 불어오는 바람에 열린 것이라 생각했기
때문이다. 이제는 바람 소리에 놀라고 착각할 한 줌 기력마저 남아 있
지 않았다.

하지만 이번에는 착각이 아니었다. 우두커니 창가에 기대앉아 창밖
을 바라보는 자신을 발견하고 일순 안색이 어두워진 사내가 있었으니
까. 그 사내는 설이었다.

이윽고 설이 힘겹게 입술을 떼었다.

"서방이 왔으면 아는 척이라도 해야 하는 거 아니오?"

"누구… 다, 당신이에요?"

설의 목소리를 듣고 놀란 수운이 벌떡 일어서려다가 앞으로 쓰러졌다.
하지만 어느새 다가온 설이 수운을 꼭 끌어안고 조용히 입을 열었다.

"이제 당신 곁에서 떠나지 않겠어."

"그래요, 우리 함께 있어요."

설의 말에 수운의 입가에 하얀 미소가 번져 갔다.

*　　　*　　　*

설은 부드러운 미소를 흘리며 입을 열었다.

"사미 낭자가 말을 안 듣고 교주 자리를 부친에게 넘겼더군. 그리고 사애하고 같이 우리를 찾아 돌아다니고 있나 봐. 참! 남궁 낭자도 설혼문에 있으면서 자꾸 놀러 오라고 성화야. 새로 조직한 비마각을 동원해서 무림에 협박성 소문을 날려대는데 곤란해 죽겠어! 어때? 이렇게 인기 많은 신랑하고 사니까 좋지? 하하하!"

유쾌한 목소리로 웃던 설이 금세 시무룩한 안색으로 다시 말을 이었다.

"아무래도 청아 사부님이 무적 사부님 일을 아신 것 같아. 자꾸 친구 찾아가신다면서 시름시름 앓고 계시는데 정말 걱정이야. 그리고 형수님도 아직 소혼 형을 못 잊고 힘들어하시는 것 같고… 하지만! 아기는 잘 자라고 있어. 도제 어르신이 형과 내 이름을 따서 이름을 소설혼이라고 지으셨더군. 후후후!"

피식 웃던 설이 천천히 자리에서 일어나며 입을 열었다.

"그런데 건곤지인이라는 거, 그렇게 좋지만은 않은 것 같아. 당신 무릎 베고 누워서 한숨 자고 싶어도 도무지 잠이 와야 말이지. 그래서 말인데, 나 건곤지기를 모두 버리고 싶어. 당신 생각은 어때?"

설은 천천히 고개를 돌렸다.

그의 눈에 두견화(杜鵑花) 잎으로 장식한 작은 무덤이 들어왔다.

"이제 당신 곁에 눕고 싶은데… 그래도 될까?"

『大尾』